U0674612

熊育群 著

一寄河山

——大地上的迁徙

北京出版集团公司
北京十月文艺出版社

序

岭南与西南边地，中国的南方，无数的山脉与河流，高耸、密集，只有靠近海洋的地方出现了大平原，山谷中的河流开始向天空敞开胸膛，于大地上交错在一起……多少年来，我在这片巨大的土地上行走，葱茏与清澈中，心如乡村之夜一般静谧。岭南的三大民系，客家人、潮汕人和广府人，在与他们长期生活中，总要谈到中原的话题。那是有关遥远的迁徙话题。他们的祖先就来自那里。他们对大迁徙抱有强烈的神秘与向往之情。而在西南的大山深处，众多民族的聚集地，在我的出发与归来之间，偶尔遇到的一个村庄会提及中原，这些至今仍与外界隔绝的村庄，有的说不清自己是汉人还是边地的少数民族。但在云南的怒江、澜沧江下游，说着生硬普通话的山民提起的却是蒙古高原。那是他们祖先最早的出发地。

东北与西北，中国的北方，一个大地辽阔、苍茫，遍野的庄稼天空一样望无际涯；一个黄沙漫漫，仿佛到了世界荒凉的尽头。我像一个闯入者，多少次走进它的空旷与博大，体味生命的弱小，人生的渺茫。迁徙也在这里发生。人们爱说“闯关东”“走西口”——前者是山东、河北等地的人大规模向着东北迁徙，从关内闯进关外；后者是山西等地的人向着内蒙古一带迁移。如今，东北人与自己祖先的迁徙地有着紧密的联系，他们做生意、搞开发、办活动喜欢邀请祖居地的人参加，有的还回流到山东、河北、山西等地发展。

一次次，中国地图在我的膝盖上或是书桌上打开，我寻觅祖先们当年出发的地方，他们大都在中原，而迁徙朝着南、西、北三个方向，只有东面是浩瀚的海洋，舟船不便。他们越走越远，向南的有的漂洋过海——下南洋，向北的有的越过了西伯利亚，而西方祁连山下的匈奴人甚至到达了亚欧交界的土耳其。也有向着中原迁徙的，那是前来问鼎中原的少数民族，譬如拓跋鲜卑族人、蒙古族人、满族人，他们在马背上夺取了汉族人的天下。

古老中国的人口流向就像一道道经脉，从中原地带向着南方、西北、西南、东北迁徙。一次次大移民与历史的大动荡相对应——西晋的“五胡乱华”，唐朝的“安史之乱”“黄巢起义”，北宋的“靖康之难”，就像心脏的剧烈搏动与血液的喷射一样，灾难，让血脉喷射到了南方的边缘地带。南蛮之地开始染上层层人间烟火。迁徙，成了历史的另一种书写，它写出了什么才是真正的历史大灾难——不是宫廷的政变，不是皇宫的恩怨情仇，而是动乱！大灾难首先是黎民百姓的灾难。

南方的迁徙最直观地反映了战争的灾难。两千多年里，迁徙者总是一批批上路，向着荒山野岭之地走来，成群成族，前仆后继。他们身后，大灾难的阴影，如同寒流。

与南方大规模的氏族迁徙不同，西南，更多的是个体的迁徙，似乎是脱离大历史的个人悲剧的终结地。南方的迁徙可以寻找到最初的历史缘由，可以追寻到时间与脚步的踪迹。而西部的个人迁徙却像传奇，一个有关生命的神秘传奇，缘由被遮蔽得如同岁月一样难以回溯。我在面对大西南山地时，总是想到，大西南的存在，也许，它使获罪者有了一种生存的可能，当权者可以靠抹去他从前的生活而保全他的性命，可以把威胁者流放而不是处死。受迫害者有了一个藏匿的地方。害人者有一个自我处置、悔过自新的机会。文化人有一个思想可以自由呼吸的空间，不被儒家的文化窒息。多少文人吟叹与向往过的归隐，在这片崇山峻岭随处可见。这里提供了另一种生活的可能。这是历史苦难在大地边缘发出的小小痉挛。从此，生活与这苍山野岭一样变得单纯、朴实、敦厚。

我关注这种神秘的个人迁徙，这种不为人知的历史秘密，就像与岁月的邂逅，它是我在西部山水之中行走遭遇到的一次次偶然，它激起了我对于人生灾难的感怀，对于生命别样图景的想象。

西部沙漠深处的汉人，他们零星的迁徙让我意外又震惊。这是世上荒凉之地，他们放弃比这好得多的陕甘之地，跑到大沙漠深处，那是怎样的一种苦难与遭际？他们除了生存，还有刀光剑影，有民族、宗教等众多的因由。

发生在东北的闯关东是世上最壮观的迁徙，因为清政府禁止汉人入关，东北变得荒无人烟，人们为求得生存而集体闯关。迁徙集中在一百多年间，人们成群结队，络绎于途。比起客家人因战火而南迁，闯关东者是因为灾荒，是为了那片肥沃的黑土地。

一次次在鸡形版图上行走，一年年的岁月静静流逝。我感觉着脚下土地在岁月深处的荒凉气息，感受着两千年以来向着边地不停迈动的脚步，那些血肉之躯上的脚板，踩踏到这些边远的土地时，发出的颤抖与犹疑，仿佛就在昨天。恍惚间，岁月中一股生命之流浮云一样升起，从中原漫漫飘散，向着边缘、向着荒凉，生命的氤氲之气正漫延过来——一幅流徙的生存图是如此迫近，令山河变幻，令眼前地图上的线条与色块蠢蠢欲动……

目　录 Contcnts

闯关东：永逝吾乡

西风烈：天地玄黄

远乡人：瓜瓞绵延

鞍上行：徙者无疆

隐世者：生死契阔

客家人：置厝南方

迁徙的跫音

一

踏足永定县公路，一些路段正在修补，红泥与石头经雨一淋，软硬分明，突出的石头刮到了小车底盘。几次下车，土楼其实早已在视线里。挨路边的一栋土楼塌得只余一角，什么年代的呢？

去年到龙川，今年到永定，一个粤东，一个闽西，不知是有意还是无意，走的都是客家人的地盘。自己很明白的一点是，客家人的迁徙一直是记挂着的。粤东，客家人从中原长达一千多年的大规模迁徙，最终于这片土地上止步；永定，是它的土楼——一个外来民系以一种独特的栖居方式在陌生土地上立下足来。

一路上我心里默念着中原，心里的那条路线渐渐地清晰起来。就像一条路，我踏上了它的路基，立刻，那个端点，那个原来遥不可及的年代，变得不再只是一个抽象的时间术语，它有了某种气息。那是一千六百多年前的东晋。一群人走在西北的土地上，那是怎样的沙尘滚滚，怎样的抛残弃老，在怎样的喧哗声中上路？

一条不归之路！“五胡乱华”，被赶下台的权贵官宦，惧怕株连的魏晋世家大族，还有躲避战乱的升斗小民和流窜图存的赤贫游民，他们结伴而行，出潼关，过新安，一路向着洛阳而来。陪伴他们的是烈日、大雪，还是泥泞路滑的雨天？他们肩挑手扛，千辛万苦到了洛阳，来不及喘息，就又匆忙南下，沿着黄河向东，抵达巩县、河阴，又转入汴河……

只要脑子里一出现那群疲于奔命的队伍，就觉得自己走在这样的柏油公路上十分奢侈。秋天，南方的山岭依然绿得葱茏，阳光让漫山草木闪烁出无数的碧色。他们看不到这样的近乎肥硕的绿，他们的子孙抵达这片土地已是大迁徙后几百年。在这几百年的岁月里，他们找不到家园的感觉，他们随时准备着向南方逃避。

二

木梯吱吱声中走上四楼的卧室，时间已是半夜。望一眼深墙外的洪川溪，只有风摇古木声。白昼的阳光，阳光下的土楼，只在想象中了。静，让耳朵本能地寻找声音。不一会儿，鼾声升起来了，同行者已经入梦。心里叫苦，长时间的辗转反侧，不禁发出一声长叹，只得爬起床来。

在土楼第一晚就失眠了。多年来，在南方的山水里行走，还从未失眠过。

虚掩木门。院内奇静。圆形的内环走廊在地面画出一个个同心圆。月光似有似无，但深的屋檐和挑廊的阴影却浓得化不开。暗影里似乎有一种久远的目光。视线从青瓦的屋脊望出去，一堵山崖，只有顶端的一小截呈现在土楼后，在望见它的刹那，发现它也在痴痴地望我，灰白相间的岩石突然间有了含糊的表情。心里一惊，低了头，暗影一样浓的静里，眼前的一切像是假寐，暗影里有一种感觉，觉得几千年的岁月醒了，像飘忽的念头被我看见。非现实的感觉，奇异又安详。害怕弄出一点声响，害怕有什么事情发生。

最早生活在这里的土著是那些山都、木客。他们身材矮小，皮肤黝黑多毛，披发裸身而行。“见人辄闭眼，张口如笑。好在深涧中翻石觅蟹啖之。”幻觉般的影像，灵魂似的在暗影里倏忽一闪，就不知去了哪里。

振成楼，围起一个巨大的空间，把自己身处的一片崇山峻岭圈在了外面，荒山野岭与匪盗、异族都在炊烟起居之外。院内，依然是耕读人家的生活，是仁义礼教的儒家信条。一百多年，林氏家族就在这封闭的空间繁衍生息。

月光先前是明亮的，也许疲惫了，像一个人失去了精神，它所普照的山川大地也跟着黯淡。村长，一个热血汉子，客家酿酒敬过一碗又一碗。半醒半醉间，手舞足蹈，找来村里的艺人助兴。那个手脚并用，同时演奏扬琴、鼓钹和口琴的艺人，身板那样瘦，像风中苇秆。他在院子中央把阿炳的《二泉映月》拉得异样的凄美。唱客家山歌的老人，一开口，金牙就露在唇外，唱起情歌仍是那样冲动。他们在月华中来，又在月华中去。人一走，月华下的老屋，静得耳鼓生痛。

十年前也是这样的一个晚上，在湘西德夯那片木楼前，我喝醉了酒，躺在吊脚楼里。月光下，一群苗族女子跳着接龙舞，木叶、二胡声里，队伍像波浪一样起伏。只有我一人扶着木椅靠，呆呆地望……人想往事，总是感怀最深之时。月光像退潮的海，黎明前的黑暗覆盖过了千山万壑，像时间那么深、那么神秘。

三

来土楼的意愿少有的坚决。相约的同伴，一个一个打了退堂鼓。犹豫只有片刻，我就不再动摇了。从厦门出发，渐渐靠近武夷山脉，云雨濡湿了山岭，阴郁的光线里，丛林绿得愈加鲜翠。空中气温节节降低……走遍长江以南的土地，似乎就只剩下这片山水了。从年少时开始，就不知自己为何一次又一次地上路。是在找寻故乡的气息，童年的记忆？那个从前温馨、宁静和淳朴的乡村，不经意间就变了，觉得它势利，还有点冷漠。我进入一个又一个古老村庄，又觉得打动自己的远远不只这些，仅仅是桂黔边境那个侗家村寨呈现于夕阳中的暧昧意味，就让自己觉得人生奇异。

进入永定洪坑村时已是正午时分，洪川溪在绿树下流淌，带着山中泥色。秋天的阳光让山川草木耀目生辉。一个两千多人的山村，隐匿在一条山谷中，三十余座土楼沿溪而筑，大大小小，方方圆圆，随山势高低错落。这里是永定土楼最密集的地区了。客家的先民从宁化石壁逐渐南迁，到这里已靠近福佬人生活的南靖、平和。两大民系间的缓冲地带没有了。抢夺地盘的械斗时常发生。客家不得不聚族而居，于是，修建既可抵御外敌侵扰，又可起居的土楼成为最紧迫的事情。

与洪坑相邻的是高北村，开阔的谷地，上百座或方或圆的土楼散落于山坡与平畴交错处。爬上山顶俯瞰，圆形的土楼在山麓画出一组组黑圈，阳光下的土墙闪着杏黄色的光。它们是客家在大地上画出的一个个句号，漫漫迁徙路到此终止啦？但是，还是有人迫于生存的重压，仍然没能停止迁徙的脚步，他们继续南行，甚至漂洋过海下了南洋。南溪边的振福楼就只有一个老人，她守着一座近百间房的空楼。老人坐在大门口给来人泡茶，她望人的眼睛是空洞的，她的眼望到的是遥远的南洋——当年那一群远走他乡的亲人。

近处的承启楼是最大最古老的建筑，建于康熙四十八年（公元1709年），高四层，直径达七十八米。它外墙的杏黄与里面环形木质走廊的深褐形成强烈对比。如同天外飞碟。它静静卧于绿树丛中，恍然间已是三百年。江姓人修建它的时候，把底层的土夯了一点五米之厚，下面一半的墙身看不到窗口。在那个年月，喊杀声不时掠过山谷，强人山贼相扰于村。但只要大门一闭，就能安稳地入梦，任他外人怎样也攻不进如此坚固的堡垒。南溪的衍香楼为防火攻，甚至大门之上还装了水喉水箱。

下山，大门里老人们正在闲聊，一位佝偻着腰的老人见有人来参观，很是为自己的祖屋和祖屋里走出去的人才骄傲，他主动带路，热心讲解，还领进自己的膳房，泡上茶。临别，不忘找出油印的介绍资料，签上自己的大名——江维辉，并在名字下写上年龄：七十二岁。

站在院中的祖堂，可以看到每一户人家的木门，头上的天圆得像一口井。院子里，由里向外，一环套一环，建有三环平房，房里灶台、厨柜和餐桌收拾得整整齐齐。二楼大都上了锁，里面堆放的是谷物杂物；三楼四楼是卧室；楼内四个楼梯上下，串起了全楼四百间房屋。院内还掘有水井两口。在这栋楼内，江氏人共繁衍了十七代。

绕着承启楼走，几个挑担的妇女迎面走来，箩筐里装满了刚采的红柿子。门口一群孩子向我夸赞，一个男孩用拳头捣捣一处裂开的墙，说，你看它多紧固，里面还有竹筋。

随便问了一句：会不会唱客家山歌？男孩张口就唱了起来：“客家祖地在中原，战乱何堪四处迁。开辟荆榛谋创业，后人可晓几辛艰。”曲调里有一份挥之不去的忧郁，淡淡的，像林中夹杂的风。那条路、那群在漫无边际土地上跋涉的人又让人遥想起来了——他们到了汴河后，过陈留、雍丘、宋州、埇桥，在淮河北岸重镇泗州做短暂停留后，进入淮河，一路顺流直下扬州，一路则从埇桥走陆地，经和州，渡过大江到宣州，再由宣州西行，眼里出现的就是江州、饶州的地界了。鄂豫南部、皖赣长江两岸和以筷子巷为中心的鄱阳湖区，都是人烟稠密之地，大队人马抵达后，本想在这一带立足，但人多地少，一些人又不得不溯赣江而上，一程一程，抵达虔赣。大多数人在这里停下脚步，开始安营扎寨，仍有人不知何故继续南下，直到进入了闽粤。

我问男孩，是否知道祖居地在哪里。他答："石壁。"石壁的祖先呢？"中原。"

四

那条路我是见过的，洛阳、皖赣长江两岸、鄱阳湖、赣州，很多年前，因为种种原因我都到过。最后岭南的一道山脉，也在四年前爬了上去——沿着宋朝的黑卵石铺筑的古道，从广东这边走上高处的梅关。古梅关，张九龄唐开元四年(公元716年)主持开凿，一条自秦汉以来就为南北通衢的水路打通了。赣州因此吸引了大批开拓八荒的"北客"。山隘之上，一道石头的拱门，生满青苔杂树，上有一副已斑驳的对联："梅止行人渴，关防暴客来。" 关北是江西的大余，关南是广东的南雄，延绵而高耸的岭南山脉，这里是连通南北的唯一通道。我站在江西境内的关道上眺望，章江北去远入赣江。一条古老而漫长的水路，从这里北上，进入鄱阳湖，入长江，由扬州再转京杭大运河，一路抵达京城。

古道上，红蜻蜓四处飞舞，路边草丛里，蚱蜢一次次弹起，射入空中。秋风吹过山岭，坡上万竿摇空，无尽的山头与谷地在阳光下呈现一派幽蓝。黑卵石的路上，没有行人，只有稀疏的游客走走停停。

唐僖宗乾符五年（公元878年），黄巢起义，攻陷洪州，接着虔、吉等州陷落，数代居住虔赣的客家先民，又不得不溯章江、贡江而上，跨南岭，入武夷，进入闽粤。他们多数从武夷山南段的低平隘口东进，首先到达宁化石壁，以后再从宁化迁往汀江流域直至闽粤边区。此后，无论是北宋“靖康之难”南迁的中原人，还是元明清因战乱南迁的汉人，都是沿着这条古代南北大动脉的水道南迁。当年客家人文天祥[①]从梅关道走过，留下诗句“梅花南北路，风雨湿征衣。出岭谁同出，归乡如不归……”他被元兵从这条水路押解进京。跟随他抗元的八千客家子弟走过这道关后就再也没有回过头。

下山，踅进路边的珠玑巷，一条老街，赖、胡、周等姓氏的宗祠一栋紧挨一栋。宋代，客家人翻过梅关迁居到了这里，他们成了珠江流域许多广府系人的祖先。南雄修复了客家人的祖屋，不少来自珠三角的后人来这里祭祖认宗。鞭炮声不时响起，炸碎了天地间的宁静。

五

又是一个晴天，山中的太阳像溪水泻地。鸟的啁啾，唱着山之野趣。一夜恍惚，起床时，振成楼仍人影寥寥。大门口只有一个卖猪肉的小贩，两三个老人与一个壮年人在剁肉。想起昨天游街的情景：一群人赶着一头猪，从湖坑镇一户户门前走过，吹唢呐的、拉二胡的、敲锣拍钹的，一边吹打，一边跟着猪走，就这样走了五天。一问，才知是镇里

① 此种说法存疑。

李姓“作大福”的日子，三年一遇。五天的斋戒，今天是开斋的日子。家家户户请来客人正准备大摆宴席。

截住一辆摩托车，就去湖坑镇看热闹。

车沿着洪川溪飞跑，连绵青山两侧徐徐旋转，显得柔媚无比。风声呼呼，话语断断续续，嗓门比平常高了几倍，要贴近驾车人的肩，才能听明白：这一带人大都是靠卖烟丝发的财，然后砌土楼。客家男人有到外面闯世界的传统，最没本事的男人，即便在外游手好闲也不能待在家里，那样会被人看不起。女人承担了家里、田头的一切活计。所以客家女从没缠过足。

湖坑镇的十字街头已经人山人海，通往大福场的路口用树木松枝扎了高高的彩门，沿街飘扬着彩旗。十几个剽悍的男人，小跑穿过人群，在一片空地上对着天空放起了火铳，“轰——”，“轰——”，地动山摇。

一队人马走过来了——

大旗阵，碗口粗的旗杆，硕大无比的彩旗，几个人扛一面；乡间乐队，吹吹打打，呜呜咽咽；光鲜的童男童女，穿着戏装，个个浓妆涂抹，被高高绑在纸扎的车、船、马上，一个村一台车，装着这一堆艳丽缤纷的东西，在人群间缓缓往前开；抬神轿、匾牌的，舞狮的，提香篮的……全着古装；一群扮作乞丐、神仙鬼怪的，边走边做各种滑稽动作……

一队旗帜由一群学生高举着，一面旗上写一个李姓历史上著名的人物：诗仙李白、女词人李清照、唐太宗李世民、飞将军李广……最后，公王的神位一出现，早已摊开在地上的鞭炮一家接着一家地炸响。

这一刻，那个远去的中原又被连接起来了。是在模拟当年的迁徙？作大福的仪式是一种有意的纪念还是无意的巧合呢？那群行走在漫漫长路上的人，他们哀愁的脸、茫然的眼，在时间的烟雾中似乎越来越清晰，又似乎是越来越模糊了。

有半个足球场大的大福场，挤满了各家各户的方桌，桌上全鸡、全鸭、柚子、米糕、糖果……密密麻麻。嗡嗡的祷告、缭绕的香火，云层一样笼罩在人群之上。四面青山，晴朗的天穹，一片静默。祭奠先人——思念的情愫再次穿越岁月，罡风一样，悄然飘过了渺渺时空。

永定，这片客家扎根了数百年之久的土地，依然发出了历史的悠远回声。

程氏山河

一

东石、河头两条小河呜呜奔泻，混浊的河水流出泥色的长长波纹。它一路相陪，流水声忽左忽右不绝于耳。平远诗人吴乙一带着我，左转右拐，车在平缓的丘陵与慢坡间绕行，穿过几座村落，人烟渐渐稀疏。这时，天空只在一脉低低的山岭上露出白光，那漫射的天光下，新绿的草木间，一道围墙里的几栋低矮平房，青瓦木构还是新的。这房屋只为纪念一个人而建。

站在坡屋顶房前，眼里的山水因为这个人而照见时间的踪迹。模糊古老的意象在脑海里飞掠一些不得要领的暗影，在这个春天逼人的翠色中几欲空泛。但是，因为这个人曾经真实地存在，那暗影总是凭空而至，迫使眼前的红色土壤与低矮树丛虚晃、退闪——旧时山川围绕住了视线，似乎就要罩住这片不见古木的丘陵。山坡草木，这个春天新生的颜色鲜活得不容涂改，它们浸洇了隔夜的雨水，阴天里仍然闪着油亮的光，裹带着泥土扑面的腥气——生生地把那一幅山水逼回到了意念，在脑海中顽强跳闪——瘴烟深锁，若赤黑之祲，古木樾荫，茑萝攀生……

这绝非想象的溯洄，这情景犹如黄昏挥之不去的阴云低垂。

一千五百多年前的那一天，一个叫程旼的人就站在这山麓下，眺望着远近的山头。他放下行李，环顾四周，长途迁徙的旅程就此打住——这念头从他心里升起，荒山也有了几分亲切。这个“群莽密箐，轮蹄罕涉”之地，西擎南台半壁，东临耸峙尖山，北衔河岭屏障，南有水路通衢，山峦叠翠的山间平地，瘴气岚带到了山腰之上，这正是“寻得桃源好避秦”的地方啊。

不再前行了。所有人松下一口气，所有目光以一种家的感觉四处打量、搜寻——这就是新的家了？

年近半百的程旼，带着他的家人和部分族人从江西鄱阳湖湖口启程，他从墓地里取出了先人的骨骸，放入瓦坛，背着它一起上路。一坛先人的骨骸又轻轻地放在这片土地上，落地生根的标志便是骨骸的安葬。两百多人，不知走了多久，这时挑担扛包、携手相牵者不过八十余人。

他们是大迁徙人群中走得最远的一群。

妻子夏氏，长子程松，次子程杉，三子程梅，都随程旼而停步。他们在这个瞬间是喜是忧无从考证。长子程松以孝著称，一路上应为程旼分了不少忧，想必他轻轻舒了一口气吧。次子程杉应有一个好心态，南蛮荒野之地，在他可是新异的风景？他身上不无“竹林七贤”的影子。程杉活到了一百零一岁，八十一岁时遁居湖南攸县灵谷，终日静坐，出语如同先知，当地人以为他羽化了，尊他为真人，旱涝时常来拜祷。

这是岭南的大荒野啊！目之所及，莽莽苍苍，荒山野岭闪动着岩石般暗绿的光。人烟稀罕，野兽出没。直到唐开元年间，梅县人口不过千人，汉人仅两百人，其余皆为畲、瑶和黎族人。客家人多起来的时候则要到北宋后期，一场“靖康之难”，他们南迁至此，那时主客户达一万两千三百七十二户，一半以上是客家人。这已是继唐僖宗乾符五年（公元878年）黄巢起义客家先民第二次大迁徙后的第三次迁徙了。

程旼为何跑得这么远？他先是辞官回原籍隐居。南迁的念头不知始于何时。在他的不惑之年，北方外敌入侵，战乱不已，帝室内争，揭竿起义者不断。他审时度势，毅然率领全家及部分族人，从鄱阳湖走水路，逆行赣江、贡水，冲险滩，斗风浪，在武夷山脉西端翻越项山甑，他们跃动的弱小身影又消失于大山深处……历经磨难，亲人一个个死于路途，但程旼没有退缩。

“五胡乱华”导致中原人第一次大迁徙。这次迁徙自汉末直到隋唐。迁徙范围之广，北从山西长治，西到河南灵宝，东至安徽寿县，迁徙者直到过了长江才集中在鄱阳湖地域落脚。他们开始在这一带孕育一个独特的客家民系。而远行者沿黄河、颍水，经汝颍平原，一直走到了梅州山区。梅县大墓岌、畲江等地出土的两晋文物彰显出了这些极少数先行者的行迹。

我的目光越过眼前的草地、围墙，在一片暗绿的山岭间逡巡，这是平远县坝头镇振东村山旮旯里不见人烟的官窝里。下午，看不到人影，天空阴沉不开，山坡一片枯草的焦黄与树木的葱郁皆十分醒目。同样的旷野无人，却有远处的田园，山肩上高压电线的铁塔。以程旼当年的眼光看过去——山不曾增高，河亦不曾改向，千年岁月不过一阵风吹——一刹那，我感应到了那个瞬间的复活……

二

程旼的名字怎么留传下来的呢？是一个偶然吗？一千五百多年的岁月对一个普通人而言，湮没得与萋萋芳草和尘泥一般，何处觅得半点踪迹！今天的人却还在给他修建故居。这一切并非缘于他艰难的迁徙之路，客家人的迁徙都有一段血泪史。程旼穿越时空，是因为他在这个荒蛮之地的所作所为。

这个被称为南齐处士的人，据说髫龄即有神童之誉，甫入少年，即入庠序。丁年后习“五经”，尤喜《春秋》。南朝刘宋时，曾赴京应试，得“中礼经魁”，后任“史学士”，任职建康。也有说他并无任职。地方志载：他“为人悃愊无华。性嗜书，恬荣达。结庐江滨，宴如也”。

民间传说里，他到达官窝里后，将儒家“泛爱众，而亲仁”的“仁”发展为“和邻睦族”。这族与邻是土著畲、瑶，还有更原始的土著山都、木客。这从本地九畲十八溪的地名便不难推想。这些原居民“民风剽悍，尚气轻生”，喜好巫觋，崇拜狗，以狗为自己的祖先，常以鸡肝纹理预测祸福。山都、木客则“裸身被发，发长五六寸，长在高山岩石间住。喑哑作声，而不成语。能啸相呼，常隐于幽昧之间，不可恒见”。程旼与当地土著如何沟通，如何和邻睦族，已不可考。当地传说，他面对好斗成性的异族，先是办私塾，把敦本崇教之风带到这里。又以仁爱来息其斗念。土著有了纠纷不去官府，宁愿来找程旼，他总是热心为乡邻辨别是非曲直，讲出一番做人的道理。“心有愧怍者，望其庐辄思改过，有陈太邱之风焉。”

程旼声名远播，可能还得益于他的乐善好施。他周济贫苦人家，建凉亭、辟山道、筑桥、修水利，至今当地还有程源桥、程公陂。那时，耕种方式还很原始，程旼改进耕作技术，制作了一种犁，民国时当地还将拱背犁称作程犁。

程旼以一介布衣，于明末时被称为“广东古八贤”之一，竟然与韩愈、张九龄、文天祥并列。自宋以来，历代文人骚客来此吊唁、瞻仰，写下大量诗词。地方官员也撰写了很多宅墓文、碑记、传记、簿序等。程旼渐渐作为岭南卓著的客家先祖被后人敬仰。

也许后人把很多美好的品德加到了程旼身上，对他有所塑造，以集中反映中原文明如何传播到岭南的历史进程，倡行儒家文化。但程旼所作所为也一定非同寻常，否则，他迁来十三年后，皇帝不会以其姓氏给这个地方赐名——程乡县。历史上以姓赐地名者屈指可数，程旼受此殊荣，是因他的以德化人，信义著于乡里。中国人的理想追求是立德、立功、立言，而立德排在首位。程旼被看重并不奇怪。于是，万古江山与姓俱，村为程源村，县为程乡县，江为程江。“君子播奕德以维谖，伊人历千秋而不朽。”

三

修建程旼故居的人是他的后裔程贤章。他一生为文，创作的大多是客家题材的长篇小说，《大迁徙》《围龙》是他退休后回到梅州故里写的，前者以程旼的迁徙为原型，后者从程旼一直写到今天，他要写出客家精神客家魂。年近八十了，想到自己入粤开基的始祖连个纪念的地方也没有，他常常深感内疚。程公祠虽千年之前开始修建，但毁了修，修了毁，最后一次重修时被用作了仓库，如今成了私人住地。

于是，他一趟又一趟往官窝里跑，还拉着广州各种各样的人来这里。有一年大暑天，他陪着广东文史馆的专家来考察，大太阳底下走得白衬衣像在水里漂过。

这个孤零零的房子，便是程贤章老迈之年要续祖宗遗绪、无忝祖德所做的事情，他把自己收藏的一部分文物也存放在里面了。我在散发着浓浓霉味的房间里穿过，寂静中能听到远处的蛙鸣。我突然心酸，理解了一个老人的心境，客家人寻根认祖、慎终追远的情怀，在他身上表现得何其强烈！他把自己的余生都用在对祖先的追思之上了。

踏足这个粤闽赣三省交界的重重山岭，客家大迁徙的历史就发生在这样的山中。这里的山水时常让我走神，仿佛另一个世界正在降临，那苍郁古木，罕至人烟，欹斜的黄土路或青石板的官道，宁静总是这样深，阳光似乎也有了声音。炊烟起处，我总是走下车来，远望山坡上的村庄，这些张姓、廖姓、李姓、赵姓的村庄，在一个个山坳一条条山川中响起久违的鸡犬声。自汉末两晋，迁梅的客家都喜欢聚族而居。他们就像自己族谱里的名字一样紧紧挨在一起，生怕失散。客家人会告诉我祖先当年迁徙的历史，这在一本本发黄变脆的族谱里都有记载。他们感念先人的艰难创业，怀念中原自己祖先出发的地方。

许多姓氏族谱中记载，先祖迁自豫东南古光州。那里是大别山的南部，山区的景色与田园房舍竟与梅州十分相似。这是不是他们落籍梅州的又一原因呢？祖祖辈辈山中生活，山进入了他们的生活，就像客家山歌进入到了他们心灵和精神的深处，深入到了血脉。

《赵氏宗谱》载，过年祭祖时，赵氏后人在供品上插上筷子，猪头上插一把刀子。刀子象征的是祖先南迁时所历艰险有如刀下余生，筷子表示祖先是从江西筷子巷迁来的。而梅州很多姓氏后人都有这样的习俗。一本本族谱的源头都能找到当年那些长途跋涉来到梅州的开基始祖。而岭南最早有记载到达这片土地的平民便是程旼！一个饱读圣贤之书的儒家信仰者。

于是，客家第一次大迁徙中，程旼的线路清晰地呈现出来了：由鄱阳湖而入赣江，向东逆贡水至于都、会昌，过筠门岭，走现今的澄江、吉潭，或走水路石窟河、普滩，抵达平远。如烟的岁月有如水落石出，轮廓次第分明，一个民系最早迁徙的历史出现了一条脉络、一张面孔。

这正是我粤东山间十年行走苦苦怀想的一幕！

遥远的迁徙路，在这座荒山中打住，生命的繁衍如同草木。程旼后人同房各爨，一代一代开枝散叶，至今传到了第五十二代。蒙人南下时，传至二十一世亚寰，他们开始分迁粤东各地。现在祖国各地的云南、江西、香港、台湾，国外的印尼、泰国、越南及美、加、欧、澳，全球各地都有分布，国内程旼一系人口上世纪末达到一万四千六百八十八人，可谓根系梅州，叶茂全球，世系昭昭。南方家族历史又多了一个可圈可点之处。

四

沿着梅潭河进入大埔县的崇山峻岭，这是客家由闽西的汀江一路东迁所走过的水路。梅江、汀江、梅潭河是梅州客家念念不忘的江河，这是他们祖先涉过的江河，是他们生命的来路。江水在巍峨的群山间迂回萦绕，像天空落到了山谷，把灵秀之气融入了如梦山河，融进了客家山歌。这歌声在山山岭岭风吹树叶般四处飘扬……

突然水阔山低，大江齐聚。梅江、汀江、梅潭河全流到了这里——三河坝，交汇的江水向下游的韩江流去。天空游荡的云与落到江心的云都因一汪碧透发出了银子一样的光。客家迁徙的先民从这里由汀江转梅江，去往远方的梅县、蕉岭、平远、丰顺、兴宁、五华，他们开始逆水行舟。只有往潮汕平原与下南洋的船顺流而下，进入韩江。喜好山的客家人并不往平原去。那里是潮汕人的天下。

一片平坦的土地，长堤围起了一个三河镇。老旧的青砖墙、青瓦，青石板的街，木棉火一样怒放。山墙上一幅地球牌香烟广告画已有百年。它对着梅江、汀江汇合的地方，那里停着船。长堤外坍废的一条古街，石墙上的水渍发黑，骑楼却是岭南最典型的商街。三河镇与一村一姓的村庄不同，这里姓氏达三十个，十大姓有个顺口溜：“陈徐饶范蔡，田罗李郭周”，还有贺、戴、唐、刘、朱、黄、曾、丘、吴、杨、洪、张、林、邓、卢、孔、柯、肖等姓。可以想见，这个商埠之地，不是一个姓氏繁衍的地方，商业的竞争，洪水的袭击，它只是迁徙途中一个歇脚与信息交流的地方，耕读之家还得往更深的山里走。他们都要在这里选定自己继续迁徙的方向。

清明时节，雪白的柚子花漫山遍野开，清香的甜像空中的河流，漫流过山坡和空谷，如抖动的时光，把春天濡湿了、濡香了。自然的气息能浸透人一生的记忆。我呼吸着，张开贪婪的嘴，仿佛一声呼喊就能唤醒这空灵苍翠中绿色的精灵。客家山歌的回响，是遥远的生活，现实仿佛被历史包裹。

在梅县雁洋镇桥溪村，满山春花烂漫，如少女山歌一般昼喧夜闹。山坡上，一栋旧楼，门楣“继善楼”三个大字山下就能远远地看见，门联写着“继志述事，善邻亲仁”。程旼的“和邻睦族”在这里仍然找得到踪迹。

一个至今自称“客家”的民系，与土著的融合并非那么容易。外来者被当地人拒绝是人类自我保护的天性使然。岁月里暗藏的刀光剑影，只有亲历者才看得见它的血与泪。当年属程乡县界的建桥河，如今住的是张姓人，属丰顺县建桥镇。张姓人的开基始祖张德达来自闽西上杭，为融入当地，后人与畲族通婚，取畲人的郎名，祭祀畲人蓝氏外祖、婆太。他们除了信奉佛、道，也信奉畲人的巫、鬼与地方神明，建觋坛，请觋公、巫婆来念咒诵经。明崇祯十三年（公元1640年）张氏后人建起建桥围，以城堡的样式建成一座族人的住房，以求得一个安身之所。至今犹存的古城，既有中原民居四合院，也有畲、瑶的圆形屋和干栏式建筑，儒家文化与土著文化在这里融成了一体。

大埔县联丰村的花萼楼、龙岗村的泰安楼，家族封闭的生活空间如一个巨大的碉堡，大门一关，与世隔绝，外族难以侵扰，强人宵小更是不得而入。这是林姓与蓝姓一族的祖屋，形状一圆一方，建材一土一石，楼内中央都是祖先的祠堂。花萼楼为林姓南迁第五世祖援宇公修建，泰安楼是蓝姓二世祖蓝少垣兴建，现在，他们都是祠堂祭祀的先人了。四周一重重围绕的是一辈一辈饮食起居的房间，其排列有序一如族谱中辈分的排位。四百多年里林姓人家就生活在花萼楼里，而泰安楼蓝姓人家也在楼内繁衍生息了近三百年。

梅县南口镇桥乡村的围龙屋，是梅州客家最典型的民居，房屋连成半椭圆形，大椭圆套小椭圆，一圈一圈向外扩散，相间的圆弧形过道铺石板或卵石。过道的门通往屋前地坪和半圆形泮塘。包在椭圆形中心的是家族宗祠。

这些独特又杰出的建筑样式，是客家人在这片山地上的创造。他们为了适应新的环境，为了不忘记中原文化，以空间体现着儒家的纲常伦理，表达着追宗认祖的心结，一个家族的血脉在空间上得以呈现。

程旼宣扬推行的儒家生活准则，一如天穹深处的星光，明明灭灭，慢慢在岁月中汇聚，渐渐众星拱出，群星灿烂。这星辉皆来自遥远的中原大地。

这一天，程旼一系有人去世了。我赶到梅州殡仪馆，族人与他做最后的告别。每个人瞻仰遗容后，都在瓷盆中染得猩红的水里洗手。我从死者亲人手里接过一个红包。红包里装着米和茶。有人交代我，回去遇到岔路口，撕开红包，把米和茶撒到路上。客家送葬与回去的路是不同的。我不知道这葬俗与迁徙是否有关，路上的米和茶，让我想到了那些死在迁徙路上的亡魂。我把米和茶抛向空中的一瞬，仿佛看到了天地间那些看不见的东西，模糊，无形，诡异，一如茫茫逝川。

眼前的山水已是冬天的肃杀。

雩山以南

雩山山脉并非一座大山，与罗霄山脉、大庾岭、九连山、武夷山脉相比，它小而且不知名。我是在八境台上听到它名字的。那时我想着文天祥的诗句“风雨十年梦，江湖万里思”仿佛是个谶语，赣州知州任上的他写出了他后面人生的景况。

八境台建在赣州宋代石头建造的城墙上，俯瞰着贡江、章江。两江于北面汇合，一道矮坝分开两水，拦阻着来势凶猛的章水，浪花翻过堤坝堆出一条长长的雪线，贡水行船因之而无虞。

水势浩大，相汇处便是赣江，一派清凉的水似蓝还绿。左右的水流绕着古城墙和八境台而下，耳边只闻哗哗奔流声。太阳当空，山脉低垂，时空仿佛离开了现实，不分今古。舒展开的视线让石屎森林闭锁的双眼无所顾及，大脑深处却是呆痴。

雩山山脉引起我的注意，只因为向南翻过这条山脉，就到了客家人的中心地区——赣州。某个时期，它是一个民系的分界。像是7月的江风吹醒了某个遥远的记忆，我猛然觉悟到宋代的那个时空，建这个城墙的汉人与雩山山脉以北的汉人已经开始不同了，人群有意识地以地域区隔，划分出群落。雩山山脉给赣州的客家留下深刻印象，是它的山路难行，还是雩山是一道门槛，让他们获得了进入族群的安全感？

在贡江、章江和赣江流过的宽广地域，无数迁徙自中原的人在这里落脚。他们的先人早在东晋就远离黄河，涉颍水、洛水、汴河、淮河，进入江淮地区。远徙者进入长江，从鄱阳湖溯赣江而上。江淮只是客家人短期的栖止地，唐宋时他们再次南迁，到达虔赣。中原口音混合了江淮口音，祖居地的生活记忆一代一代相传着，人们保持了一些古今不易的东西，如立宗祠、迁葬骸骨、凿石窟、建风水塔、修书院、筑墙池……家一安顿，就忙碌起来了。

南方，茂盛的植被在起伏的山脉里菁菁拔翠，绿得张狂。山谷里奔腾出的溪水流进了水田，灌溉着水稻，那稻浪在他们眼里还会恍惚出旱地的麦浪吗？麦地的记忆太遥远了，中原的祖居地太遥远了，远得只有一册族谱，一个地名，一块灵牌。但他们却常常焚香祭拜，不忘祖德。

人们靠山吃山。餐桌上山货越来越多，青山绿水变成了染料，让服饰变得色彩斑斓，让食物五颜六色。一个叫杨筠松的人在赣南山水间行走，他研究南方风水，寻龙追脉，在兴国三僚找到了一块地形奇异的山地，他带着门徒来此侨居。堪舆术盛行起来了，江西“形势派”的形法理论由此孕育，流行于世。朝廷皇陵选址、皇城勘测要来三僚请人。修长城要塞、天坛祈年殿，三僚的风水大师也应召出山。

南唐，灯彩在民间盛行，到达贡江上游石城的迁徙者最为热衷，他们扎出八宝灯、桥板灯、鲤鱼灯、蚌壳灯，灯彩仿佛是生活的图腾。宋代，山歌在乡村流行，青山绿水间不时响起歌声。采茶歌在茶山响起，在灯彩中采茶歌配上舞蹈，一变而为采茶灯。明代，采茶灯演绎成了采茶戏，风行于赣南。

他乡已是故乡。

赣州西、南、东三面，罗霄山脉、大庾岭、九连山、武夷山脉以巨大的屏障围出了一个封闭的空间。攀上这些大山，作为岭南移民，那些年我探究它如何阻隔北方的寒流、中原的儒家文化。连绵的山脉，巍峨又清秀，挺拔得峻险，白雾流岚吞吐其间。望不尽的层峦叠嶂，绿色由青到黛，以至于蓝。

在梅关古道大庾岭隘口，贡江在山下拐过一道湾，由西转向北，奔向赣州。我看到青山上轻笼的秋雾，山峦一抹如淡扫黛眉。这是当年南迁的重要通道，迁徙者从赣州的大余爬上山来，踏过脚下的关口进入岭南。“梅止行人渴，关防暴客来。”不清楚关门上的对联是哪个年代写的，关北关南谁把谁当成了暴客？

九连山深深的峡谷，一线天峭岩如陷地宫。我由此进入赣州最南端的定南、龙南，去追寻秦始皇的一支军队，他们如何突破南岭山脉的天然屏障，进入南粤。

不曾想过，高山环绕的地方，丘陵起伏，江河交织，一个大盆地，雩山山脉从北方一锁，赣南便是一个天然的摇篮，一个清净安宁之地。躲避战火的人，在这里找到了安全的地理空间。

想不到赣州之行，客机飞越南岭，我只不过换了一个方向，却仍然向着武夷山和九连山跑。这一次溯贡江而上，沿当年迁徙者的路线，抵达贡江源头石城。这里，武夷山群峰高耸，一座阳元石孤峰挺拔，茵茵翠色的山坡如墙陡立，这并非我想象的武夷山低凹处。大山两面，一面是石城，一面是宁化。石城通往宁化的路有四条，分别经大畲、珠坑、沔坊和岩岭。这就是当年迁徙者走过的路吧。水路断了，要翻越大山了，故乡愈来愈远了。这条路成了南迁者怀念的路，顶礼膜拜的路。闽粤客家祖先大都从这里翻武夷山，进入闽西、粤东。他们翻山落脚的第一站便是石壁。石壁被后人当作了客家人的朝圣地，就像翻大庾岭的人把珠玑巷当作圣地一样。

在通天寨山顶上，我看到经大畲的路穿越一片开阔荷塘，峡谷中的路平坦笔直，空荡无人，向着大山深凹处伸去，直到高高山坡把它遮挡住了，我看不到它怎样翻越眼前的大山。我痴痴凝望，仿佛能看穿茫茫岁月，看到那些气喘吁吁的登山者。山路连接起来的是客家民系发育的核心地区，石城，宁化，我心中默念着这两个名字，忘却了身后通天寨丹霞地貌奇绝的风光。

筠门岭在贡江支流的湘水上。这里是武夷山与南岭相交的地带。正午时分，从会昌到达筠门岭镇羊角水堡，阳光直射，湘水荡起一片白光。从这里南行，可到福建的武平、广东的平远和蕉岭。这是又一条重要的闽粤通衢。一千五百多年前的一天，程旼带着他的家人和部分族人即从这里翻山，进入广东平远官窝里。眼前的山岭如篷如浪，起伏无边，武夷山脉最西端的大山项山甑耸立三省交界处，山那边便是畲、瑶和黎族栖身的荒凉之地，程旼消失在山谷中彷徨又决绝的身影是那么渺小。

什么时候赣南人不再感到安全了？是雩山低吗？还是因为赣江？

唐朝大庾岭的梅关道修通后，赣江疏浚，雩山山脉处的十八滩被疏通，船筏可直抵赣州，进入章江，一直到达大庾岭下。翻大庾岭的梅关道进入珠江水系的北江，直通广州、南海。赣江变成了南北交通大动脉——古代的“京广线”。四通八达的水路都与赣江连接起来了。

赣州变成了宋代的重要城市。城墙由土质改成砖石砌筑，贺兰山上建起了郁孤台，城墙上再筑八境台，七里镇的窑烧出了精美的瓷器，通天岩的石窟寺造像进入鼎盛时期，城市防洪排水排涝系统建成，一直使用到了今天……文人墨客从赣江溯流而上，苏东坡、辛弃疾、黄庭坚、刘克庄、戴复古……他们先后踏上赣州城墙，登楼赋诗，留下名篇。

赵宋王室南渡。战火也跟着南移。人们要翻越南岭山脉、武夷山脉的崇山峻岭，才能找到地理上的安全感。高高的大庾岭、九连山和武夷山，一拨又一拨的迁徙者攀上了它的隘口。

赣州变成了客家人迁徙的通道，它还是客家摇篮吗？在赣南生活的漫长岁月里，一种共同的语言、民风、士习和价值观念在这里是否已经形成？什么时候人们开始相互认同了？是南宋那个动乱的年月吗？赣州、汀州、梅州赣闽粤三省交界山区，人人以“客家”自称，主动与他人区分开来。这样的事情是怎样发生的？大山分隔的三地迁徙者竟然有了如此一致的语言、民风和习俗！

赣州人乐于谈论卢光稠。五代十国乱世时，虔、韶二州，北有南唐，东靠王闽，西界马楚，南交南汉，卢光稠举义旗，武装割据虔、韶，使二州没有落入他人之手，保持了自己的语言和习俗，在共同防御中凝聚起人心。文天祥是客家人的骄傲，他在赣闽粤三省交界的客家山区招募义军勤王，带领客家子弟为保宋朝江山而战，把客家人团结在一起。清咸丰六年（公元1856年），广东恩平、开平、增城、鹤山、新宁和广西武宣、贵县一带的土著与客民争夺地盘，械斗持续了十二年，死伤几十万人。世人为之震惊，客家人意识空前加强。也许，这一切外来原因促成了一个群体自我意识的觉醒？

封闭的大盆地，葱茏的群山是一个民系孕育的理想摇篮。正如江河发育，走进山体肌理深处，那一滴一点的汇聚，被岩石与森林掩蔽，但远处的溪流已经出山。

赣南山水让人恍惚。“涛头寂寞打城还，章贡台前暮霭寒。”这是苏东坡的恍惚。“城廓春声阔，楼台昼影迟。”这是文天祥的恍惚。

“郁孤台下清江水，中间多少行人泪。”这是辛弃疾的恍惚。“行人泪”指的可是来自北方的迁徙者？

伫立八境台，与赣州告别，想象着一条篷船，它由章江进入赣江，篷船中坐着一个正在绝食一心求殉亡国的人，他只想死在这里。这是他的故土。他一路从南海被押解而来，押去大都，走的就是这条南北水路大通道。“惶恐滩头说惶恐，零丁洋里叹零丁。”“国破山河在”“归乡如不归”，他内心的酸辛与煎熬何人能够体会？文天祥在这条古代京广线上写下了一路的诗。只是这惶恐滩在八境台的上游抑或下游？

江上往来的船只如此之多，有从三江口东去的，有向南向北去的。船上的人面容朦胧，神色悲戚，暗自落泪者很多，这“行人泪”都浮在逝波之上的夕光里，点点滴滴，有离人泪、英雄泪、悼亡泪、悲人悲己泪……一条水路，竟然有如此多的悲欢离合，正如李清照当年舴艋舟上写的——“载不动，许多愁”。

江岸沉沉，暮色里绿树暗去。初上的华灯最暖人心。

突然想起跟随文天祥翻越南岭的八千赣南客家子弟，他们再也没有回来。想到中央苏区，赣南参加红军长征的客家汉子也走了，曾经鲜血染红过赣江……落日在恍惚，江山在恍惚，人生亦在恍惚。

离开八境台，向建春门走去。出古城门，一阵杂沓的脚步踏上了贡江的古浮桥。一群中年妇女挑着担，竹编的箩筐盛了青翠的柰李、西瓜，还有手工的红黑两色布鞋。刚才建春门摆摊的她们在暮色里归去，一如荷锄而归的农人。过浮桥，我不知道贡江对岸是城还是乡。阔大的水流突然逼近，我们的步子都在随江流起伏。雩山之“雩”是古代求雨的祭礼，水系如此发达之地还需祈雨吗？这时想起雩山，毫无道理，我没见过却如此念念不忘，是因为雩山是赣州四围山脉中我唯一没有爬过的？一阵呼喊声从身后传来，一条船正欲靠上浮桥，水流却又把它冲远了。

客都

一

三年前，念叨着定南这个地名时，正是冬天，我在龙川的山岭间漫无目的地走着。因为定南紧挨龙川，龙川有岭南历史最悠久的古镇，我想象定南也一定是古老岁月里的一个名字。不曾想自己会犯下错。

我注意它，完全是由于古代的一支军队。我在龙川的山坡地里想象着这支长途跋涉的北方军队。在龙川的佗城，我看到了这支军队挖出的深井。一对有几分像麒麟的石狮弃之于镇政府大门外，残缺的下颚被人用水泥拙劣地修补过，据说这也是两千年前的东西。这支由任嚣、赵佗率领的军队驻扎到这个鸟语啁啾之地（鸟语当然是指百越方言），并建立起一座土墙围筑的城——佗城。

定南是江西南疆的一段，它像一把斧头一样砍进岭南的版图，把一条东西横贯的南岭山脉折得如同九曲黄河。秦朝的军队就像一股朔风从斧刃处刮到了岭南山地。龙川虽为广东北疆，但因为山脉的南移，它已深入岭南腹地，与现今的梅州紧紧连成一片——都是客家人居住的地方。我在客家人的地盘上步履匆匆，却完全是由着一种情绪左右，我对这片土地上发生的千年迁徙的历史无法释怀。它从南蛮渐渐走向与北方的融合，这一次军事行动无疑作用巨大。行动的前夜，定南那个拔帐发兵的地方当然令人遐想。

中华版图南移，让迁徙有了更广大的空间。数千年来，移民大多向着南方迈开脚步。即便西南，譬如云南，山坡上的少数民族也大都从陕甘青南迁，羌氐人的血液沿横断山脉的峡谷洒向了大江大河的下游。漫长的岁月，我注意着烟雨迷蒙的时间里成群结队而行的一群客家人，他们求生图存，慎终追远，生动的面孔至今呈现。在闽西、粤东、赣南，客家广布，是怎样的一种延传和融合，一个被中原人视为荒蛮湿溽的地方，甚至数百年前仍是流放之地，而今变作了一个富庶的江南，诗词歌赋的江南？

一部以黄河文明为起点的中华编年史，同时确立的也是一个以中原文明为中心的视角。广阔的、在北方人看来是没有边际的南方，客家人远未曾到来之前，又是怎样的呢？它呈现出的面目之模糊，如无边黑暗。历史的神秘正由这种被忽视的部分纠集。显然，这片土地并不缺少人的生存，南迁者这才被称为客家。土著们不在这部编年史的视野之中，他们湮没于同样广阔的岁月。那是另一种生存，另一类的文明。这种文明也许并不逊色于北方，这从广东新出土的石器、花纹细密造型轻巧的陶器等文物得到证明。这些文物的主人，他们的血液依然还在南方人的身上流淌着，像文化的交融，血液也随时间进行了悄无声息的大融合。面对一个个充满生命活力的岭南人，你能想象他们身体里潜流着的血液，但是你无从分辨。

有十年多的时间，我生活于这块土地，20世纪末开始，我见证了南方中国历史上从没有出现过的经济奇迹。无数孤独又精彩的庸常日子流逝过后，我再也不能把这里当作自己的客居之地了，与许多南下者一样，我成了一个岭南人。但我深深怀念自己的故土，与客家人一样从忙碌的生存动作里偶尔抬起头来，眺望一眼北方，那种进入骨血的深沉和忧郁，猛然间我有了切身的体验。关注客家，也许与我这样的身份有关。

踏足定南县时，我已走过了闽西，看过了永定客家人的土楼，到了潮汕地区，然后是被称为客都的梅州——自觉或不自觉地几乎是环绕着她在走。在绿树葱茏、远山如烟的丘陵山地，在客家人豪爽热情的语气与行为里，我浓浓郁结着的乡愁——我回故乡也不曾消失的落寞心绪，散得像一股轻烟。客家的山水与情怀，是根深叶茂的古树，让我灵魂归依，客家人对人信任、热情的天性，他们坚持至今的观念、准则，一种鲜活又古老的文化传统，与流淌在我血液中的精神深深契合。我们精神的源头都能在那个遥远的中原找到汇合点。

二

在定南新修的宽敞水泥大街上走，空气中飘着这个纬度上春天特有的浓烈的植物芬芳。我向路人打听县名的来由。不同的面孔表情各异，他们都是回答不了问题的表情。他们或是走在上班的路上，或是刚从菜市场买回一堆肉和青菜，或是在横穿马路，不知道要去干些什么。我像故意考一道题似的，觉得有趣。一大早赶来，本想找到答案即走，没想到这成为一个难题。

找到新华书店，像个街头闲人，我一个人站在大门外等着门开，去寻一本有关定南历史的书籍。

跨进书店，灯还来不及开，两眼已一路扫射。密密麻麻陈列于架上的书，内容大都是如何成为富人，如何调情取乐。让人想到，消遣与发财是人生的两大基本主题。有关历史的书却一本也没有。

我的问题离现实是不是过于遥远了？把历史与现实混合在一起，不是多数人的行为，我什么时候成了少数派？发现自己一直行走在时间的迷雾中，我感到了太阳光下的街景浓郁的梦幻色彩。历史的蛛丝马迹与个人的想象建立起海市蜃楼，它们与现实的生活交织得骨肉难分。感觉有一双手是能相握的，尽管隔着时间的帷幕。这帷幕对我是那样薄，似乎闻得到那边的神秘气息，一切只需轻轻一揭。揭去时间的包裹，其实我们都在同一个舞台上。

既然对百越之国用兵，军队必聚集于南岭山脉北麓，定南自然是取平定南方之意。两千多年前那场战争的前沿阵地，定南丘陵沟壑间，帐篷遍地，刀光闪烁，人喧马啸……我一路观察定南的地貌，都是些不高的丘陵，红泥绿草，松枝幽幽，散落山坡平畴的民居都爱挑出一个阳台。五十万大军驻扎，炊烟起处，连绵相映。谁也不知道这支军队是不是同时从这片山地南进。有一阵，我站在一条水沟边，流水声引得视线待在蓝得发黑的水波上。看惯石屎森林的眼睛正在发痛。

消逝的历史有时只留下一个地名而已，譬如佗城。相信定南也是同样的产物。

为着印证，我曾上网搜索定南名称的来历，没有收获。偶尔的机缘，到了定南九曲溪，同样是为了印证，临走还是往北折回了县城。

回到广州，才知道自己的错。定南宣传部受我之托，终于找到县名的来由，女部长打来长途，电话里大声说话，泼出一腔激情，她的话证明，定南明朝隆庆三年（公元1569年）才建县，起因是客家人赖清规的一次起义。朝廷平叛后，就将这个信丰、安远和龙南三县交界的地方单独划出来，取名定南。

愕然间，历史像一支箭穿过了想象的边缘，它容不得人半点猜测。

古老的土地，短暂的县史，全因一个客家人的作为，而非一支远征军。

同样的错误还发生在定南的地理上。三年前，我一路北上，想从龙川的土地上穿越南岭山脉，体验一下任嚣、赵佗的部队如何翻越重重屏障，进入岭南。同行的龙川人知道我的意图，告诉我，那道南岭山脉与我车窗外看到的山坡没有什么两样。内心一时震荡，双眼圆睁。事实令人不可置信。那些山间劳作的农人，竟也幻化成定南农民的样子。也许，他们本来就没有什么大的区别。

我曾多次从韶关翻越南岭山脉，那些钢青色的巨大山峰，能阻挡住北方的滚滚寒流，甚至是中原的文化——儒家的文化就被这道山脉阻隔得面目全非。赵佗如何就找到了漫长山脉的这个低落处？这广大溽热之地，秦人对它之陌生，尚且把百越国语言当作鸟语，但他却能找到地理的关键！上千里的绵延山脉，几十万人的军队就这样轻易地穿过去了。

从定南回广州，走与龙川相邻的和平，翻越南岭山脉，仍然山体巨大，沟壑深切。和平更西的连平是去时的路线，因为错路，我误入这条南岭山脉上的公路，路旁高岩孤悬，峡谷幽闭，更见险恶。这两个相邻的县都在那把斧头的利刃之下。当年的百越降归，也许与龙川这个地理上的变化不无关系。（现在，京九铁路通过这里，高速公路也从龙川修过去了。）

赵佗的军队入粤后，一路从龙川打到番禺（广州），最终在此建立王庭。

秦始皇为了让驻扎在龙川的部队落地生根，从中原送来了一万多个女人，给士兵做“衣补”，也就是做老婆。这大概是粤东山区最早的移民之一了。与她们一同到达的还有那些被当作囚犯的六国贵族的后裔。那时，梅州、闽西一带依然是真正的土著山都、木客的天下。或者，一支更神秘的移民已经悄悄抵达或正在路途上，他们是如今人数变得极少的畲族人。

畲族人的迁徙开始于商朝末年。他们翻越桐柏山，渡过汉水、长江，直奔洞庭湖南岸。从这里，他们分成两拨：一路逆沅江而上，进入四川酉阳，走出武陵山脉后，沿着南岭山脉一路东行，一直到广东的潮州定居；另一路入江西，直奔赣闽粤三省交界处，在梅州定居下来。向东的一路，与后来客家人走的路线极其相似。

客家的迁徙开始于东晋，他们从潼关出发，过新安到洛阳，沿着黄河向东，经巩县、河阴，转入汴河，走陈留、雍丘、宋州、埇桥，在泗州进入淮河，一路水上下扬州，一路从埇桥走陆地，经和州、宣州、江州、饶州，溯赣江而上，抵达虔赣。少数人绕过南岭山脉，从武夷山南段的低平隘口东进，进入闽西石壁，再西迁至梅州。

唐僖宗乾符五年（公元878年），居住吉州、虔州的客家为避战乱（黄巢起义），又不得不溯章江、贡江而上，沿同样的路线进入闽粤。随着北宋、元、明、清南迁的人越来越多，一批又一批的客家来到了闽粤赣交界的山地。历经三次大迁徙，梅州渐渐成为客都，龙川也成了客家人的龙川，南岭山脉变作了客家人躲避战乱的一道天然屏障。背离故土的客家人不无悲伤地唱起山歌，忧伤的眼睛总是眺望到山脉深处的北方。

早到的畲人，在此与客家人、潮人遭遇，岁月幽暗的深处，不知掩藏了多少不寻常的苦难。

三

潮州像是我抵达梅州的一次预演。去年秋天，我站在韩江远眺它烟雨朦胧中的上游——梅江，那里是我向往已久却仍未曾到达的客都梅州。我几乎走遍它的周遭，只有这个客家人的中心成了我不曾踏足的地方。想不到一个多月后，当南岭之北飘下第一场纷纷扬扬的雪花，我在最寒冷的冬季走到了梅江边。同一条江，因居住了不同的民系而被赋予两个名字，让外人略感讶异。在潮州，我的目光从韩江碧波轻漾的江面收回时，我看到了客家的生命之水，并获得了一个客家人的眼光——后来我才意识到我一直在拿客家与潮人相比，在以一个梅州人的眼光观察潮州。是这条江水让我把他们连在一起。

在潮人谨慎的谈话里面，我感觉到了他们血液里的孤独情怀。在世界各地，他们彼此间称呼自己人时，佶屈聱牙的潮州话就像一个相互对接的暗号，那一定是一种内心孤立的表现，也是不肯认同外人、自我封闭的一份倨傲。他们南迁至这个远离内陆、面对茫茫大海的平原，那些升起炊烟的闽越人、畲人，那些在东方架锅起屋的福佬人，与新来者有过怎样的血肉碰撞？他们陷入一种难以自拔的情绪，是因为前者，还是由于背井离乡的孤独在他们来得特别强烈，以至连绵千年而不绝？那是一次怎样的行程？

潮人是岭南山地的一个异数。同样迁自北方，但他们甚少关心自己的来历。他们占据了岭南最好最肥沃的土地——潮汕平原。作为强者，他们表现出孤傲，却从骨子里透出一种恓惶。他们把一个贬官大文豪韩愈当作神灵来祭拜，以至江山易姓为韩。韩愈在潮州只有八个月时间，其作为并非特别显著，其影响却横穿历史时空波及至今。韩愈拨动了一群怎样的心灵？是潮人内心深处的渴求在韩愈的身上找到了文化的井喷？是他们惺惺相惜？是同样的文化与遭际引发了共鸣？大颠和尚与韩愈谈佛论世，据说改变了韩愈的一些观念，彼此引为知己。这个留传的故事，也许象征了潮人与韩愈是文化触动了彼此的心、彼此的深深认同。

潮州文化，表现最极致的是其精细的审美趣味。精工细作的潮州菜，讲究素养品位的工夫茶，散淡闲致的潮乐，抽纱刺绣、青白瓷器、镂空木雕，甚至也把绣花的功夫用到耕田种地上了……样样都极尽细腻与精致之能事，似乎他们害怕丢失这样一种趣味，不敢变易，代代相传而从不言倦。

潮乐保留了汉乐的原味——它是中原古音的演变，沿用二十四谱的弦丝。潮州菜也是古老的口味，有名的“豆酱焗鸡”是宋代就有的菜。潮州话相当多地保存了古汉语语法、词汇，甚至发音：走路——“行路”，吃饭——“食饭”，吃饭了没有——“食未”，喝粥——“食糜”，要——“欲”，菜——“羹”，房子——“厝”。潮人说“一人，一桌，一椅”，仍如古文一样省略量词。

在建筑上，潮人说“潮汕厝，皇宫起”，他们建房子就像建皇宫一样讲究，风水、格局都有不少的形式，最著名的有“驷马拖车”“下山虎”等。祠堂是最奢华的建筑，每个姓氏都有自己的宗祠，它是潮州建筑的代表。潮人还用红瓦表示一种特别的荣誉——标志一个村落曾经出过皇后。大凡造型艺术，都表现出一种东方式的洛可可风格，这种繁复的趣味在如今简约化的现代社会中仍旧在潮汕平原留传。

这些几乎成了他们的根——文化的依赖——他们视之为最高贵的品格。这文化把他们凝聚到了一起，使他们成了“胶己人”（自己人），也使他们可以乜视周遭。

只是一席地道的潮州菜，它的器具之多、调料之丰、味道之淡、做法之精、吃法之讲究，绝非民间饮食气息，而像宫廷之享用。再犯一次错，我也想下一个结论——这个民系一定出自贵族。他们隐瞒了自己的历史，他们的祖先隐名埋姓，只把自己过去的生活习惯与文化保持，向后传递。譬如潮州鄞姓，有人说是由靳姓改过来的。楚国大臣靳尚是鄞姓人的祖先。也许是他陷害屈原的原因，后人耻于用这个姓氏。

求证是困难的，只当是诗人的一次狂想吧，一束光投向了时间的深处。黑暗太深，像潮人的沉默与遗忘，无法看清那个走在时间深处的人。

这天深夜，在潮州古城骑楼下走得累了，坐在韩江古城墙上，看出现于客家歌谣里的湘子桥，那些孤立江中的巨石桥墩激起阵阵水声。想起一条绵延几百里的江，两个名字，两种文化，两个民系，他们在上游下游分隔开来，鸡犬之声相闻，老死不相往来。只有那些梅江漂下来的竹木，那些赤条条立于木排竹排上的放排人，那些泊在城墙下的货船，穿梭在客家人的山地、潮州人的平原……几十年前还历历在目的情景，已随流水而去。上游的梅江只有清水流下来，把韩江流淌得一派妩媚。善于经商的潮人，会对这清澈柔顺之水发出怎样的感叹？

水，经年不息触摸八百年的石桥墩，提示着一种生生不息的生命哲学。

现实的时空在由一城璀璨灯光撑开。空气不因时间的叠压而霉变，江河却因水流的冲刷、沉淀，日积月累得以改观。韩愈眼里的江不是今夜收窄的岸渚，从前清水流过的地方，夜色里跑着甲壳虫似的小车。

对岸山坡，月光下更见黑暗。山坡上千年韩文公之祠，被潮人屋脊上贴满刺绣一样精细的瓷片拼花，盖上积木一样小巧的青泥瓦片，山墙、屋脊，曲线高耸，被夸张到极致。溶溶月光里，它正流水一样超越模糊时空。

黑暗中若有若无的水雾降落。一时领悟——韩祠只是这片土地上的一座建筑，是潮人需要的一座文化圣殿，依靠它，可以凝聚并张扬自己的文化。它就像一股心灵的不绝水流，滋养一方水土蔚然充沛的精神。

四

梅州是客都，她曾经是一个迁徙的终结之地，也是一个再度出发的地方。成群结队的客家人来到这里，幽蓝而空灵的山水，令人心灵得以抚慰。一片江南的云雾飘来，那是一种如梦如幻的牵系。青葱山岭波浪一样涌过麻木的脚板后，眼里出现的这片盆地，就是梦中的家园。

客家沿着汀江一路西行，逼仄的红土山地渐行渐阔，待到一江两岸升起炊烟，汀江下游半军事化的土楼已经不再需要了，大大减弱了防御性的围龙屋出现在梅江。那种渗透骨髓的儒家文化又有了表现的空间，那种对于文化的信仰，到了这片土地，又以诗书耕读的形式延传。

比定南客家民居看重阳台更具匠心，梅州围龙屋在封闭的建筑里表现了空间上的伦理。梅城有一百一十六年历史的承德楼，天方地圆，椭圆形平面，圆的是正门外禾坪、风水塘，是后院的花头，粉白的围墙照壁圈出前庭，半圆形廊屋环抱出花头。金、木、水、火、土五行，北方先人们认为构成世界的五大元素（两千多年前，西方雅典的先哲们也用四种差不多的元素土、气、火、水来解说世界），神灵一样被供在花头的上门。中间方正的房屋以正堂为中心轴线相对而出，由内向外层层展开，方格纸一样形成了八厅八井十八堂，表现出极强的向心观。其秩序由上堂、中堂、下堂按长幼尊卑依次展开，五代同堂的大家族起居变得井然有序。山墙瓦脊，讲究线条的曲直对比，黑白块面相生相克，如一幅宁静淡雅的空间水墨。

而梅城西郊的南华又庐是另一种风格的客家民居，十厅九井，注重庭园，大厅开放，并置廊庑、亭台、花池，组团之间以巷道分隔。抛物线造型的山墙一字排开，以之构筑立面，青山起伏间，平整的稻田，深处的溪流，粉白的墙面，温暖的阳光，沁肺的凉风，青空里的树冠，一方天人合一的至境，表露的是主人淡然安逸的生活情调，宁静致远的心境，隐然的人生态度，对生活品质的热爱与追求。一首凝固在空间里的田园诗，深藏着东晋南北朝遗韵至今的古诗意趣。

客家人对于根的追问，构成了客都的一处独特风景，甚至一种新民俗。恳亲大会定期开，世界各地的客家云集。客家菜也表现了同样的情结：客家酿豆腐——豆腐里包肉馅——客家人乐意解说它为南方的水饺。因为南方没有面粉，客家为了不忘记北方的饮食而刻意模仿。

没有一个地方像梅城，会与一棵树相联系。这棵大榕树把梅城比拟成了一座庭院，一个村庄。客家出行，要在这棵大榕树下拜祭。远行人放下行装，点燃香火，稍稍平静一下离愁别绪，甚至回顾一下漫长岁月含辛茹苦养育自己的故土，在内心深处做一次人生的回眸。他（她）双膝跪地，向着这棵与自己一同生长的树，虔诚地叩响额头，向她祈求路途的平安。归来者，进入梅州盆地，远远望见大榕树。她高扬的树冠，就像慈母挥动的臂膀。游子的眼眶因此而时常变得湿润。

树，离家的日子千百次在记忆里出现，她代表的是故乡，是亲情，是心灵的归宿，精神的寄托，灵魂最后的牵挂与抵达，人生最温暖的角落。一棵古树，因为共同的怀念而变得神圣。

树成了梅江边生长着的乡愁。

四百九十万梅州人，三百多万人从这里走向了海外。

客都，一个迁徙之城，脚步声总从这里响起，它打破寂静深夜里的睡梦，踏响黄昏时的苍茫。闯荡世界，成了客家人的一种秉性，一种进入血脉的遗传密码，与守望田园的中原农业文明养成的故土难离心理大异其趣。他们读书，信奉儒家齐家治国平天下的理想。他们进入仕途，无梅不成衙。他们进入文化领地，诗人、画家皆名震一方。一路漂洋过海的，有的成了当地头领、巨贾。客家迈开了脚步，就难以停息，他们永远在路上，所以记得最牢的是自己的血脉、自己的根。

远行的客家，梦乡里一定有这样的情景：一层淡淡的云雾飘动在梅江水底，那是绿水里的青山；一座青山一片白云，一条江走在天空里，它像出阁的少女，明眸皓齿，黛眉轻卧，柔美的弧线画出大盆地的灵动；身后青山如黛，蓊蓊郁郁紧守一个个青春的秘密。

寒冷的腊月，江边徜徉，倚着石砌的栏杆眺望、怀想。不瘦的江水，展开蓝墨水的江面，风吹涟漪，银光一摊，如粼光晃荡。江岸画出半圆，弯月一轮框住一城清纯民风。天光水色间，往来人群，无半点匆迫。水的潺湲漾到了岸上，在人的脸上释放潋滟波光。

我从江南跨过大桥走到江北，踏过闹市的一地灯光，梅江拐过弯后与我重逢，我又在江南了。“一路谁栽十里梅，下临溪水恰齐开。”“谁向江头羯鼓挝，水边疏影未横斜。”浪漫的情怀，滋生在这个晚上：客家女孩耳边喁喁私语；十里梅香，不闻已齿颊生香；岸上人影，垂柳依依，人面桃花曾相识；一湾碧透，抽动夜色如带……

一个喜爱自然、雅好山水、热爱家族的民系，把一生一世的眷念系挂到了这一片烟蓝的土地。

一个游子把人生最美好的回忆留在了梅江两岸。

五

南方的土地充满了灵性，也许因为纵横交错的水。南方的历史如此奥妙，因为有民系的大迁徙。用不着刻意去一个地方，用不着刻意寻找一群人，在南方的山水间行走，你能随时发现历史。南方起伏的山岭构成一个个封闭的空间，保存下了古老的文化，那些消失的语言、服饰、习俗……呈现出来时就像一个异族。历史并非只是过去的事物，它在大地上仍以各种方式发生着影响，呈现出茂然的脉络之势。

深圳鹏城村，明朝北方一支军队形成的村庄，至今仍被一座六百年的城墙围绕。当年军队开赴南海为了消除倭患。这些海边安家的士兵，鹏城村还供着他们的牌位，后人遵从其训，为国效力，青石板巷的民宅里，至今有十余座将军府第隐身其间。抗英名将赖恩爵出生于此。他曾作为林则徐的副将，参加了抗英的“九龙海战”。香港回归在鹏城村引起的反响，并非只是燃放炮竹，还有向祖宗上香，告之家翁香港收回的音讯。家国之忧的传统一脉相承。

凤凰山，离鹏城村不远的一座山，客家人文天祥侄孙文应麟逃到了这里，一代一代悄悄繁衍生息，至今已发展成一个文家村庄。

南方的土地，几乎可以找到另一部中华历史——每一个重大的历史事件几乎都能在这里找到回应，参与者总是以失败、失势或弱势一方的南迁躲避、流放而波浪一样消逝，余波在南方的山水间归于平静，隐于无声。

个人在大地上的行走，是一些瞬间的事物，像急流卷起的一个漩涡。在这样一个匆忙的年代，高速公路全面铺筑，就连行走也几乎变质——许多地方只有一个路名——高速路出口处的名称而已，几乎是一闪而过，它们在现代化的速度面前都被一一抽象掉了，成为目的地之间可以忽略的地带。

那些迂回的省道显示了亲切质朴的模样。特别是山岭相峙或者绿树当冠的道路，行车走过，让人生出迷恋。这些瞬间是珍贵的，它就像匆匆人生，朝如青丝暮成雪，每分每秒都是自己的生命、自己的人生历程。

每走过一地，总是想看清之前走过的人，或者是我一样的过客，或者是扎根下来成为炊烟起处的土著，或者某一个特殊时段，历史有惊人的表现。这表现总能从眼前的事情里找出线索。那些被时间收走的历史，感觉在靠近。孩提时遥想二十岁是多么遥远的事，人到中年，感觉二千年也不过弹指一挥间。不同年龄不同时间的感觉，让我把目光朝历史的深处伸展，道路一样延伸，直到许多的脚步踏上来了。我不再孤独。

龙行之地

一

去龙川，因为地理的原因，脑子里先有了一幅高山深谷的风景图。在龙行之地南越王赵佗的故地走，山水奇妙地古老。定南县本不相干，想起它，是琢磨它的名字是否与当年平定南方有关。它属江西，与龙川相邻。龙川北面的边界，我原以为它是一道山脉分割开的。没想到龙川与定南间并没有大山阻隔。两千年前，对中原，那片土地一定是最遥远的南方了，定南一定扮演过边界的角色。当年，统一南方的军队也许就是从这里入粤的。想不到，秦朝灭亡得这么快，它的大将在失去主子后，就自立为王，南岭山脉成为了赵佗的南越王国的天然屏障。

行走在龙川山岭低谷间，时而是水库，时而是河流，时而是温泉，还有古井、越王庙、古塔和围龙屋，而眼前出现的人群全是客家，他们都迁自中原。

记得走夜路从老隆去合溪温泉，公路上黑咕隆咚，路边两排树干刷了石灰，那截白色被车灯从黑暗里照亮，一排排倏忽出现，又急骤隐去。车灯突然照到了稀稀落落的夜行人。他们都是学生，很晚了才从学校回家。客家人对知识的渴望一从这个晚上凸显，就深刻地烙在我的脑海里了！

霍山是龙川的名山，奇石兀立，貌若丹霞，其奇异风光竟不为外界所知。这天就只有我们几个人攀登。山上有一残疾男人，一间破棚，几块石头支起锅灶，一副清闲自得的神情，向偶尔上山的人卖一点茶水、零食。他真的是守株待兔成语的释义。有人来了，一高兴泡了当地野生的甜茶送给我们喝，不取分文，忘了他自己是个待兔者。这又是客家的古道热肠。

下山，一道士远远跑过来给我们带路，害怕我们错过了那些他朝夕相守的好景。

一路鸟瞰，山下舒缓的丘陵从绿到蓝到淡如烟，直融入天际。正午的炊烟在大地上丝丝缕缕飘散开来，一幅好不宁静祥和的世俗生活画卷。想起客家远古的祖居地潼关之西，那一片皇天后土，同是鸡犬之声相闻的土地，与眼前的一切还有关联吗？于是，一条漫漫迁徙路，隐约于渺茫时空，从昼夜的栅栏——时间的黑白键上，如滑音一般划过，仿佛大地上的历史昭然若揭。

二

中午，在霍山脚下田心镇吃饭，这是个畲族人的聚集地。为什么叫“畲”呢？烧山种畲，刀耕火种，游耕不定，外人才这样称呼它？从前，他们服饰奇异，婚姻自由，没有儒家礼法思想，很难融于汉族士人。汉人还称它为“徭”“峒獠”“峒蛮”“武陵蛮”。

据考证，商朝末年，南阳附近的平月，畲人的祖先开始上路，他们翻越桐柏山，渡过汉水、长江，直奔洞庭湖南岸，就是他们当年到达了汨罗江，聚集于古罗城（现在汨罗市城关镇仍称罗城）。从此，他们分成两拨，一路循沅江而上，到了桃源，又由南转西，进入四川的酉阳，最后经吉首、凤凰、怀化，走出武陵山脉，绕广西桂林，沿着岭南山脉一路东行，一直到广东的潮州定居下来；另一路入江西，经宜春、吉安，到达信州龙虎山，直奔赣闽粤三省交界处，在梅州定居下来。

怎么也想不到，这片山地竟与自己的老家有联系，而且破译了一个千古谜团！我的老家汨罗江离这里何止千里！四十年前我在那里出生。二十多年前，在汨罗江的南岸挖掘出了灰陶绳纹鬲、筒瓦、陶罐、地砖。经考证，两千年前这里有过一个古罗子国，但它为什么突然消失了，却成了悬案。古罗子国，被楚国征服的小国，从郢都之西迁来，他们与畲人有怎样的交集？为什么都离弃了罗子国？畲人分两批朝不同的方向走，为什么最后又都到了同一个地方？

三

六年前，我从广州北行，穿过石灰岩山区一座座孤立的山峰，进入南岭山脉。一片起伏的群山间，瑶胞的草木房散落于山坡之上。一位头围黑巾、巾上插有鸡毛的老人，阔脸粗眉，声音洪亮。他唱的瑶家山歌，就是自己民族过山瑶迁徙的歌。歌中对祖居地怀念的感情深沉而忧伤。火炉边的一位阿婆和一位少女在做着针线。天寒地冻，我们一起烤着火，蹿动不宁的火苗，噼啪作响的木柴，我的眼前却出现了苗族火堂边的一幕幕——有几年时间，我在湘西的苗家山寨行走，几乎走遍每个县有名的古镇。阿婆和少女脸上特有的表情、说话的语气，我是那样熟悉，甚至感到几分亲近。她们用毫无疑义的口吻说，他们的祖居地在湖南洞庭湖。那些我曾听过多少回——我们是蚩尤的后裔，来自洞庭湖——湘西苗族朋友在不同场合讲过的话，又在耳边回响。

我想：他们难道都是畲人迁徙路上撒播的种子？都是古罗子国的后裔？

只是“武陵蛮”一词，就让我眼前晃动起历史的影子，弥漫出一片时间的迷雾。

四

对着窗外的霍山，我喝着畲族人自酿的白酒，似乎看到了畲人祖先眼里的霍山，那曾是一座陌生而让人陡生乡愁的山。有一团愁绪郁结到了酒杯之中，一杯接一杯，仿佛自己长年漂泊的滋味能一朝吞掉。鱼被切成片，拌了茶油、米花、姜蒜生吃。主人言语不多，拿了眼角偷偷看人。半天才上了一道菜，蘸了小碟中的灰褐色盐巴，咸得人一时咂起了嘴。主人介绍菜式和劝酒的话，没有一句是听得懂的。他们的方言还保留有不少古音。难道古罗子国的语言也与之相近？我熟悉的家乡话与汨罗江的土地又是什么关系呢？几百年前，我的祖先移民时带来的语言，在汨罗江是被杂交、同化，还是反客为主了？生在嘴巴上的语言跟随着两条腿，就像浮萍跟随着流水，四处漂荡。曾在同一片土地上流行过的话，彼此却找不到沟通点。

数日逗留，有时是黄昏在田垄漫步，只有几点星光的黑夜里，沿着山溪绕村而归；有时在盘山公路御风而行，极目远近丛林秋色；有时浮筏湖中，摸着一副纸牌，兴起处，纵声高呼……到了离开的那一天，才感觉有了几分不忍。

在喧嚣的都市，躲在书房一隅，翻阅着有关客家人南迁的史料，记忆与想象的双翅翔动在脑海。古邑龙川，这时就像笼于一片云烟，记忆中的山山水水愈加显得神秘、浩茫与邈远。

广府人：与海为邻

广府人的南方

脑海里跳出“南蛮”一词，自觉有些荒唐。眼前的景象无关“南蛮”，反倒是繁华得喧嚣，灯红酒绿得纷纭。十几年的时间，佛山、东莞、中山已经用水泥的楼房和水泥的道路与广州连接成了一体，不容眼睛瞧见一片田野。而我，眼睛从这剧烈梦幻的变化中看出一丝荒凉——一座城池，一个年代，无论它怎样辉煌，转眼之间，遗迹就可以覆盖所有的显赫——这不过是大地上许多遗迹诉说过的辉煌。

“南蛮”这个词汇所代表的含义离得并不遥远，一百多年前它仍然刺痛着人心。中原人对于南方的蔑视，正如今天的岭南人把他们地域之外的人都称为北方人一样，普遍的偏见从来不曾缺席，它乃人性之一种。

面对高楼大厦，遥想荒蛮似乎可以得到一种心理释放。它见出变幻的现实暗含的一种力量，让繁华呈现只在瞬息之间！让荒凉呈现，更如人之转念。这种沧海桑田的力量，让曾经桑田鱼塘的珠江三角洲转眼间变成了车流滚滚的街市。古老村庄在湮没，荒山野岭美容美发一样遭遇改造，全球化浪潮席卷时空。历史的痕迹在潮水般退去……

置身岭南，城市群中川流不息的人，像一夜之间涌现。尽管着装上他们趋于一种流行，然而，口音泄露了他们作为北方人的身份。他们是来自北方的移民。在粤语通行的珠江三角洲地区，新移民带着的语言就像无法交换的货币，而一颗离乡的心，在体会漂萍的孤寂。他们奔忙，不同的乡音被强力改造后仍顽强地在各个角落响起。

岭南土地之上，承载新世纪的一个梦境，穿梭其中，感觉洁净、喧哗、急速、刷新……

而一种古老，一种与南蛮时代相联系的声音——客家话、潮汕话、粤语，于天南地北的乡音里独自灿烂，它们在嘈杂的趦市、街道、车站成为一道景观，让陌生的外来者不得不伸直了舌尖，发出一两声“鸟语”，发音标准者无不为自己拥有这通行的“货币”而兴奋、而虚荣。而舌根顽固者感受到的是独在他乡为异客的滋味。在这岭南的“鸟语”声中，我感受到了它与历史的联系——三种方言都带着古老中原人的发音，声音证实曾经的荒凉并非虚幻。

在城市化与土语间寻觅历史发展的玄机，不会让人浮云遮望眼。从客家话、潮汕话、粤语可以发现岭南的三大土著民系客家人、潮汕人、广府人的来龙去脉。多少年前，他们的祖先如今天的移民一样翻越了南岭山脉，进入这片荒凉的未被开化的土地。那时的荒凉，实在是更葱郁而沛然的自然景观，南方密布的河流，一片片原始丛林的苍翠与繁茂，散发自然最粗犷狂放的诗意。无人记得，潮汕人是如何最早发现粤东平原，客家人是怎样迁徙到了梅州山区，广府人为何选择了珠江三角洲。壮阔而悲伤的迁徙史，没有有心人，像智者观察并记述历史。甚至边远地区弱小民族的祭师，尽管他们没有文字，但依靠原始宗教，依靠一代代人的吟唱，也能传承自己的历史。南方的历史却走成了一片荒漠，岁月的江河奔腾而去，只泻下一地泥沙。多少苦难被这样的泥沙埋葬，多少挣扎过的生命听不到了一丝喘息，吟唱的歌谣不能传世，哀伤的文字不复重现。因为迁徙者是弱者的迁徙，是灾祸的迁徙。

今天的移民，意义已大不同前，他们南下为了寻求自己的发展，为圆个人的梦想。广府人像被激流冲散的沙土，在新的汹涌而来的移民潮中散于一地。我在寻觅过客家、潮汕人的迁徙之后，再看广府人迁徙的历史背影，却无寻觅处。在新的崛起的城市群中，他们似一盘散沙，无从描绘。

中华民族聚族而居的传统在岭南并没丢失。一本本发黄的族谱并没丢失。历史的根系在这薄薄的纸页间悄悄潜伏下来，那些怀念祖先的人暗中藏匿起自己生命的来路。当寻根的情结波动了灵魂，人们循着自己的来路开始了历史的追溯。

越是发展迅猛的地方越是要寻根，越是现代化人们越要回到古典。这是心灵的需要，是灵魂的渴望。十几年前，在南岭山脉一个小小集镇，一千七百多人聚集到了这里，他们自十六个国家而来。小镇名不见经传，但它在珠江三角洲几乎所有氏族的族谱上出现。他们的祖先都在这个小镇落脚。那是他们一个共同的祖居地。这个小镇名叫珠玑巷，多少个世纪，一代又一代人在自己的族谱上默默地书写着它。这个位于南雄的小巷可以把广府人归结到一起。

在汹涌的人潮中，一个被湮没的民系，从大都市抽身而出，回到自己的祖居地，以求认清自己的面目，以求与众不同。历史并没有成为过去，它像血液融入，在每个人身上遗传。

珠玑巷，已不是繁华街市，它像乡村集镇一样平凡、破旧，但却散发着家的气息。平凡破旧却隐含不同凡俗的气质，闲散、悠远、宁静，像隐秘的大家闺秀。狭窄的街道，在夕阳的余晖里，金光点点闪烁于檐顶墙角，万物在暧昧的辉映里生出人生的幻觉。

北面梅岭拱于檐脊，浓霭一样的山色似迫人的乡愁，不待仰望，已摄心魄。

穿过胡氏、周氏、陈氏……一家家的祖屋，古巷开枝散叶的能力震惊人心，珠江三角洲如此庞大的人口从这一个村庄发端？！生命繁殖之迅猛令人讶异。这个依靠北运铜币、食盐而兴起的驿道小镇，从前，三里长的街道，两旁列肆如栉，茶楼酒肆、客栈饭馆达二三百家。宋代黑色鹅卵石铺筑的路面竟如新砌，一路攀向梅岭，千年叠印下来的足迹，可以感受逃难者惶惶的脚步。

这是梅岭长坡结束的地方，一天的行程，走到这里天就黑了，或许翻过了大庾岭觉得安全了，已经很累了，要寻找住的地方，或许觉得这道南岭山脉过后，从此关山阻隔，再往前走，将彻底告别故土，他们要回望一下自己的来路，适应一下这块陌生的土地。那是生命最苍茫的时分。失神的眼睛，茫然的目光，不安的询问，嘈杂的脚步，交织于黄昏。

珠玑巷正如客家人的石壁，他们的祖先也在这个南岭山脉的东面、武夷山的南端进入福建，并停留下来。也许这些是苦难中移民的共同心结。他们在同一个地方停下脚板，彼此交流信息，彼此取暖，忐忑中寻找自己的同路人……

岭南是遥远荒僻的。迁徙者并非一开始就直奔岭南，只有那些官宦人家，为躲避灭顶之灾，才远走岭南，他们是最早到达这片土地上的人。升斗小民，则一程一程朝着南方迁徙，他们走过黄河以南、长江以南的州县，走过一个个朝代、一代代人之后，才从江西靠近这个南方的最后屏障。迁徙好像是他们前赴后继的事业，大灾难在他们身后紧跟着，如同寒流。

唐开元四年（公元716年），张九龄开凿南北水路大通道——梅关古道。梅关古道以陆路连接了南岭分隔的两大水系，它是最早的京广线——沿运河、长江、赣江而来的北客，从这关隘进入珠江水系的北江。天下太平，岭南的铜币、盐从这里北运，驮兽挑夫、骑马乘轿的旅人络绎于途；天下纷乱，它就成了一条难民通道。

而常被忽视的是，它更是一条北方军队的通道，穿厚重铁甲的北方兵士，翻越南岭山脉，铁蹄一次又一次跨过梅关。秦朝的军队第一次翻过梅岭，统一了南越。汉朝的军队从梅岭踏过，将南越王国再次降服。北方的皇帝来到岭南，是因为他们把自己的江山弄丢了，宋朝的皇帝、明朝的皇太子都像难民一样南逃，直逃到国土最南端的海边。追赶而来的蒙古人、满人都带着北方的冷兵器和异族的口音，呼着，喊着，眼睛里裸露着对于遍野绿色的惊奇，从梅关道踏了过来，剑指岭南。剿灭宋朝皇帝的战争打到了海上，二十多万将士血染新会崖门，丞相背着少帝，悲壮地跳入了大海。

梅岭之南，田地错落起伏，阡陌纵横，极富韵致，跳跃的丘陵上是松树、樟树和凤尾竹的青黛和碧绿。村庄散落，炊烟几处。这烟火曾点亮过明、清两朝移民的晨昏。岁月在迷蒙中漫漶。之前栖居在这块土地上的人，已经在这炊烟中南迁了。迁徙高峰时，北宋中后期至元代初二百年间，从珠玑巷规模较大的南迁就有一百三十多次，南迁者一百零三姓、一百九十七族。

梅关，如水的阳光濯亮满目的荒草，徘徊的游客，三三两两，踏不倒强劲的草丛。秋风从关口吹来，摇动漫山树木。放眼南望，山脉在目光所及处变作一抹浓烈的幽蓝。幽蓝上的云雾，缭绕着最南边的陌生的江。

我站在山顶远眺，遥想，可曾有一双审美的眼光诗意地注视过南方？多少人踏过了梅关，却没有一首关于梅关的诗留下来，让我今日吟哦。那些恓惶的目光里，山河尽是凄风苦雨。大河浩荡，流进大陆架，直汇入海洋，那只是烟波浩瀚的乡愁，还有比乡愁更浩荡的心绪。多少苍茫的心绪随人流渗透到了南方的土地。珠江，多少年后人们才知道它的名字。

珠江流入三角洲，不再是一条江，它大的入海口有八个，小的更多。到处是水，浩浩荡荡。山陪着水向南流，眼看着南海在望了，它也不愿走到大陆架的尽头，犹犹豫豫。在广阔的平原上，偶有一些小山头，像山脉抛出的省略号。视野突然辽阔无垠，疯长的草木绿得张狂肆意，抛掉了季节的束缚，它们不再枯荣变化。这景象超出了人们的想象。南蛮名下，人们可以想象它的溽热、潮湿，想象它的病毒、蛇虫、瘴气，但没有人想象这里不再有四季。来自北方的寒流被南岭山脉阻挡，冬天不再降临岭南大地。

一批批南迁者，一批批向着南方烟瘴之地逃亡的人，最后在这里落地生根，充满着自然情趣与勃然生机的南方生活，在山水间自自然然以符合人性的方式展开。强者似乎永远来自北方，他们一次次问鼎中原，要建立起自己君臣父子的秩序。而南方永远是弱者的避难所，从没有向北方发过难，只是沉迷于自己鬼魅的幻想。他们带着灾难的记忆，带着满腔的委屈，一旦进入南方的烟瘴之地，便变得悄无声息。是因为湿润的气候、疯长的植被、连绵的群山、大海上的贸易，还是南方散漫自由隐蔽的生活，让他们迅速遗忘了从前，失去了仇恨之心、觊觎之心？

广府人、客家人、潮汕人在岭南渐渐形成自己的民系，他们愈来愈鲜明地区分开来。客家人有强烈的根在中原的意识，他们了解北方，从不以贬义的口吻称呼外来者为“北方人”；广府人却变得淡漠，他们渐渐失去了对北方的兴趣，在越来越发达的今天，拥有了越来越强烈的优越感。同是南迁广东，地域不同，语言不同了，彼此再也无法沟通。客家人、潮汕人凭借一句相通的语言，就可认作乡党，倾力相助。广府人语言只是交流的工具，不具有族群相认的符码功能。他们建立起一条海上丝绸之路，最早踏入商业。珠江三角洲的商业文化，珠江三角洲河流纵横之阻隔，珠江三角洲的富足……彼此不相依赖、独立的过程，也许伴随了人与人的疏离。遇到欺压，客家人会奋起反抗，广府人想到的也许只是改良。他们是重实际的族群。而这片土地的土著古越人，却在人种的大融合中消失得无影无踪。

岁月某个幽暗的深处，什么神秘的东西像河流一样让来自中原的人开始分道？

河流之上的文明，韩江、梅江、东江、西江、北江、潭江……这些岭南大地上流淌的江河，孕育出了千差万别的文化。

大陆架的文明在向着南方偏移，从黄河文明，到长江文明，再到珠江文明，依时间的序列孕育、崛起。

珠江文明，是因为那个懦弱的宋朝的南渡？是因为中原人向着南方迁徙的脚步一点点的累积？是因为西方的坚船利炮轰开的那个血腥日子？文明寻找到了新生的土壤——面向海洋的商业文明。一条海上丝绸之路不被朝廷的奏章提及，不被皇帝的目光关注，不被大臣们的朝议所争论，但却在南方历史悠久而生动地展开。

因为海洋，岭南与世界现代史靠拢了，西方的航海地理大发现，澳门第一个进入世界视野。东西方的交流从这个半岛登陆。

一场鸦片战争，中国近代史的序幕在南方揭开。20世纪初，南方终于不满了，愤怒了，向北方的皇帝发出了最有力的挑战，岭南成了革命的策源地。南方要推翻的是中国几千年的君主专制统治，走向民主共和。一场亘古未有的北伐，从南海之滨出发，扛着长枪，拉着火炮的南方军队，第一次从南向北翻过了南岭，枪口指向京都。

广府人洪秀全、康有为、梁启超、孙中山在珠江三角洲出现，成为朝廷最害怕、最痛恨的人。

历史，不能再遗忘南方了。历史的偏见终结于皇帝的消亡。“南蛮”走进历史的辞典。

南方迎来了新的世纪。珠江三角洲，厂房林立，万商来朝。北方新移民乘着钢铁的火车、飞机，从南岭山脉的地下、天空而来，在春节，又形成人潮北涌的奇观。他们不再是苦难的化身，不再是中原的失败者，不再是历史灾难的牺牲品，而是一个追求改变自身、寻求出路的人群。

岭南，中国移民最多的地方，一座又一座城市崛起的地方，一个各种语言交汇的地方，如今，它时时刻刻与一个国家的各个地方气息相通、人脉相连。每个族群有着自己清晰的来路，彼此却交融一体。

在琳琅满目的物质里，在时装包裹的身体里，体验着南方的富裕，一种优游的心态，偶尔怀想一下南方的荒凉——被历史广为鄙薄、宣扬，被祖先们集体想象了数千年的荒凉，那已是想象中的风景，是围城中的人心灵渴盼的一种自然生态。

“荒凉”变作了魔法师的伎俩，瞬息之间消失，仿佛它只是一个时间的概念而非地理的概念。

水上来的祖先

一座日新月异的城市，穿过它，我去寻找一个破旧得快被城市吞没的古村落。情形就像去寻找世界之外的东西，被谁遗漏了的东西。

新世纪，新与旧不再较量，输赢早已天定。新桃换旧符是这个时代的风尚与铁律。

江门的街道，鲜见旧街，在高入云天的钢筋混凝土世界，我不能想象古老的概念如何存在。

混凝土包围的公园，水边的一丛三角梅，红艳得像一声呐喊。它从车窗一闪而过时，让人醒悟春天的到来。

阳光是被花簇唤醒的，它在郊外的树木和菜地上呈现春天的鹅黄嫩绿，呈现季节的变迁，天地间的节律隐然间被人领悟。

几年来，一直想寻觅珠玑巷人南迁的落脚地，了解他们从迁徙的那一天起，生命传承、延续直到今天，经历了怎样的历程。尽管珠江三角洲广府人迁自珠玑巷，但要达成这样的愿望却不容易。古老村庄从大地消失，田野上的人群走向了城市，钢筋混凝土在伸向每一个角落。历史从没如此风云巨变。旧的物事因此令人无限渴慕。

良溪激起我的欲望，它从珠玑巷迁来，一住就是八百年。生命的来路在岁月中呈现出河流一样明晰的流向。历史并非只是虚幻，它在现实中留存了自己的体温。

南岭山脉下的珠玑巷，一个广府人祖先的来路之地，中原人南迁，曾在那里落脚、居住，又陆续从那里启程，继续他们的大迁徙。一个崇拜祖先的民族，珠玑巷几乎成为祭祀圣地。

良溪与珠玑巷的关系是从一天清晨开始的。

那天清晨，浈江江面，薄雾笼罩。岸上一道道缆绳被一双双有力的大手迅速解开，成片的竹排在流水冲击下，一条一条离岸，在江水的托举下，向着下游漂去。竹排上的人抬头朝岸上悄悄望了一望，只有几个早起送行的人在沙滩上向他们抱拳、挥手。这天是正月十六，元宵节的烟花炮竹刚刚响过。

这一天离现在八百七十六年。

南雄珠玑巷九十七户人家的迁徙，穿过了这八百七十六年，子孙后代保留下来的迁徙记录，把那个时刻的情景呈现在眼前。岁月在某个瞬间有接通的感觉。

族谱上的祖先从珠玑巷动身。他们抵达，我抵达。良溪村同样的抵达，却有霄壤之别。他们抵达留下生命的血脉，留住时间，我抵达只留下匆匆一瞥和风一样飘过的时间。

竹排在随水漂行，大地向着南方倾斜，河水浩浩荡荡朝南奔流，从浈江到北江，随大地起伏而急缓有致。云朵在南方暖流的吹拂下向北缓缓飘移。高大的乔木遮天蔽日。猿啼两岸。

在河流就是道路的年代，人们敬畏河流，依赖河流，河流是连接远方与想象最有效的方式。结竹为箄的人，以河流的走向为迁徙的方向。一条河流把他们带到了陌生的良溪。

在抛弃河流的时代，轻轻一点油门，我驾驶汽车从桥上飞过河床。

在现代，河流是人走向远方的障碍，是现代人生活的下水道。

江面，突然而起的飓风，掀起惊涛骇浪，刚才还是晴朗的天气，转眼就是另一重天。正在行走的竹排，在风浪里挣扎、撕扯，有的被浪打散了，人落入江中，惊叫声、哭喊声一片。有人慌忙抱着竹竿，有人双手在浪中徒劳地挣扎，不识水性的渐渐沉入江底……悲剧在九十七户人家中发生。

岸上不见人家，目击悲剧的只有一个孩子。逃上岸的人慌忙问他，为何狂风大作。小孩说，附近葬有一个忠勇将军，时时显灵。于是，人们纷纷去土庙拜祭。

南方河流之凶险，雨季滚滚洪流，波涌天际。崇山峻岭间，突然汇入的河水，水流相互激荡，形成乱流。一天半夜，星月如钩，迁徙者到达连州江口，潦水凶猛，竹排再次被冲散……

一千余号人马，男男女女，老老少少，在河床裸露的阳光里走走停停，越来越黧黑的脸庞，写满了焦虑、欣喜、忧愁、疲惫。他们吃自己带的糍粑、炒米饼，上岸架锅烧一点水，直到一天，盘缠耗尽，老人气喘吁吁、目光空茫……

3月16日，两个月过去，季节已从穿棉袄的严寒，到了着单衣的热天。路上的炎热，像向着火炉靠近。冈州到了。这才是真正的南方！清明时节就热得人流汗。绿油油的植被铺天盖地而来，而冬天则是另一个世界的事情，这片土地从没有过冬季，永远是夏的葱郁，大地永远花红柳绿。风从南方遥远的大海上吹来，湿热、清新，让人疲惫的心身变得爽朗。

文字记载：南宋绍兴元年（公元1131年），南雄珠玑巷九十七户人家结伴南迁。他们在一起商议，南方烟瘴之地，地广人稀，田野宽平，没有恶人。九十七户人家寻觅一处地方，开辟基址，可以朝夕相处，共结婚姻。他们推举一个南雄府学廪生、授世袭锦衣卫之职的人作为他们的首领。这个人叫罗贵，他的远祖由河南祥符县迁入广东南雄保昌县牛田坊沙水村珠玑里。他们盟誓："今日之行，非贵公之力，无以逃生，吾等何修而至哉？今日之德，如戴天日，后见公子孙，如瞻日月。九十七人即相誓曰：吾等五十八村，居民亿万之众，而予等独籍公之恩，得赖逃生，何以为报？异日倘获公之得，得沃壤之土地，分居安插之后，各姓子孙富贫不一，富者建祠奉祀，贫者同堂共飨，各沾贵公之泽，万代永不相忘也，世世相好，无相害也……"

迁徙没有开始就以誓约感恩戴德。那年南岭山脉下的珠玑巷一定遇到了大麻烦。而这个叫罗贵的人，一个还未入仕的贡生，危难关头，仗义扶危，挺身而出，在大灾难来临之前，带着他们往南方的三角洲迁徙，那里是他们唯一可以憧憬的地方。

是什么大麻烦？灾难似乎来自一个浪漫故事。族谱记载的都与一个皇妃有关。

《豫章罗氏族谱源流考》载："宋高宗建炎三年己酉岁，帝妃苏氏，一时不慎，失调雅乐，致触帝怒，斥居冷宫。旋获宫女之助，逃脱出宫。至关口，遇黄贮万运粮至京，船泊关口，苏妃哀求黄收留，匿于粮船。黄见美艳，允挈南下回籍，匿藏家中。后为家奴刘壮宣泄其事，传扬至京都。宋帝大怒，乃敕兵部尚书张英贵严办。张尚书拟先将牛田坊（珠玑巷，作者注）所属夷为平地，然后建立兴良平寇寨。幸得我贵祖姊丈梁乔辉，时任职兵部，先悉此事，急遣家人星夜赶至珠玑里，密报我贵祖。贵祖以大祸骤降，密商于乡里，立即向县衙申请迁徙，以免遭受无辜杀戮。宋绍兴元年辛亥岁正月十日，奉准南徙，于十六日晨，齐集亲族戚友三十八姓，共九十七户，由我贵祖统领，各携妻挈子，分水陆并进。”

这个缘由珠江三角洲新会、顺德、东莞、南海许多氏族的族谱中都有记述。但史书并无苏妃的记载。

宋高宗建炎三年（公元1129年）六月，金兵已进军汴京，苏妃之事不可能发生。此时，隆祐太后率六宫自建康往洪州避难，金人急追，途中，有一百六十名宫人失散。也许，其中一个妃子往南流落到了两百公里外的珠玑巷。这完全是可能的。大批跟随隆祐太后的官僚后来没有随太后回临安，他们继续向南逃难到了珠玑巷。

另一说事关皇妃胡菊珍。胡妃史上确有其人，《宋史·贾似道传》有胡妃的记载。咸淳八年（公元1272年），因明堂成礼，祀景灵宫，遇大雨。胡妃之父身为大礼使没做好准备，致使皇帝却辂乘逍遥辇还宫。胡妃之父因失职被罢政。胡妃也因此事被贬出后宫，削发为尼。《小榄麦氏族谱》记述的胡妃故事与苏妃如出一辙。到张贵英欲血洗珠玑巷时，胡妃为解珠玑巷人灾难，自己出来表明身份，要官兵不要伤害百姓，然后，投井自杀，以示反抗。

珠玑巷有一座“贵妃塔”，是元代珠玑巷人修建的，据说是为了纪念这位危难时刻拯救百姓的皇妃。但胡妃之事却发生在罗贵南迁一百四十一年之后，时间对接不上。

也有说是金兵南侵，南宋官兵进驻珠玑巷筑寨屯田，大批中原人越过南岭梅关道进入珠玑巷，珠玑巷人不得不另谋生路。

与所有的迁徙一样，这也是一次前程未卜的远行。

迁徙者最后停下的地方是珠江的一条支流西江。他们看到远处的炊烟，那是比他们更早的移民。沼泽中蓢草遍布。他们称这里为“蓢底”。

走近茅屋，一户人家姓谢，一户人家姓龚，主人热情出门相迎，于是，九十七户人家纷纷寻找自己落脚的地方……

这是南方一则真实的神话，一部没有庸常色彩的史诗。在良溪春天的虫鸣蛙鼓声中，在满眼苍翠树木与杂乱房屋面前，在我走过的溪边小径上，在荷锄老农悠闲的步子里，这神话覆盖，如透明烟岚，让现实不能真切。

一座大城市在罗贵当年上岸的地方矗立起来，如同从另一个星球降落的庞然大物。在庞然大物的背景里，一座小山丘显得愈加细小，愈加窘迫、荒废。这山丘便是罗贵的安息之地。

上山的路砌了粗糙的石级，粗粝的霸王花，剑麻一样肥大的叶片交相覆盖，密密麻麻披满路边。山腰上的坟墓，花岗岩围砌，一块黑石上刻着墓志。这是罗贵的墓地。

这个北宋开国功臣罗彦瓌的七代孙，隐没到了这个无名山丘，面临着被城市吞没的危机。当年他的祖先，一代开国功臣，立下赫赫战功。宋太祖赵匡胤杯酒释兵权，他不满皇帝猜忌功臣，弃职远徙，南行三千里，隐居珠玑巷。他的七代孙罗贵又带着一家十九口人再度南迁，抵达这座山丘下的阡陌之间，以不断退让的姿态，重续田园牧歌生活。

墓前，潮湿的泥土上布满了密密麻麻的脚印。这些脚印是清明节从广州、香港、澳门和东南亚各地赶来的罗氏后裔留下的。地坪外一堆红泥，是烟花炮竹放过后遗下的沉寂。罗贵的后人，又一次从良溪出发，远的迁徙去了海外。

山丘之下，溪水环绕，稻田错落。丘陵间村落散布，池塘绿树掩映，鸡犬之声相闻。村中的青砖石脚古民居，都已破损不堪，长满青苔的门额上饰砖雕、灰塑，山墙描草龙，梁下水墨绘画在风雨侵蚀下已浓淡不一。古屋旁，有根深叶茂的古榕、参天的木棉，有一座建于乾隆元年（公元1736年）的“旌表节妇罗门吴氏”贞节牌坊……

蓈底变良溪，因为蓈草已尽，只有溪水依旧绕村。

良溪人口五百多户，一千六百多人，罗氏后人是村里人口最多的一姓。随便问路边一个蹦蹦跳跳的小男孩的姓氏，他说姓罗。他身穿蓝色校服，刚从学校放学回家。

村道旁，用木板做的旧店铺已经塌陷。溪边，空无一人，却有一座罗氏大宗祠。这是村里唯一保存完好的建筑。宗祠占地二千四百多平方米，硬山式建筑，灰白的石柱，山墙搁檩，船脊布瓦，琉璃剪边，面宽三间，三进三厅，架构疏朗开阔，气宇轩昂。宗祠形制与中原建筑一脉相承。

我在石柱前仰头读着对联，读着读着声音越来越大，一副是：“珠玑留厚泽，蓈底肇鸿基。”另一副是：“发迹珠玑，首领冯、黄、陈、麦、陆诸姓九十七人，历险济艰尝独任；开基蓈底，分居广、肇、惠、韶、潮各郡万千百世，支流别派尽同源。”两副对联道出了村庄的历史。

宗祠供奉的正是良溪始祖罗贵。八百多年前的那一纸誓言，九十七户人家的后裔并没有违背。这是中原儒家文化忠孝节义进入岭南的一个见证。

一个有根脉的村落，安安静静在此繁衍八百余年。一个留传的故事守着与之对应的村庄，守成一种恒定，一种不再背井离乡的恒定，一种超越岁月与朝代的恒定，美好、温馨氤氲而生。良溪人一代一代牢记自己祖先哪一天从哪里开始向这个地方走来，甚至途中的艰险，迁徙的原因，记忆都不在岁月中褪色。纸上的记录与大地上的生活这样密切联系着，像两支向时间深处挺进的纵队，彼此呼应，不曾迷失。

然而，城市在逼近，一切面临着瓦解。他们将像所有城市人一样，不再带着祖先的时间和历史生活，不再记忆个人生命的历程，不再明白自己血液的河流怎样在时间中流布。古老将交还给时间，正如老建筑归于尘土，一切都是新的，新得像钢片，砍入时间的嘀嗒声中，冲刺到时间的前面闪闪发光。

沐着暮色，走进江门灿若海洋的灯光，进餐的大厦人潮如鲫。人群中有与我一样来自乡村的人，村庄在眼里已经沉入了黑暗，看不见了。推杯换盏间，有人说起一座石头村，那是另一个迁徙的故事。良皮河边，六百年前，一个叫黎文思的人过河，河水上涨，水流把他冲倒，一块巨石救了他一命。上岸后，他就用漫山遍野的石头砌起了第一栋石屋。他也是从珠玑巷出发的。

石头村是恩平市云礼村。村里人都是黎文思的后人，都用石头砌屋。现在，石头村的人都进城了，人去楼空。一间石头房里陈列了木桌竹凳、蓑衣斗笠、犁耙簸箕等农具，供人怀念。

窗外，下起了小雨，雨滴轻叩弧形窗玻璃，路上人流行色匆匆。视野里一张张打开的五颜六色的伞，伞下一双双走动的脚，都是喑哑的，雨声、脚步声和汽车驶过的唰唰声都喑哑了。我望着灯火迷离的地方，也许，那涌动的人群中有一个石头村的人，他保留了自己的黎姓，熙熙攘攘的街市，却找不到熟悉的面孔，熟悉的声音，人群中的孤独在向着他的内心深处生长。走在石头的街上，同样的石头，在乡村它那么亲切，在城市却如此陌生。城市的新景观对很多人，也许，一生都会是陌生的——用尽一生，都在抵达之中。

猲獠的佛性

一个峡谷，一座山脚，不大的一块坡地；一汪水面，一户或几户人家，像突然冒出来似的——在你眼前那样真切地出现。感觉这些藏在幽静山谷中的人，与这个喧闹的世界并没太大的关系。他们与山水生活在一起。

一群鸭，嘎嘎叫着，在如碧的水面游动着，让人在瞬间便领悟生命的本义应该就是如此悠闲自在的。忙碌，实在是心中欲望折磨的结果。在这样一派沉静的山水面前，它像镜子照出了我生存的窘境。几千年的生活就像滞留在这山谷人家中。但只是片刻，这样真实的生存就像画面一样被切换，来不及过多地思索，又是另外的山，另外的人生。快速变化的世界与生活，这是一种象征。

这片山地就在新兴地界，离广州很近，在小车的快速奔跑中，山也在奔跑、旋转。这个午后，这个时刻，云浮、新兴……路牌不断在高速路边出现。公里数是那么精准。我知道到达的时间也是精准的，对于一个朝圣者，这样的时间过于急迫了。

想到一千三百多年前的行走，那是双脚绕着这样一个山岭、一口水塘地走，一天的路程，在山头回望，依然还能看到拂晓出发的地方，在南方淡淡的白雾中变得幽蓝。一个樵夫，突然要学习佛法，丢下孤零零的母亲，就沿着这样有些妩媚的葱茏山岭，一路走远。他在长达一个月的步行中，内心会逐渐打开，还是愈来愈紧闭？这样的山水与人家，长途跋涉中是这个世界的全部，而不是另一种生存的背景。这让他能够面对自己的内心，做到行与知的一致。不像现代都市人，在内心与生存方式上挣扎，行与知不得不因物欲的炽烈而背离。

三十多年前，我第一次走进山中，红色的山泥与翠绿色的树木，形成阻隔，也形成或粗犷或幽深的风景。天空不像平原那样占据视野，几乎意识不到它的存在。房屋皆隐匿于山间，生活也被分隔、掩藏。随着行走或攀登的脚步，不断有新的景色与人家出现，这些新发现像捉迷藏，永远指向无尽的山的深处。直到我分不清来路，迷失了方向，我所看到的也不过三四个村庄，几十户人家。只有沿着山路，由它引领我穿行。

用人的脚步丈量的世界是如此浩渺而广大，许多遥不可及的远方，充满着神秘，像远处淡蓝色的山岚。仅是这些低矮的丘陵，对于一个平原长大的孩子已是一个新奇的陌生的世界。跑过千山万水，一切皆为平淡之后，这些南方低矮的山地带上了故土的温情，它象征了宁静、安详，也象征了无欲的、温馨的生活。生活的节奏只依日出日落与季候的轮回，这是天地间的节奏。这样的生活与佛和道离得很近，在这样的山水之中悟道、参禅，才易得天地真意。

研究山的表情，是耐人寻味的。表面是审美，如湘西山水的空灵，北方山水的粗犷，西部山水的苍凉，但细究，它内里却是精神，是人血脉里的文化趣味。这种表与里的关系，人与水土的关系，隐秘而恒定。新兴的山岭不连绵，却一座座层出不尽。它们绿得像被阳光洗濯过，那么鲜明不含蓄的绿，是强盛的，信心十足的，看得到蓬勃的生长。那么蓝的天，红的土，强烈的阳光，一种原色般真实的生活，都是属于这片土地的。这简直就是土著们的生活。这样的山林与那个创立禅宗的祖师该如何联系？

岭南，百越族獦、猺、獠、獞、獽……如此被中原充满蔑视的命名，他们却是自得化外之乐的族群，一道南岭之隔，就是两重天地，像疯长的荔枝林、芭蕉林、椰林、榕树，还有亚热带许多肥大枝叶的植物，都在水汽蒸腾的空气里四季常青，覆过大小山岭。湿溽烟瘴之地，那是中原人的陋见。汉人偶尔出现在这片土地上，几乎都是朝廷所弃的人，或者是战乱逃离故土的人，他们孤独的身影晃过浓密的树丛，许多年也不会懂得土语。他们隐蔽得如此之深，谁也不会知道他们的过去，他们会常常想念起南岭之北的寒流，那落叶纷纷的情景再也不会显现于大地了。

惠能的父亲卢行瑫是河北涿州人，流放到被诗人王维称之为“蛮貊之乡”的新兴县夏卢村，编籍入户，与俚、傣为邻。他在惠能三岁时就郁郁辞世了。母子俩艰辛贫乏于市卖柴，又受邻里欺负，只得搬至一公里外的小山上独自居住。他们垦荒种荔、种木薯，惠能天天上寺田坑、龙山砍柴，在山上一处泉水边洗浴，镇日只与山林鸟兽为伍。他天生一颗善心，对世间万物充满悲悯情怀，对那些遇到困难的过路之人倾力相助。一颗心灵竟是由这片山水点化。也许，在某些黄昏，看到那长河边的落日，或者某个早晨，看到太阳从山的那面升起来，惠能会驻足相望，总有天地间一种宏大的精神在心灵间引发共鸣。或者是暧昧而隐秘的心绪，让人远离世俗的烟火，想一想人之为人的问题。一天学也没上过的惠能，因为卖柴听客诵经，一闻经语，心即开悟。惠能听到的是《金刚经》中的“凡所有相皆是虚妄，应无所住而生其心”。这是令人精神为之一凛的醒世之言！在樵夫与这样的顿悟间，距离何其之巨，足证佛性，人与人本是一样的，真正是见自本性。这一颗参悟生命、神游天地的心灵，自是这片山水的浸淫与孕育。一个樵夫镇日想到的如果只是木头，经语于他如同无语。

因为这一句经语，他走上了去蕲州黄梅的路途，他要离开自己生活了二十四年的故土，离开寡居山林的母亲，态度那么决绝！

那条脚下的山路，那土著人獦獠的屋舍，炊烟袅袅，那是多么宁静而迷恋的时光。山水真意，因为他的这一去，会在许多年后许多文人的笔下呈现出无穷的禅意。

他是多么低微的人，千里跋涉，到了黄梅，只有到后院去破柴踏碓，腰石舂米。又被五祖唤作獦獠，差点拒之门外。他对五祖弘忍说："人虽有南北，佛性本无南北。獦獠身与和尚不同，佛性有何差别？"这是惠能一生坚持的理念与立场，佛性即人性，惠能显然让弘忍感到震动。他当然不会为难这样一个充满悟性的人。但弘忍都对岭南怀有如此偏见，何况常人。那些百越族的文化又怎能为中原人所接受？！

中国佛教戏剧性转折的一幕全在惠能的这一偈："菩提本无树，明镜亦非台。本来无一物，何处惹尘埃。"他改神秀的偈——"身是菩提树，心如明镜台。时时勤拂拭，勿使惹尘埃"，由地到天，这是真正天人合一的大境界！这一偈从这一刻开始，千年传诵。五祖弘忍看到这一偈，把自己的衣钵于半夜三更时分悄悄传给了这样一个没有读过书的岭南獦獠，在他秘围的袈裟里，一个不识字的樵夫听五祖解说《金刚经》。这一夜，樵夫成了中国佛教禅宗的第六代祖师。这是何等的胆识与眼光！惠能几乎是潜逃一样于黑夜中登上渡船，向着南方星夜兼程。佛门衣钵争夺掀动巨浪，多少代过去仍然余波未了。

中国人崇山敬水，对自然膜拜，孕育出了天人合一的精神追求，到六祖，终于升华到了佛教的层面。中国佛教学的主体南禅宗也因这一偈而问世了。它上接庄子的道学，庄子的《逍遥游》，庄子悼妻时的鼓盆而歌，就是这超然物外、万物为一的思想。陶渊明写下“采菊东篱下，悠然见南山……此中有真意，欲辨已忘言”，闪烁的也是这样的智慧光芒。惠能之后，王维更成为一代禅诗大师，他的“明月松间照，清泉石上流”，“行到水穷处，坐看云起时”，让天地充满了无言的超拔之境。王籍写“蝉噪林逾静，鸟鸣山更幽”，赋予静深深的禅宗意味。中国艺术的意境——主观与山水自然相遇的诗意境界——到了不能言的高度。中国人重视诗教，对一个不信教的民族，诗中含有的精神境界，就成了中国人的宗教。

释迦牟尼佛曾在灵山会上拈花示众，百万弟子不能达其佛意，唯独金色头陀破颜为笑。世尊的实相无相、不立文字、教外别传，在惠能的身上得到了发挥，这一粒拈花的种子，在惠能身上结出了中国土地上的果子。

作为一个平民出身的祖师，惠能毫不迟疑提出了佛就在心中，人人皆可成佛的观点。在佛性上，人人都是平等的。佛教不是贵族和富人的特权。佛教也不需要用僧人那么严苛的方式修行学佛，对没有条件修行的普罗大众，惠能告诉他们：“心平何须持戒，行直焉用参禅。”自由任远的生活方式也是可以达到学佛目的的。惠能看重的是立足现实的人间生活，在日常生活中明心见性，于当下顿悟成佛。他创立的是人间佛教，普通人的行住坐卧，人伦日常，吃饭穿衣，担水砍柴，乃至尊老爱幼，都是可行的。他一再宣扬：“佛法在世间，不离世间觉，离世觅菩提，恰如求兔角。”

惠能生活的年代是佛教在中国最昌盛的时期，玄奘取经归来，广事译述，学说众多，义学繁兴。这些繁荣佛学之举，却使许多人丧失了哲人之慧，变成经师之学，无法解决人的自他对立、染净对立、生佛对立。一个不识字的人要学佛，岂非天方夜谭？惠能恰在这时站出来，旗帜鲜明地提出：“菩提自性，本来清净，但悟此心，直了成佛”；“一切万法，不离自性”；“无念为宗，无相为体，无住为本”。顿悟成佛。

佛教从此成为了世俗的、平民的宗教，平等、自由的精神在佛教中出现了。一千三百年后，孙中山提出三民主义：民族、民权、民生，这样的精神在岭南竟是一脉的。

这片山水孕育了怎样的精神？这样自由率性，这样质朴务实、平凡庸常，远离儒家的等级、礼仪、孝悌……人不是为等级、制度而活的，人是为着自由生活而活，如自然生态，自由生息自由来去，像岭南树木一样任性生长。

新兴，古代新州，岭南名郡，一个瑶民、壮民的 “猺獠杂居之地”。皇上常常威胁大臣：“复有敢为者，当处以新州。”新州的名字让臣子们胆战心惊。当年卢行瑫流放这里，是人生多么沉痛的打击！山遥水远来这里的人，没有谁还会有什么优越感，也不会再生什么等级观念了。他们反倒活得率真、无欲。这时的山水是清新无念的，一派纯自然的葱茏妩媚。天空中有来自大海的浮云，大片大片掠过头顶，常让人抬起头来想象一下远方。偏远之地，又被重重山岭围绕，天下事莫过于家事了。

在精准的时间里，我来到了新兴县六祖镇的国恩寺。这是惠能在此弘法、示寂的地方，中国本土产生的第一本佛经《六祖法宝坛经》也在此辑录。我以为第一个用“国”字命名的寺庙，女皇武则天亲笔书写匾额，寺院一定布局壮观，雕梁画栋。从浓密的树荫下向着一口水塘边走去，高高的菩提树下，想不到山门由一侧台阶而上，倒似私家院落。天王殿、大雄宝殿、六祖殿，以及左右两侧的地藏王殿、达摩殿、大势至殿、钟楼、禅房……都似岭南民居，那么小而质朴，青砖的山墙，灰塑砖雕的屋脊，青色的瓦，与缓缓上升的山坡地，那在梯级间围出的逼仄院子，天井一样，散发家常的气息。这样的殿堂一代一代，竟是由许多个朝代的官民、绅士、名士出资兴建，经过不断的重修与扩建渐成今日的规模。

拾级而上，在六祖宝殿，佛像两旁，左侧供奉着惠能父母的牌位，右面一尊卧着的塑像，是当年传说为惠能家看风水的国师徐东风。他寻龙追穴长途跋涉而来，已是穷困潦倒，是惠能母子热情款待，让他感动，以龙脉结穴之地相报，把惠能父亲的骨骸安葬其中，以求万年香火。如此堂皇的庙宇，竟然供着父母牌位与风水先生，这岂不成了家庙祠堂了？！走过如此多的地方，从没见过如此私人化的、人伦的、世俗味重的寺庙！这也许是僻地不讲规矩，眼里只有日常生活而无等级尊卑之别的獦獠所为吧，人与佛为何就不能相处一室呢？众生平等，这倒符合了惠能的思想。只是站在庄严的佛像面前，这一幕实在让人瞠目！神性与人性竟然同处一堂，接受信众的朝拜。这在佛教史上也是个例外吧。也许，当年同为中原落难人，困顿里的恩义，相互的施与受，特殊的情义，当用一生来念想，用供奉这样的方式来回报。

国恩寺周围，都是惠能一家生活的地方，左侧有惠能父母之墓，寺后有惠能洗浴的泉水，寺右，有惠能种植的荔枝树。一个世俗之人，与一个佛教六祖，甚至五祖所传的衣钵，同时呈现在这一个地方。他的一生，贫苦与传奇展示无遗。

这就是化外之境的岭南吧。尽管那些猺獠早已从这里被中原一代代移民挤到了东南亚，但原始的充满烟火味的生活仍然缭绕山地，神圣与崇高、形而上的精神诉求与终极价值的追问在这里仍然缺如。这是因为这片山岭没有苍凉与空灵，没有无边落木萧萧下，只有艳丽的绿色长满了四季？还是南岭之隔，土著们的文化远离庙堂，天然地具有了人性的、人情的温暖？生命不分季节地滋生蔓长，反倒没有了沉思的品质。当五祖所传的衣钵在寺庙报恩塔边出土时，这一佛教的重大发现，相隔一千三百多年重见天日的舍利子，竟然也没有引起应有的轰动！

山无语，水喧腾，一重一重山峦憩着团团的白云。问人，并不知山名、水名。夏卢村惠能故居，一座村里人自己用钢筋水泥建起的房屋，俗不可耐的建筑，挤压尽了六祖年少的一点点念想。

晚上，国恩寺附近的温泉宾馆，水泥的楼房，炎热的空气，路灯外，黑暗的天与地，躁动不宁的景致。外面行人稀少。一个人在房间打开电视，来自世界各个地方的画面一个一个切换着，传递着或悲伤或快乐或无谓的信息，这些真实却是虚拟的现实，让人昏昏欲睡。这么多的痛苦纠结，这么多心灵的挣扎，欲望如染的世界，谁人在寻求人生的顿悟？在这片惠能卖柴走过的地方，时间都与金钱画上了等号。

奢华的乡土

一

一段奇异的生活，八十年岁月的遮蔽，早已越出视界。但它顽强存在，确凿无疑。它出现在开平。它用物质的形式不容置疑地证明。这物质既是历史的，也是现实的。一闪念里，一片天空笼罩到了头上。这是一种奇异的感觉，头上的天空仿佛不是现在的，地上的建筑赐予深切的非现实感。

碉楼——一个遗存的庞大建筑群，过去生活的细节，像壁上灰塑，紧随坚硬墙体躲过时间洪流的淘洗，永远如阳光照射现实生活的场景。是错觉吗？上世纪初场景的呈现，虽离不开想象，但我分明嗅到了它某种霉雨季节一样的气息。

两天时间里，我在上世纪初建造的碉楼中钻进钻出，爬上爬下。正逢雨季，天空滤下稀薄的光线。碉楼中偷窥一般的我，置身幽冥晦暗中，神思恍惚。

我惊叹近一个世纪前，广东开平人的生活，曾经与西方靠得那么近。在那个国人穿右衽大襟长袍、裹小脚、戴瓜皮帽的年代，那个戊戌变法闹得沸沸扬扬的时代；袁世凯闹着称帝；北伐军广州聚集，准备向东、向北进军；甚至来自开平的周文雍，也在这样的历史进程中把自己青春年少的生命和爱情带到刑场上……一个事件接着一个事件上演，历史在翻天覆地的变革中趔趄前行，开平人的生活竟然仍按着自己的逻辑在展开——这几近一个神话——东西方的交流在南方沿海地区达到相当高的开放程度。

今天，房地产商把“罗马家园”“意大利花园”“欧洲庭院”等概念在媒体炒得昏天黑地，大江南北那些拙劣模仿的欧式圆柱、拱券，像商标一样成为楼盘的招牌。这片碉楼里真正来自西方手笔的多利克、伊奥尼亚、科林斯式柱等各种弧形拱券，已经在这片土地上沉默了将近一个世纪，并且依然在乡村一角闪耀着光辉——一种真实的东西方文化交融的生活展示。它不像上海滩，或者天津卫，那些租界里由西方人自己建造的洋建筑，它是中国的老百姓自己建造的来自民间的一次建筑实践。它们试图融合的是20世纪初中国乡村的生活经验与西方发达国家的时尚趣味。

面对眼前的南海，我怎样理解海洋呢？沿海的概念对我似乎才刚刚建立，在这之前它纯粹是地理的，为什么把外面的世界称作海外，我猛然间有了觉悟。因为靠近海洋，中国沿海与内地，早在一百多年前，在那场著名的鸦片战争之后，距离就开始拉开了。两种全然不同的生活在中国的版图上展开，渐行渐远。一片海洋在把另一个世界的生活横移过来。中国现代史在南方其实已经发生，历史早已看见了它的端倪。当内地人还在用木制独轮车推着小麦、稻谷，在乡村的小路上吱吱扭扭叫着千年的恓惶，岭南五邑之地已修出了铁路。钢铁巨人一样的火车锐声一吼，奔跑的铁轮把大地震荡得颤抖、倾斜——民间修建的第一条铁路就在这里开通。这一天是1909年3月21日。首段开通的铁路长五十九点三公里，有十九个车站，终点站设转车盘，可将机车原地不动旋转一百八十度。五年后建成第二段五十点六公里，七年后建成第三段二十八点六公里，车站总数达到了四十七个。

浓雾重锁的天空下，想像上世纪初开平的历史，梦幻感觉虚化了眼前的景物，钢筋混凝土的高速路像是动漫，高楼大厦是一次一次的投影。

那是一场多么迅疾与猛烈的碰撞，两种文明在这一小片天空下交织、摩擦、激变。当时文字记载的日常生活可摸可触，“衣服重番装，饮食重西餐”，“婚姻讲自由，拜跪改鞠躬”（民国时期《开平县志·习尚》）。男人们戴礼帽，穿西装，打领带，脚穿进口牛皮鞋；抽雪茄，喝咖啡，饮洋酒，吃牛排；出门骑自行车或摩托车。女人们洒喷法国香水，抹“旁氏”面霜，涂英国口红。薄薄的丝袜即使在上世纪改革开放的80年代初期，也还是城市女人追求的奢侈品，但在19世纪末20世纪初，“玻璃丝袜”已经是开平乡村女人的日常用品了。用具方面，从暖水瓶、座钟、留声机、收音机、柯达相机、三支枪牌单车、风扇、盛佳衣车、打印机，到浴缸、抽水马桶、抽水机，多少年后国人才能见到的东西，那时就成了开平人的日常生活部分。人们见面说“哈罗”，分手说“拜拜”，称球为“波”，饼干叫“克力架”，奶油叫“忌廉”，夹克叫“机恤”，杂货店叫“士多”，对不起叫“疏哩”……

不可想象，一个军阀割据、列强瓜分、乱象横生的年代，开平人却过起了现代化的奢华生活。“衣食住行无一不资外洋。凡有旧俗，则门户争胜；凡有新装，则邯郸学步。至少宣统间，中人之家虽年获千金，不能自支矣。”“无论男女老幼，都罹奢侈之病。昔日多穿麻布棉服者，今则绫罗绸缎矣；昔日多住茅庐陋巷者，今则高楼大厦矣。至于日用一切物品，无不竞用外洋高价之货。就中妇人衣服，尤极华丽，高裤革履，五色彩线，尤为光煌夺目。甚至村中农丁，且有衣服鞋袜俱穿而牵牛耕种者。至每晨早，潭溪市之大鱼大肉，必争先夺买。买得者视为幸事……其余宴会馈赎，更为数倍之奢侈。”

开平人的生活到了何其奢侈的程度！

人们由俭至奢，巨大的转变，原因何在？

八十年，许许多多存在物风尘飘散。尘埃落定，奢华生活遍及各地碉楼的日常用具，却成了今天的巨大疑问，引人去寻觅隐蔽的历史因由，寻找历史在这片土地上发生的惊心动魄的一幕。

二

这一切，由一场悲剧开始。历史躲过了这一幕，没有记载。

非洲黑奴交易举世皆知，成为西方人抹不去的耻辱。中国人被人当“猪仔”卖到西方，却极少被人提及。那也是历史极其悲惨的一幕！

最先，也许是海上的两三条船，船上的渔民突然失踪了。岸上的亲人惊慌、痛哭，以为是海盗干下的伤天害理的勾当。长长地等待，那些海上消失的男人，再也见不到踪影。

接着，沿海乡村的青壮年也被人掳去了。人们这才知道这一切并非海盗所为。渔民是被猪仔头和土匪当奴隶一样卖到遥远的美洲大陆去了。

太平洋上，一条孤独的船漂荡着，几十个日出日落，甚至春去秋来，船仍在朝着一个大陆的方向张帆远航。路途遥远，令人绝望。容得下三百人的船，挤上了六百人。船舱内黑暗一片，人挤成了肉堆。空气中腥臭弥漫，船板上饭和咸虾酱都长出了虫子。总是有从舱内抬出的尸体被扔进大海。这已经习以为常了。闷死的、病死的，甚至自杀的，抵达美洲大陆，已有近一半的人葬身鱼腹。

当这些被劫被拐被骗的男人，拖着长辫，蓬头垢面，目光呆痴，步履踉跄，踏上那一片陌生的大陆时，家乡已经遥不可及了。他们被运到美国、秘鲁、古巴、加拿大、智利等国。巴西的茶工、秘鲁和圭亚那的鸟粪工、古巴的蔗工、美国的筑路工淘金工、哥伦比亚的矿工、巴拿马的运河开挖工、加拿大的筑路工……从此都有了他们的身影。鸦片战争后三十多年间，美洲的华工达五十万人，仅美国就有二十五万人之多。

1851年维也纳会议废除了“黑奴买卖”，中国人却成了最廉价的替补。“契约华工”（即“猪仔”）名是“自由”身，因雇佣者无须顾及其衣食与生死，比起资本家庄园主的私有财产黑奴来更为悲惨。他们死不足惜，在工头皮鞭下，一天劳动十四小时到二十小时，报酬却极低。有的地方针对华工订有“十杀令”“二十杀令”。秘鲁一地，四千华工开采鸟粪，十年之后，生存下来的仅一百人。他们死于毒打、疾病、掉落粪坑、自杀……巴拿马运河开掘，又不知有多少华工丧命。加利福尼亚的铁路、古巴的蔗林、夏威夷檀香山的种植园……都埋下了华工的白骨。

然而，灾难的中国，民不聊生，为求得一条生路，许多人主动踏上了这条不归路。这是一条漂洋过海的迁徙路。有的新婚数日即与新娘离别，白发苍苍才回来一聚；有的甚至一去不回。开平有领“螟蛉子”的风气。“螟蛉子”即是空房独守的女人领养子女的叫法。

三

在一个开平人的眼里，“金山箱”的魅力像太阳金光四射！开平人的奢侈生活几乎都从这里而来，从这里开始。

这种大木箱，长三四尺，高、宽各约三尺，箱的边角镶包着铁皮，两侧装着铁环，箱身则打着一排排铆钉，气派非凡。一口箱子要两个人抬，箱子抬到哪一户人家，哪户人家脸上就充满了荣耀的光环！箱子的主人被称作“金山客”。金山客就是当年的猪仔。（华工多集中在美国的旧金山，开平人把美国称作金山。）

告老还乡的“金山客”带着“金山箱”，是那时开平人众口相传的盛事。他穿着“三件头”美式西装，站在帆船上，一路驶过潭江，故乡的风吹动着衣襟，像他飘飞的思绪。进入村庄狭窄的河涌，两岸站满的乡亲，盯着船上的金山箱，吆喝、鼓掌、欢笑。金山客这时禁不住热泪盈眶，不断向着岸上的乡亲抱拳行礼。中国人所谓的衣锦还乡，这正是最生动的写照。人生的价值和高潮就在这一刻实现。

船靠村边埠头，几十条精壮汉子耀武扬威，抬着几口金山箱，一路吆喝，一路炮竹，走向金山客曾经的家门……

这是多么美好、多么令人充满幻想的事情！一切苦难都在这场华丽的仪式面前化为云烟。人们只把目光与想象投向那一只只巨大的木箱。

但是这样的衣锦还乡者与最早当猪仔的华工几乎绝缘。他们之中甚至连侥幸生还者恐怕也极少。他们被隔绝在一个个庄园、一座座矿山、一条条铁路上，早已与家乡断绝了联系。直到19世纪末20世纪初，来到美洲的华工生存了下来，逐渐站稳了脚跟，逐渐有了一点积蓄，他们开洗衣店、餐馆、药铺、服装店，于是，开平出现了银信、汇票，金山客纷纷把自己赚来的血汗钱寄回家乡。

侨乡人的生活开始有了改变。于是更多的人拥向海外。开平一半人走出了家园，几十万人的脚步踏过波涛滚滚的南海，一群又一群的人漂洋过海，忍受了常人不可想象的苦难，走到了六十多个国家的土地上。

四

一根高十八米、直径三十厘米的钢杆，直插向天空。风把钢杆刮得嗡嗡作响。仰头望向尖端，头有些晕眩。这种纯钢制品定制于德国。突然想象一个空间：从欧洲大陆的德国到开平的乡间。它如何漂洋过海，如何从香港进入开平的河道，如何运抵开平一个偏僻的乡村？这需要怎样的想象力！

为了把钢杆运到正在修建的庭院中，一条宽十米、深三米的人工河流开挖了。多少人肩挑背扛，用整整一年的时间，挖出了一条一公里长的河道。两条钢杆就从河道运到了院子内。水泥（用叫红毛泥桶的木桶盛装）也从太平洋彼岸一桶一桶运来。这是多么富于激情而冲动的一幕！这是衣锦还乡者最极致的表现。历史在想象中展开。人头涌涌的场面于寂静的河面漂动……

这一幕是立园的主人谢维立返乡修建私家花园时的壮举。立园在江门五邑华侨私人建造的园林中堪称一绝，它保存至今，足可与广东的四大名园媲美。立园正门是座牌楼，门顶两边以精致的木棉花和石榴果浮雕做装饰。入园沿人工运河回廊西行便进入碉楼型别墅区。其西面是座大花园，坐北朝南，园林以“立园”和“本立道生”两大牌坊为轴线进行布局。牌坊左右两根圆形的“打虎鞭”即是远涉重洋而来的钢杆。海外发家的金山伯，要在自己的家乡盖世上最壮观的华宇。谢维立实现了人生的宏愿。

缘于谢维立相仿的激情与冲动，海外回来的游子，也纷纷在自己的家乡盖起了一座座碉楼。有的村庄则集资盖全村人的碉楼。碉楼内中西合璧的装修风行乡里。有的碉楼甚至就在国外请了建筑师设计图纸，拿回当地建造。从古希腊、古罗马建筑，到欧洲中世纪拜占庭、哥特式建筑，再到文艺复兴时期的欧洲建筑，都尽情拿来。风格有基督教、伊斯兰教的，有印度次大陆甚至东南亚的，它们都同一时间出现在开平大地上，像一个万国建筑博览会。各种奇异的组合出现了：廊柱是古罗马式的，燕子窝是英国城堡式的，拱券是伊斯兰教式的，楼顶是拜占庭式的圆顶。罗马式的柱支撑着中式的六角攒尖琉璃瓦亭顶；中式的“喜”“福”“寿”“禄”字形，荷花叶、鸳鸯戏水、龙凤呈祥图案、灰塑，与西洋火船、教堂洋楼的壁画、巴洛克风格的卷草纹壁上争辉；乡间土灶与西式灶具、纯银餐具合为一体……一次国际化的乡土建筑实践在这一小片土地上如火如荼地进行。建筑数量之多令人惊叹，现留存下来的碉楼就达到了一千八百三十三座。

开平人的生活一步步由俭至奢转化着。有的人下田耕地，上田听留声机。一种既乡土又全球化的生活在地理偏僻，物质文明却先进的开平发生。

碉楼是开平由传统乡村走向现代乡村的一个特殊标志与象征，是一个特定社会和生活的记录与定格。正如一副楹联所写：“风同欧美，盛媲唐虞。”世界化的开平，乡土化的世界。这一幕，在当时的中国几乎无人知晓。

在自力村，发生了一桩运尸事件。与谢维立运钢杆不同，自力村铭石楼的主人从美国运回的是尸体。楼主方润文去世，正逢抗日战争爆发。他的三夫人梁氏将尸体做防腐处理后，放在一具黑色的棺材里，上面盖了透明的玻璃罩。尸体保存十三年之久后，1948年，她和子女漂洋过海，经三个月的舟车劳顿，将灵柩运到了开平。方润文的灵柩在百合上船（开平人的习惯，百合上船的是死人，活人则在三埠上船），然后经水路运到犁头咀渡头，再抬回自力村。全村人都为方润文隆重下葬。

也许运尸回国的不止铭石楼一家。从死人在百合上船的习惯可以猜想运尸是多么普遍的行为。江门市新会区的黄坑就有一个义冢，两千多个墓穴埋的都是华侨，都是死在海外，因为身边没有亲人，尸体无法运回来，靠了华侨组织，才集中收拾骸骨运回家乡安葬。因此，他们都无名无姓。这种落叶归根的故土意识，与衣锦还乡的人生理想，构成了中国人故土情结的两面，它们互为依托，相互映衬，是国民精神的基本骨架之一。

万里运尸在夫妻之间的爱与忠诚之外，是那种对于故土的共同认可，那种生死一刻的殷殷期待与郑重嘱咐，那种深入骨髓的乡愁，那种一诺千金的信守，那种千难万难不放弃的毅力和意志，该是多么感人！它可以称得上惊天地，泣鬼神！然而，这又是多么悲壮的精神寄托！

由这样一个一个组合成的庞大集体的回归，在地球上各个角落发生。有的是人的回归，有的是精神的回归，它最终的归宿点只有一个，那就是自己的祖国，自己的故土。人类生存景观中这最独特的迁徙图景只在中华大地上出现。华人有“根”，他们以此与世界上任何一个民族鲜明地区分开来！

五

南方之混乱，在于不断迁徙的人群纷纷落脚于此。为争地盘，械斗常常发生。建筑住宅免不了考虑防御功能。客家人的土楼、围屋，就是最典型的防御性建筑。开平地处珠三角地带，碉楼的功能除了防御，还考虑了防洪。

探究开平碉楼兴起的原因，就像在探究一部开平的近代史。

碉楼兴建离不开金山客源源不断的银信。但采用碉楼的形式，却是由于动乱的社会环境。开平匪患猖獗，他们啸聚山林，杀人越货，进村绑票妇女儿童，甚至占领县城，绑架县长。金山客白天大张旗鼓返乡，到了晚上不得不悄悄躲藏到竹林深沟或亲朋好友家中，像个逃犯。他们明白自己是匪帮口中的肥肉。从一踏入开平地界起，他们的人身安全就受到了威胁。民谣说“一个脚印三个贼”。人们不得不建碉楼自卫。

然而奇怪的是，碉楼兴建的初衷是防匪劫掠，但它却修建得华美张扬，各个不同，都在不遗余力地展示着财富、个性——下面是碉堡一样的防御工事，上面则在高高的塔式楼顶做足了文章，似乎是在招匪上门。奢华用品与枪支弹药同时在碉楼出现。这种相互矛盾，显示的是什么呢？我感觉到的是金山客衣锦还乡的无可抑制的强大心理能量。

金山客想光宗耀祖。乡亲要攀比斗富，讲究排场。朝不保夕动荡不安的生存环境与奢华的生活于是同时出现，一个奇特的社会生态就这样形成了。

开平碉楼大规模出现，建筑者却来自世界各地，他们同时在这里兴建华美的房屋，这样的景观绝无仅有，它是人类社会的一个奇观。中华民族特性在大地上获得了一次生动的表现。华人文化与内在精神投射到了物质上，华人无形的精神之根，变成了有形之根。这是一次大规模集体出走凝固成的永恒风景，一次生命大冒险后的胜利班师。这是反哺，一种生命与土地的神秘联系，一种生命最初情感记忆的铭刻，一种血液一样浓厚的乡愁雕塑。

返乡，以建筑的方式，可守望永远的家园。

六

我想抓住一只手。我像一个侦探，我的视线在这只手掌触摸过的地方聚焦、摩挲，我知道体温曾在上面温润过这些砖瓦、岩石，但手一松，生命和历史都在同一刻灰飞烟灭。这只先人的手只在意念间一晃而过，碉楼就像一条钢铁的船，向着未来时间的深处沉去。直到与我的视线相碰。我似乎看见那只缩回去的手还在缓缓地划过天空——八十年前岁月收藏的天空，也收藏了那一只手。我总是抬头仰望，那里灰蒙一片，积蓄了南方三月最浓密的雨意。雨，是想象的虚幻，哗啦啦要下的一刻，又变成头顶上掠过的云层。这是岭南独有的春天景象。

在这片中国最南端的土地上，多少次大迁徙后先民最终到达的地方，面朝黄土背朝天的子民总是把故土难离的情结一次又一次带到新的地方新的土地。他们因战乱与灾难，一次又一次背井离乡，向着南方走。于是，岭南有了客家人、广府人、潮汕人，他们都迁徙自中原。到达了南海边，前面没有土地了，抬头是浩瀚的海洋，再也不能南行了。但他们终究也没能停止自己的脚步，许多人远涉重洋，出外谋生，有的在异国他乡扎下根来。

开平的加拿大村，全村人都移民去了加拿大，一座村庄已经空无一人。当年修建村子，金山客专门请了加拿大建筑师做了整体规划，房屋采用棋盘式的排列方式，在1924年至1935年间，这里先后按照主人的喜好建成了一个既统一编排又各户自成一格的、集欧陆风情及中国古典建筑风格于一体的村庄。

碉楼旁，一栋平房的三角门楣上，一片加拿大枫叶的浮雕图案独自鲜红着。静立的罗马石柱，仍然忠诚地坚守在大门两旁。四面的荒草深深地围困着雕梁画栋的屋群。围着村庄走，踩踏过地坪上厚如棉垫的杂草丛，心里泥土一样深重失落、天际一样苍凉，像历史渗进生活，雾一般虚幻。

你在这样的迷雾中穿越，许多人与你一同前行，但他们在瞬息之间都化成了湿漉漉如雾的感觉。甚至你呼喊的愿望也消失了。你只有听着自己的足音踏响——唯一的真实的正在发生的事实。这是我在加拿大村的感受。甚至在许多碉楼里，我也只是听到自己的足音，碰响了深处寂静的时间。

开平的奢华生活逝去了。风从原野上刮过。云总在风中远去，又在风中到来。

另一种富足的生活呈现出来。21世纪呈现出来。这都是土地上的奇迹。

新与旧，正如钢筋混凝土的楼房与碉楼交织，一种交相纠缠的心情，让人感受生生不息的生命与源源不绝的生存。这源源不绝与海洋深处更辽远的空间联系在了一起，与看不见的滚滚波涛联系在了一起。与我灵魂深处的悸动，与这忙碌奔波的生活，与我脸上的皱纹，甚至手指上小小的指甲尖也联系在了一起。

其实我们只活在历史中。现实是没有的，虚才是实的本质。每时每刻，历史都在我们的脚下生成——你一张嘴、你一迈步就成了历史——它其实是时间，时间一诞生就是历史。另一片天空，另一种生活，遥远而靠近，它一直就与我们相连着，甚至就在我们当下的生活中露出了形影——一个与世界相联通的侨乡，也与从前远涉重洋的历史相连着。

边地所城

这是一次特殊的移民。明朝，一支来自中原的军队开赴南海之滨。他们带着家属，在自己建起的城里，一边防御倭寇，一边屯田，军士世袭制让他们的子孙延续着他们的职守。漫长的岁月，城堡内形成了自己的生活方式，还有语言的孤岛——“军话”……

一

千户是明朝的官衔，属于军队中一个领导几百上千人马的低级军官。六百多年前，一个名不见经传的千户，没被时间抹去，藏在狭小范围的文字里，与今天的人相遇。这也算得上一个奇迹。

尽管我望向时间深处的目光恍惚得虚无，但这个人是真实的。他名叫张斌。他劳动的成果，他生活的场景仍在眼前呈现着，一眼望去，六百年前的一桩事情仿佛刚刚过去，转身的背影在某个清早的晨雾里淡去，脚步的寂静，喊声的空洞，大地上无形的疲倦……都在一座旧城里隐匿。

张斌干的事情就是领着一队人马建起一座城池。谁也想不到，这座城池保存到了今天。

相遇旧城，我开始了对张斌的寻觅。各种纸面记载，网络虚拟世界里的信息海洋，关于他的消息却只是干巴巴的几句。

然而，通过张斌，一个巨大的令人意想不到的事件浮现出来了——当发现这一秘密时，我不能不震惊！血在某一瞬间凝固——在南方，一个数万人甚至几十万人参与的伟大工程，同时在一千里的荒无人烟的海岸线上展开！南蛮绝地，却轻易地将这一壮举遗忘了！

站在大鹏所城城墙前，心里念着张斌这个名字，感觉区隔、窖藏世间一切事物的时间，突然变得像现代的黏合剂，朝代的裂隙被黏合了——历史像是一个人的回忆。

这个叫张斌的人并没远去——

明朝洪武二十七年（公元1394年），也许是八月的一天，火辣辣的阳光，照得天地亮晃晃，酷热难当。张斌就是在这样的时刻带着一队人马，从南头乌石渡启程去大鹏岭。如果从海上乘船，要走两天，走陆路则时间更长，须经过大梅沙尖、小梅沙尖、九顿岭等高山峻岭，沿路古木参天，那些疯长的榕树、芭蕉、木棉，阻挡着去路。威猛的食肉动物吼声从远远的山坡传来，而沉默的动物如蟒蛇则只在密集的树木后，死死盯着你。南海亚热带边地，你尽可以想象遮天蔽日的林木张狂地挤压着空间，原始的植被绿得森然、凄然。

张斌在某一个高地望见了大海，他也许并不在意。海是身边的事物，甚至是被迫接受的事物。想象一下他的面庞、表情，甚至他的身高，对一个几百年前的人也许并无意义，不如一个千户的官职来得具体和重要。他归于尘土的躯体早已远离了死亡。甚至他的性情，也如荒凉的野草一样无关这个世界的痛痒。物质世界，生生灭灭，忽为人形，忽作尘埃，生命如大地之梦。只有面前的海岸线是恒定的绵长。只有前去做的这桩事情，穿越了时空，呈现了某种永恒的品质。

那时，一个新政权刚推翻了一个旧政权，广东是南方最后归降的地区。然而，海上并不安宁。南海奸宄出没，那些被追捕的海上疍户，附居海岛，遇到官军追捕，则诡称是捕鱼的，遇到倭贼就加入他们的行列，像台风一样向着陆地的某个地方袭击。他们以海为家，流动不居，飘忽无常。倭寇到这个地区已经有十四年了。那些南北朝混战中失败的日本武士，纠结土豪、奸商、流氓、海盗，来中国海岸走私、烧杀劫掠。这片荒凉绝地就是这些倭寇的藏身之所。

张斌望向大海的目光并不因辽阔而生舒坦，在脚下翻腾的波浪里，有一丝惊疑阴翳般闪过。他走在南中国的海岸线上，他正要做的就是明朝开国皇帝朱元璋的一项春秋大业——也许连朱皇帝自己也没想到，从这时开始，他在实施一项前无古人的围困自己的计划——修建长城，而这长城首先是从海上开始的。张斌与数以万计的军士和百姓加入到了这海上长城的修筑。

沿着广东境内曲折的海岸，朱元璋设置了广州卫、潮州卫、南海卫、碣石卫等九卫二十九所。在张斌上路的同时，这条还算平直的海岸线上，许多个他这样级别的武官也在上路，民工们浩浩荡荡向着海边聚集，他们的任务就是修建海滨城堡与烟墩——平海所城、东莞所城、青蓝所城、惠州所城、双鱼所城、海丰所城、宁川所城、甲子门所城、捷径所城、河源所城、南山所城、大鹏所城——它们都在洪武二十七年（公元1394年）同时动工。张斌领命修筑的是大鹏所城。

赤贫出身的皇帝，梦想着“鸡犬之声相闻，民至老死不相往来”的简朴农业社会。他甚至想废除货币和商品交易：明朝每户人家要承担实物税和徭役，这徭役很可能就是从千里之外押运征收的几百块城砖或几千张纸，从水路或是陆路运抵南京。建南京城墙时，每一块城砖都是从全国各地烧制好后运来的。轮到这一任务的家庭，只能与当年的朱元璋一样陷入赤贫。军队也是这样，实行卫所制，官兵在驻地自耕自食，亦农亦兵。

梦想不过是人的妄念，然而一旦付诸现实，美好往往走向她的反面，再也生发不出她的光彩。皇帝的权柄转动，海禁就是“鸡犬之声相闻，民至老死不相往来”最好的注脚，这一法令从南京迅速传遍了中国的漫长海岸线。倭寇本已成患，与一个物资贫乏的岛国日本断绝了贸易，他们的刁民盗贼便更加疯狂地赴中国沿海烧杀劫掠。

这段路车马难行，如天气晴好，最快八天到达。张斌在这溽热天气里，走得大汗淋漓，越往前人烟越稀疏，不时从腥咸的风中飘来大海的涛声，也显得这样的寂寥。

一到大鹏半岛，张斌就忙着勘察地形，最初选址在大鹏半岛最南端的南澳镇西涌海边。于是，一队队兵丁开始在这里安营扎寨，被动员来的百姓也纷纷伐木搭棚。难见人烟的半岛上，升起了滚滚浓烟，那些砖瓦窑前，红泥一地，堆满了山上砍来的树枝，红色黏土做的砖瓦一排排如列队的军士，熊熊火焰从一条条窄长的门洞透出橘红色光芒，映亮了官兵百姓们黧黑的脸庞。

三个月，城墙开始从大地上站立起来。这时，寇盗骚动起来了，像海潮一样袭来，官兵们不得不停下砌刀，拿起刀枪，投入一场场血战。

窑火再度升起来时，一切又都重来。张斌也许犯了一个选址不当的错误，城堡不得不在另一个地方重建。当一座占地十一万平方米的城池在大鹏山麓建起来时，它的规模是那样宏伟：平面呈方形布局，城墙由麻石和青砖砌成，墙基宽五米、墙体宽两米、高六米，城墙总长约一千米，城墙上有雉堞六百五十四个，并辟有马道，有东、西、南、北四个城门，每个城门上有一座敌楼，每座两边设四个警铺。城外东、南、西三面环绕着一条深三米、宽五米的护城河，而城内建起了南门街、十字街和西门街三条主要街道。

张斌的任务完成得十分出色。

二

一座军事化的城堡出现了街道，这是不寻常的。城墙是一种战争行为，街道却是生活的场地，两者奇妙的结合，在空间上呈现了明朝一种特殊的军队制度——卫所制。

“卫”“所”是基层军事单位，军队军官世袭，称“世官”。军士也世袭。他们兵农合一，既当兵又种田。军士和家属有特殊的社会身份，有专门的军籍，由五军都督府直接管理。

刚刚建立的明朝，改朝换代的战争打得国家千疮百孔，朱元璋无力筹措庞大军队的粮饷，于是，边军三分守城，七分屯田，国家供给土地、耕牛、种子、农具。军粮、官兵俸禄就靠田里的收入了。城堡既是军事堡垒，也是一座生活之城。正是这样，有的卫所如威海卫、天津卫、海参卫，后来慢慢演变成了一座座生活的城市。

大鹏所城四周地势险要，临海处又设置了十一处烟墩。这些烟墩就是北方长城的烽火台，圆台形砖土结构，台底直径十米，上部有一直径两米多的圆坑，西北向一米的缺口作为风门。发现敌情，白天以烟传讯，夜晚以火光报警。大坑烟墩至今保存完好，它南临大亚湾海滨，东北为大亚湾核电站。墩台筑于高约百米的山岗上，可观察整个龙歧澳。

城堡、烟墩沿岭南海岸线一路北上，直到北方的灵山卫、威海卫、天津卫、海参卫……海上“长城”就这样一座连一座建成了。

海上似乎可以太平了。经过与北元几次大的战役，蒙元的兵马被赶到了大漠深处。这时，朱元璋想到了北面的长城。这是他桃源梦的重要部分，他决心重新修建它。

从海上长城的山海关开始，朱元璋把长城修到了居庸关。他的子孙则用了将近两百年的时间，一直把长城修到了嘉峪关，长度达到一万七千多里。甚至，在湘西苗族人的崇山峻岭中，明朝也建起了南方长城。一道城墙，把苗人分为“生苗”与“熟苗”。

农民出身的朱元璋，管理国家就像一个土地主，他把地主看家护院的心理表现到了极致：一道连着一道的城墙，把一个庞大的帝国圈起来了。他居住在宫殿的中央，像一个十足的守财奴。他再也不愿去分清倭寇与那些被海禁断了生计而当上海盗的渔民。防御倭寇也许就是他实行海禁的一个绝好的借口吧。

三

张斌踏着明朝的时间而来，做着看家护院的差事。旧的阳光，在六百年前的岁月里照耀着，这阳光是属于南蛮绝地的阳光，与寂寞和杀戮一样，也属于张斌。在这海边只闻涛声的寂寞时光里，张斌做梦也不会去想，有朝一日，这样的边地，也可以繁华如京都，那曲折起伏的小道会变成高速公路，箭一样穿透这一空间。现在，他死去，尸骨化作了尘泥。但六百年前的阳光下，我们也死去了——因为那个世界没有我们，我们在尘土中安宁如磐。张斌建的城池，来到了现在的世界，他又走进了人群的生活与记忆。

建在深圳龙岗区的大鹏所城被保护起来了。来这旦参观的人越来越多。红男绿女，开着宝马、凌志、雅阁，轻轻一踩油门就到了。他们戴着太阳帽、墨镜，挎着数码相机，指指点点，带着现代人的优越。

朱元璋把贸易视作洪水猛兽，而今天正是这猛兽一样的贸易带来了洪水般的财富。一个商业的社会，一个以市场经济为标记的年代，把大鹏所城之地作为特区，只用三十年的时间就建成了一座影响世界的大都市。它再用这座六百年古城的名字，称作鹏城，想要嫁接历史。

取名者也许没想到他具有反讽的天才，同一个名字两座城池，一个是明朝为闭关锁国而建的，一座却是为打开国门，为开放而建的。面对南海，朱元璋以片甲不得下海的禁令，让波涛翻腾不息的大海变成一片死海；而深圳，却让这片大海运载来了滚滚财富。六百年，中国人真正看到了大海！

这期间，郑和七下西洋，他的船队就从离这座古城不远的海面驶过并停泊过，他看到了海洋的辽阔、伟大，但沿岸一座座兵营城堡，这些农民的子弟，把刀枪指向海洋，就已经注定了他船队的短命。

大海又沉寂了一百多年，从地球另一面的大海驶来了一支葡萄牙人的船队，他们在屯门试探性登陆时，遭到了中国军队的打击。大鹏所城的军士参加了第一次对西方人的战斗。葡萄牙人于是改变策略，他们在澳门半岛悄悄登陆，借口贡物打湿需要上岸翻晒，租借海岛一用。

南蛮绝地，谁也不在意之中，一座魔术一般繁华的城市澳门建起来了。

大鹏所城的军士们仍然住在自己的城堡里面，白天外出种地，夜里持刀枪巡逻。当然，远在天边的船只还是有的，那些装着丝绸、瓷器的商船，偶尔驶过，白帆一点，羽毛一片，于浪尖风口上行走。许多时候，这些飘扬的风帆是由官方控制的贸易。作为国策，海洋是被封锁的。一条海上丝绸之路，在大陆目光难企的大海中，白帆一闪就被波浪抹去了航行的踪迹。

又是两百多年过去，与大鹏所城相距只有几十里的尖沙咀，英国人的舰队出现了。这一次，来者不善，海上的战争无可避免，东西方第一次海战在此打响。

带头反击入侵的一位将军赖恩爵，是大鹏所城人，军人的后代。赖氏满门英雄，三代出了五位将军。九龙海战，恶战五个小时，他竟然靠智慧打退了英国的洋船洋炮，逼使殖民者狼狈逃窜。

1997年7月1日香港回归，赖氏后人燃放炮竹时，喜极而泣，跪在祖堂前，喃喃告慰先人：《南京条约》已洗雪了，今天这一个日子终于可以还报祖愿了。

大鹏所城历经了如此之多的世界性大事，它仍然在大地上矗立。

古城人经历了如此多的朝代更替，而守土有责的精神也留在了城堡之中，像古榕树一般根深叶茂，逾六百年而不易。这是人类精神的一个奇迹！

四

张斌搬动过的青砖与麻石在这里沉默了六个世纪。张斌站在六米高的城墙上望向大海，这个令人兴奋的高度还在，只是他的目光没有了，换上了我的目光。我感觉到我在重复他眺望的动作，就像我代替他活在这个世上。他那个时候这么年轻，血气方刚，皮肤下蓝血管暴凸，血液喧腾，劳动起来，健步如飞。他不会想自己也会成为先人。谁年轻的时候也不会想祖先与自己有什么关系。张斌仿佛一瞬之间就成为了遥远的祖先。洪荒世界，六百年也仅是瞬息即逝。

古城在，这个朝代就在，大地上留下了它的空间。进入这个空间，就进入了我们身体内的明朝。

我爬上北面的一座山头，远远地打量着古城，南风习习，大地葱茏，时间又回到了从前。城墙山下矗立，我看到一个封闭的空间，对外，它用大门打开自己，与东南西北荒野连通并以自己的气势制约着周边的连绵山岭、浩荡海洋；对内，它的城墙之后是街墙，街墙之后是院墙，院墙之后是门墙，密密麻麻，一步一步走向私密的空间，甚至没有窗户，它们都开向了院内。没有人面桃花的惊喜，甚至也没有红杏出墙的绯闻，一切生活的秩序都由建筑规范着，井然之中显现的是宗法的肃然，无人敢于挑战。人面对旷野而起的野心，在这个局促的小小空间里消逝殆尽。每个人看到的只是自己的生活，集体的困顿、枯燥转变成个人的处境。怀念、梦想、欲望和不甘也在这小小空间里转圜。城堡与居所，犹如大国与寡民，是一种空间生态也是一种政治生态。

白天，一道一道大门在吱呀声中打开，一个个军士走出家门，进入公共的空间，成为一支队伍，成为城堡里面生发出来的气与势。晚上，一道一道大门又在吱呀声中关闭，一队队巡逻的军士分散开来，走到了一扇扇门后，进入他们私密的空间。这空间里有爱情、亲情、性，有柴米油盐，有苦乐年华。关闭城门的城堡就是一只睡去的巨兽，像泄了气的皮球，软绵绵卧在大地上。

门的启合有着自己时间的节律。时间在古城是能够倾听的，它是城堡向山河海洋发出的声音——钟与鼓。如果鼓是私人的时间，它在城楼之上，那么钟就是公共的时间，它在寺庙里面。皇帝当过小沙弥，他自然热衷于建寺院，城堡也不能例外。城堡里缭绕的香火常常与南方的雾混在了一起。大鹏所城现在还保存了侯王庙、天后宫、赵公祠。从寺庙里传出来的钟声总是阳光一样悦耳，新一天的开始是充满锐气的，是沉厚的、公共的。鲜红如血的霞光正在东方喷薄。钟声嘹亮、振荡，充满朝露一样的清新、喜悦，也充满了人间烟火味。

而城楼上，当那轮由白转红的太阳欲向茫茫大海沉落，总有一双有力的手臂攥紧了桃木的鼓槌，一下一下抡起，鼓点就在这一起一落间响起，像撕裂了沉默，又像绷紧的心弦在刹那间放下。在鼓声掀动的空气里，那黑压压密麻麻的瓦屋顶掠过一片灰色的暗影，那是天地进入沉寂的前奏。而当更鼓一次次响起，人们知道那是在为他们打开一个又一个梦的通道。夜的安谧、恬静全在那不急不缓的鼓点里，尘土一样沉沉落下，恍如时间的迟滞。

大鹏所城却是寂寞的，位于半岛边地，经常的访客只有风。最激越的时候就是从海上恶魔一样飘来的战争。大海上来的风，既有温柔轻快的，又有狂暴猛烈的。咸腥的气息总带来海的体味，某个清晨或者黄昏刺人鼻息，某个时刻又让人与不祥相连。海在中国人的集体记忆里总是充满了恐惧。它与西部大漠一样，是大陆中央的人想极力遗忘的部分。小农经济，农耕文明，养成了中国人强烈的家园意识，对大海、大漠波动不安、飘忽不定的环境，是那么陌生与抗拒。

高耸的城堡，代表的就是大陆与海洋的一种对峙。

风做了城堡与大海沟通的使者。它让城堡内的房屋建得低矮，体量一点一点缩小。这些来自江南与北方的军士，学会了如何让瓦片紧紧连接，砖与砖重重叠压，让墙壁与窗户的比例调整到恰当的尺度。

窄街小巷，小门小窗小院，挤的不仅是身体，也让语言与语言挤在一起，天南地北的人，南腔北调，都在这窄街小巷里彼此调适，于是一种属于沿海所城特有的语言——军话——生长出来了。城墙就像一个瓦罐，盛着这语言的水，传递过时间的门槛，不外溢，也不灌入，海一样不枯不盈。

城墙内外的榕树、木棉、杨柳……它们或高高升向天空，或左右横生，四季里都在绿着、生长着。这让经历惯了北方冬季的军士很不习惯，常常梦见凛冽的寒风与光秃秃的枝条，以及春天来临时那最早吐出新绿的惊喜。这些看似孤立的事物，地底之下早已根系相连。它们得紧紧抓住大地，才不会被狂暴的台风连根拔起。军士们的命运与树木也是一样的。在猖獗的倭寇面前，城墙就是他们与大地相连的根，只有伸展出又长又高的墙壁，才不会被海上来的盗寇当作树木一样拔掉。

五

大鹏所城终究没有被海盗倭寇所灭，也没有被时间抹去。岭南沿海的城堡在岁月中一座一座败去时，大鹏所城却屹立不败。它不败的原因不是城墙而是精神，这是时间开放出的花束，是穿越朝代的永续之力。

明朝军士世袭制，已经内化成古城人的一种精神，世袭制犹如滚动的车轮，别人无法进入，自己也难以出来，恰如血脉、传统，当兵成了天职，代代相传，跨越了朝代，直至今天。

另一座留存下来的城堡平海所城，离它两百里，它悄悄融入了四方客商，成为一座商城。它因商而留存，就如山东烟台市，以前不过是一座烽火台。这些是一座城市生存最隐秘的血液。

4月，暴雨说来就来，连天雨水倾盆而下，水的响声盈溢天地，瀑布在所有高耸的平面上悬挂。海面上白茫茫一片，陆地上也是茫茫然的白，如纱如烟。这是来自南海的雨水。

春天，总是在这样的雨水中上路，心事茫茫，一片汪洋都不见，知向谁边？

大亚湾核电站宾馆只在转身间就隐没于雨帘，一条柏油路在山边林间穿行，只有轮下的路是黑色的。海在猛然间出现又消失，像突然的念头一个又一个。大鹏所城在暴雨中出现时，我侧脸注视着它，它就像一场雨里出现的事物，以朦胧又暗重的面目与我道别，洞开的城门，像一个时间的缺口，引诱我散乱无绪的联想。

小车奔跑着，像在水中泅渡。

双族之城

钟声浩荡

很长时间里，我都难以把赤坎琢磨透。她小，小得常遭人不经意间忽略。赤坎就像路途上不断出现的那些乡镇一样，无非是岭南充满五邑之地风味的一个小镇——这些墟镇大都给人留不下什么印象，但赤坎却不一样。她并不普通，甚至不寻常，她的身上能够读到世界风云，甚至是人间传奇。

三百五十多年的历史，赤坎前两百年很平静，后面的一百多年，风云骤起，赤坎就像登上了戏台，戏剧一幕幕上演，一幕谢了一幕又来，新奇的事情总在发生着。无论生活在小镇的人，还是异乡过客，突然就找不到真实感了。

赤坎巨大变化的缘由，光从人文风土上去找，恐怕是只见树木不见森林。你得抬起头来，把目光掠过眼前的丘陵和平川，看到海洋，看到海洋深处的世界——这似乎有点难为人了。但这风潮正从远方涌入，弥漫于原野的八面来风，刮过了万里之遥的海洋。

如果你从船上来，在潭江登岸，走过江岸的堤西路、堤东路，你眼里就看到了一字排开的骑楼：砖石水泥的楼房，高高的立柱，沿街的走廊，简洁或讲究的券拱，巴洛克风格卷纹的山墙，既有扑面的南洋殖民地建筑风味，更有欧陆风情的横移，而地方风土味在这仿造中亦顽强呈现，活脱脱一个岭南乡土版的欧陆小镇。如果你是一个内陆人，你一定会迷惑：这还是中国吗？上世纪二三十年代，赤坎就是这副模样，迎接着四方宾朋。

站在堤东路司徒氏通俗图书馆门口，你会恍然置身于葡萄牙的街道。而从堤西路走近关族图书馆，进入欧式院门，你就像步入了罗马庭院。这是赤坎最醒目的两栋建筑，它们在潭江岸边拔地而起，门前南洋杉与它一比高下似的，高擎如臂。波光粼粼的倒影中，小镇有些恍惚，时空仿佛是另一片大陆的，是南欧还是北美？

赤坎之外，开平的土地上，充满异国情调的碉楼正在阡陌间纷纷耸立，一场乡村造楼运动开始了。上世纪初，人们都在努力把遥远国度的建筑样式筑成自己的美庐。短短二三十年间，开平就变成了一个万国建筑博览场。几十年后，这些被称作碉楼的建筑列入了世界文化遗产。在这些建筑中，图书馆是另类的，它象征了乡村文化的觉醒，乡村宗族文化从没有像赤坎关氏、司徒氏这样，把读书摆到族人的核心地位，成为宗族的荣耀。正是这两座图书馆，昭示了两大宗族人才辈出的未来。

司徒氏通俗图书馆、关族图书馆可谓建筑的精品。前者气势夺人，雍容、典雅，轩昂却不傲慢，庄重而不威严，散发着葡萄牙建筑风味。三层的楼高，正中一座钟楼，上两层贯通的葡萄牙式立柱，借钟楼的气势，生发出一种飞升的姿态。下面一层，建筑立面呼应其上的动态，六条立柱四条延伸而下，另外两条与窗户两边红砖垒砌的窗柱呼应着。设计既有变化，又保持整体的气势。

同样的手法用在顶层古罗马券拱与底层三角形窗楣上，在呼应与变化中达成了丰富性与整体性的统一。上两层与一层，走廊与实体墙，开放与封闭，本难协调的立面，以底层打开的高大门窗来呼应，获得了稳重感，又避免了立柱一贯到底的单调。

司徒氏通俗图书馆不算高，却有高耸巍峨之感。最能体现情调的钟楼，大钟来自美国波士顿，拜占庭式的穹顶耸立，半圆的券拱，圆的时钟，如同画龙点睛，气韵神态毕现。

关族图书馆则稍晚修建，它是标准的欧洲建筑，门是营造的重点，正门两边各立一根粗壮的科林斯柱、半根方形柱，方柱似嵌入墙体。半圆形的拱门，顶起拱门的柱头是向上升起如花瓣又如浪花的雕饰，繁简对比中它是繁，点缀精准恰似点睛之笔。

三层的楼房，四根方柱从底到顶，柱顶一个涡券和缨络组成的雕饰，有柱头装饰的味道。这是文艺复兴时期建筑柱头常用的造型。楼顶正中三角形门楣中，卷草纹的图案充满巴洛克风情。屋顶的钟楼，大钟来自德国，谁也想不到它走了九十年，直到今天依然咔嚓咔嚓响着，精密的齿轮与钟摆嗒嗒而动，推动指针转动，向着小镇准确地报时。关族图书馆建筑之精美不输于欧美本土建筑，甚至直追圆明园建筑的水准。

司徒氏图书馆由旅居美国、加拿大、菲律宾的司徒氏人捐建，广州市永和建筑公司承建，1925年建成。关族图书馆也是旅居美加的关氏后人捐款修建，承建商是关族人旅港建筑商关穆的远利建筑公司，1931年落成。它们是两个家族争强好胜的产物，却建成了两个家族的标志物。洪亮的钟声每天每时从各自的钟楼响起，数十年如一日，宣示着两大家族的光荣与使命。

沿着潭江，一栋栋异国风味的建筑成排连片地建起来了，它们以骑楼相通，采用方柱、外挑阳台、直线条的门窗，也有采用罗马柱、券拱的，阳台各有不同，墙面装饰有浮雕、窗洞、线脚，变化最大的在顶层与女儿墙的处理上，顶层罗马柱和券拱很多，女儿墙造型大都为欧式与中式混合，有的采用传统“金”字形瓦顶，有的山花之顶用扇贝饰件，底层还有做成伊斯兰建筑尖拱门的，有的把罗马柱和券拱贯通到了二楼。在这里，你既可领略西方巴洛克、洛可可遗风，也可以品鉴岭南佳果、吉祥纹饰和中国古典卷草图案的坚守。

这些把坡屋顶、镬耳山墙等本土民居样式抛开的建筑，占据着潭江两岸，骑楼数量多达六百栋，宽度相加长度超过了三千米！大大的玻璃窗门不再是封闭的生活空间，生活也不再是日出而作、日落而息的农耕方式。司徒氏、关氏两族人走进了图书馆，除了读中文书籍，还开办了英语培训班。两族人又在下埠鱼笱庙合建了开平中学。从此，弦歌之声不绝，民智广为开化，一个新的世界正在为他们打开。

家族墟集

赤坎原属新会，是各县交界之地，从前盗贼横行，匪患严重，是“四不管”地带。清顺治六年（公元1649年），开平立县，取开太平之意。赤坎曾做过开平县治。

开平地势由西北向东南倾斜，潭江由西往东流过开平全境，形成潭江冲积平原。赤坎地处潭江上游，形如海棠叶，西南有百足山，东南有三圭山，四周支流水系围绕，米岗冲、滘口冲、镇海水等形成河网，于是得舟楫便利，从木帆船到“蓝烟囱”电轮船，赤坎人乘船可直通港澳。中华东路海颈码头便是赤坎人当年出门远行的地方。

赤坎方圆几十平方公里，人口数万，村落平畴相望。赤坎镇区3平方公里，两大家族在此开埠兴市——上埠为关氏族人地盘，下埠是司徒氏族人领地。

据康熙《驼驸关氏族谱》记载，关族原籍福建建宁县，入粤始祖为关景器。北宋开宝年间，他于太子东宫左春坊学士位上，因“以言事奏封失序”而贬职冈州，冈州即新会。任职五年辞官归田，定居新会县、如今的司前镇。

北宋中后期，其六世孙关兴义从新会迁至赤坎镇驼驸冈大梧村。明代隆庆年间关氏成为当地旺族。民国《开平县志》有云：“有乡驼冈，庙水之旁，陇西关氏，族巨且彰。”

司徒氏迁自汴京，入粤始祖司徒宣翁随宋室南迁，由安徽、江西入粤，翻大庾岭、珠玑巷，先居广州，后定居新会水东石坑村。其七世孙司徒新唐元朝后期迁至赤坎滘堤洲。

关氏、司徒氏先人初来赤坎，这里还是芦苇丛生的荒滩野地。他们同居一岛南北两边。司徒氏在清代顺治年间于东端潭江边开设集市，逢农历三、八日赶集。康熙十二年（公元1673年），关氏家族也在驼驸横头岭设立交易地，逢农历二、七开墟。不久，赤坎设驿所，司徒氏集市越做越红火，于是，关氏家族把墟集也搬到了潭江边，一东一西，两族集市相距不过五百米。关氏的墟集也由农历二、七开墟改成司徒氏的农历三、八。

关氏家族的集市以买卖耕牛为主，兼做鱼苗生意。司徒氏家族则以生猪交易为主。两家还做三鸟、甘蔗和农副产品生意。随后发展出粮食加工、食品加工销售。每逢墟日，前一天晚上，长堤沿岸停满了运猪船，镇上大小旅馆住满了操各地方言的牛贩子。到了墟日，满街是人，走路都困难。

于是，关氏家族在西边建起了从兴街、西隆街和东兴街，人称上埠；司徒氏家族在东边建起了拱北街、长兴街和联心街，人称下埠。随着墟镇规模越来越大，东西两个墟镇慢慢延伸，相互靠拢，空地没有了。两个家族开始争夺地盘，几次险些发生械斗，每次都是官府出面调解，才将事态平息。最后，一条塘底街成了界街，塘庋街以东归属司徒氏，塘底街以西为关氏地盘。

赤坎兴盛，至此只不过是中国沿海普通的墟镇一样，它日后的巨变与一场大灾难有关。

小镇之“圆”

平静的生活出现了不祥的预兆。从遥远的大海上驶来了大船，在上下川岛海域游弋。有的渔民突然失踪了，亲人们痛哭不已，以为是被海盗害了。又有一些村庄的青壮年被人掳了去。这时，人们才醒悟，这一切不是海盗所为，他们是被猪仔头和土匪当奴隶一样贱卖到遥远的美洲大陆去了。

他们中有近一半的人在海上就已经葬身鱼腹。幸免于难的男人们，被运到美国、秘鲁、古巴、加拿大、智利、巴西、哥伦比亚、巴拿马等国做苦工，埋下了森森白骨。

深重的苦难，源头无疑来自那场影响东西方格局的战争——鸦片战争。国家的衰败改变了每个人的命运。

当年的开平，人口快速增长，“地不足以容人”，粮食供不应求。加之土客械斗，红巾军起义，死伤、外逃者无数。美国、加拿大的矿主和铁路公司委托华侨回国招工。为了家族、家庭求得一条生路，很多青壮年男人离乡背井，从香港、澳门出洋到美国、加拿大、澳大利亚“淘金”。开平超过一半的人跑去海外谋生。自然赤坎司徒氏、关氏族人也不例外。鸦片战争后三十多年间，美洲的华工达五十万人，仅美国就有二十五万之多。赤坎去海外的人数有四点六一万，去港澳的人数有二点五万。

司徒乔是著名油画家，他是赤坎镇塘边村人。1950年他从美国治病搭乘威尔逊邮船回国，船上他遇到了李东号、汤心海、郑进禄三位华工，从他们身上司徒乔知道了一个人间惨剧。他为三位老人画了一幅速写，在画上写下了他们的遭遇："四邑农民六百人于一八九七年被美帝资本家骗至檀香山高威岛垦荒。在汽船枪手的警戒下被逼与外界完全隔绝。五十三年中备受严酷之压榨，至一九五零年已死亡殆尽，只余李东号、汤心海、郑进禄等九人，血枯力尽，耳聋眼瞎，始被中华公会遣送回国……"

这段华侨痛史也被司徒美堂写进了《我痛恨美帝》一书中。司徒美堂也是赤坎人。这六百人就是被卖为猪仔骗去的。他们在夏威夷种甘蔗、稻谷。九位华工是夏威夷中华公会给每人募了一张船票和四十八美金，才踏上了归国之途。

华侨在饱受歧视与欺凌的同时，也目睹了西方先进的文明。西方国家开始进入工业化时期，社会变化巨大。华侨中有人站稳了脚跟，赚了一些钱，他们首先想到让亲人过上好日子，然后想到自己没有文化，吃尽了苦头，家乡要发展教育。

华侨回乡，叶落归根，有人模仿西方建筑砌房，有人把西方的生活方式带回家乡，成功者衣锦还乡的冲动与改变家乡面貌的愿望混合着，带动开平生活风尚的变化。于是，融合中西建筑风格的碉楼、骑楼大量出现，赤坎街道一栋栋楼房比肩而起，俨然广州十三行的缩影。

堤西路、堤东路变成了商业一条街，米饼铺、米店、金铺、烧鹅店、洋布洋服店、杂货店、副食店、酒店、笔庄、染布店、茶楼、书局、电影院等纷纷开张。在中华西路、中华东路、塘底街、河南路、圩地街、牛圩路，铁铺、藤器店、钟表修理店、油漆店、木屐店、木材店、石材店、洗衣馆、当铺、妓院、中西医诊所、医馆、药材铺、邮政局、侨批局相继营业。

商埠慢慢形成专业化分工，从建材、纺织、粮油、牲畜等各行业繁盛，到各商会成立，一座具有浓郁欧洲风情的小城出现了。

小城是一座罕有的家族之城，由两大家族竞争与合作得来，两大家族主导着宗族传统文化向现代城市文明的转型，充满着血缘的气息，也充满了血缘的力量。

赤坎镇突变的历史就这样开始了：1901年镇里出现了中西医诊所，1902年出现了邮局，1908年成立了商会，1914年有了西医产科诊所，并形成了“医生街”，1914年小火轮开始航行于赤坎与外埠，1923年第一家金银专营店汇通银号开张，1924年百赤茅公路建成通车，美国福特牌公共汽车开行在乡间公路上，1924年“发明”电灯公司成立，1926年百赤茅公路公司开通电话，1925年、1929年司徒氏图书馆、关族图书馆相继建成，1926年全镇统一进行规划，1933年第一家电影院东升影画院落成，1936年两族合力兴建开平第一县立中学……

赤坎会聚起人才，仅“医生街”医馆高学历医学人才就有北京协和医学院毕业的司徒梓居，广东光华医学院毕业的关梓权、关公度，广东医学院毕业的司徒珙，上海国防医学院毕业的张景辉，广东公医学院毕业的徐汉雄，上海同济医学院毕业的余锡洪，上海医科大学毕业的余严等。毕业于芝加哥大学电讯工程系的司徒植楠在镇里开办了美国“美孚”汽油贸易公司，还与美商合营，在赤坎镇东堤开设了夏巴洋行，经营福特长途汽车及零配件。

小镇居民的生活也越来越新奇了，男人流行穿西装打领带，穿皮鞋戴礼帽。女人则钟情于“玻璃丝袜”、法国香水、“旁氏”面霜、英国口红。雪茄、咖啡、洋酒、牛排、电影成为小镇时尚。在造型各异的骑楼、碉楼里，人们开始使用暖水瓶、座钟、留声机、收音机、柯达相机、三支枪牌单车、风扇、盛佳衣车、打印机、浴缸、抽水马桶、抽水机……

赤坎人不再节俭，变得日渐奢侈，好浮夸、斗富，仰慕虚荣。外来词汇这一时期纷纷进入开平方言，男女老少自觉不自觉，见面叫“哈罗”，分手说“拜拜”，好球叫“古波”，球衣叫“波恤”，冰棍叫“雪批”，奶糖叫“拖肥”，蛋糕叫“戟”，沙发叫“梳化”，护照叫“趴士钵”，帽子叫“喼”，商标叫“麦头”，面子叫“飞士”……

生活方式变化了，赤坎人的精神世界也在变，“婚姻讲自由，拜跪改鞠躬”，西方的国家意识、民族意识和民主意识也在民众中传播，很多家庭竖起了旗杆，重大节日挂出了国旗，他们不用“國”，而用一个独创的“圕”。意思是民国，就是以民为主以民为中心的国家。西方民主原则与公司股份制管理方式进入家族事务自治管理，多种自治性民间组织成立了，实行股份制管理。乡规民约被章程取代，章程成了处理事情的依据，譬如宅基地分配、转买，建筑屋高低、排水系统铺设、厕所位置、垃圾处理等等，村务管理的各个环节都追求公开、公平、公正的原则。

久远的骄傲

关族与司徒族当年兴建的家族图书馆，至今仍是赤坎标志性建筑；另一个标志性建筑便是红楼，它是关族与司徒族共建的开平中学。他们不约而同选择图书馆作为显示家族实力与地位的象征，又如此耗费巨资，绝非一时心血来潮。崇文重教本就是两大家族的传统，咸丰七年（公元1857年）他们就集资兴建了康乐书院，建立开平中学前已经开办了二十所小学，各种书局更多，如良友书局、越华书局、大陆书局等，高峰时期开了十三家。读书慢慢成为赤坎人心目中最神圣的事情。

关族图书馆、司徒氏图书馆表达的正是两大家族对文化的深刻体认，它们昭示着族人的希冀。谁也想不到，这样做带给后人如此多的意外惊喜，带给家族的是更加久远的骄傲，也给小城带来了生机。赤坎用“人才辈出”这个词都不足以表达它的作为，小镇出现的人才都是国家级的栋梁之材！

譬如科教人才，来自赤坎中股塘基头村的司徒璧如，他在旧金山与冯如等人一起研制飞机，制成了中国人的第一架载人飞机。来自赤水镇沙洲回龙村的司徒梦岩，设计了我国第一艘万吨巨轮，还是我国第一位小提琴制造家。来自赤坎深塘村的司徒赞，在印尼创办华侨学校，成为著名的华侨教育家。来自赤坎联塘的司徒惠，曾任多届香港立法局行政局两局议员，是著名的建筑设计师。而司徒辉成了香港船王。

艺术人才更是群星灿烂，闪耀在南中国的上空。来自赤坎中股乡桂郁里的司徒奇，是一位国画大师。他受岭南画派鼻祖高剑父之邀，加入春睡画院，与关山月、黎雄才并称“春睡三友”。来自赤坎塘边村的司徒乔，是著名的油画家，创作了取材于同名街头抗日剧的名作《放下你的鞭子》。画面捕捉人物瞬间表情，表现人物内心强烈情感，纷乱的道具和强烈的色彩，让这一冲突达至高潮。人物刻画之深，在中国现代美术史上也不多见。他还最早到新疆写生，创作了《套马图》《巩哈饮马图》等大批表现新疆维吾尔人生活的油画。著名雕塑家司徒兆光，来自赤坎永坚新村东闸村。早年留学苏联，任中央美术学院雕塑系主任，第四套人民币一百元券就是他画的图案。毛主席纪念堂、郭沫若故居、宋庆龄故居、北京奥林匹克体育中心、裴多菲故居博物馆、西昌卫星发射中心等都有他创作的铜像。赤坎两堡塘美村的关金鳌，曾留学美国、法国，是中国最早的油画家。

沙飞（司徒传）是赤坎中股乡书楼村人，他是中国新闻摄影创始人，曾任晋察冀画报社主任。他拍摄过鲁迅最传神的照片。抗战期间，他用相机记录了许多珍贵的历史瞬间：八路军古长城战斗、百团大战、聂荣臻与日本小姑娘、白求恩抢救伤员……飞行教官关荣是中国空中摄影骨干。来自赤坎灵源乡樟村岭美新村的关光宗，摄影同样成就不凡。

赤坎人在中国电影事业上的功绩也了不起。中国电影的拓荒者关文清，赤坎大梧村朝阳里人。他留学美国主攻编导，回国先是拍摄纪录片，创办中国影业有限公司，开创拍摄粤语片先河，编导过《渔光曲》《边防血泪》《公敌》等五十多部影片。司徒慧敏首创中国有声电影。他是赤坎永坚楼东闸人，左翼艺术家同盟成员，曾任中国文化部副部长、中国电影家协会副主席。关德兴，赤坎莲塘村人，著名粤剧武生，香港武打片创始人，创作《黄飞鸿传》并编成并拍摄七十七部《黄飞鸿》系列电影，影响巨大。

而表演艺术赤坎也同样不乏人才。著名音乐指挥家、作曲家司徒汉，曾任上海乐团团长兼指挥，中国合唱协会副理事长，担任过清唱剧《黄河大合唱》、音乐舞蹈史诗《东方红》的指挥。他是赤坎联向西村人。著名高胡演奏家余其伟，赤坎北炎东兴里人，担任过广州乐团、广东歌舞剧院乐队首席，曾任广东省音乐家协会副主席。来自赤坎护龙永安里的邓韵，曾任广州歌剧学会名誉会长，是美国纽约大都会歌剧院签约的第一个中国歌唱家，1994年获得美国纽约“杰出妇女明星奖”。还有赤坎广安里的胡均，他是著名作曲家、音乐理论家。

当然，赤坎最有影响的人物还是司徒美堂。在赤坎中股村牛路里他的故居前，立有司徒美堂的塑像。清代砖木结构的平屋，门前蓝色门牌写着：牛路一第四巷六号。青砖山墙，白色雕像，毛泽东、廖承志、何香凝的题词就刻在塑像基座上。毛泽东的题词是“爱国旗帜、华侨楷模”。

司徒美堂是一位传奇式的人物，他六岁丧父，十三岁借钱买了一张船票漂洋过海前往美国，在旧金山中国杂碎馆“会仙楼”当厨工。他十八岁加入洪门致公党，进行“反清复明”活动。有一天，他把一个跑到华人商店滋事的白人流氓打伤了，被捕入狱险些被判死刑，从此名声大振。

他以“锄强扶弱，除暴安良”为号召，创立了洪门安良堂。富兰克林·罗斯福任美国总统前做过他的法律顾问。他把孙中山请到家中居住了五个月，亲任其厨师和护卫。广州起义失败，同盟会急需十五万美元救急，司徒美堂不惜以北美四所致公堂大厦作典押，帮助筹足了款项。武昌起义成功，孙中山从美国回国，又是司徒美堂提供旅费。他组织领导了美国华侨抗日救亡运动，为淞沪会战筹款，为支持国内经济建设，在重庆等地设立华侨兴业银行……其爱国之心，赢得了海内外华人的尊敬。受毛主席亲邀他参加了第一届中国人民政治协商会议，代表华侨民主人士致辞。他担任过中央人民政府委员、全国政协委员、全国人大常委员会委员和中央华侨事务委员会委员。

异乡来的人

赤坎与大千世界的联系中，一方面赤坎人走向世界，带回来八面来风；另一方面，外面的人也走进小镇，给赤坎带来故事与传奇。

亚历克西斯·赖特走到了赤坎，就像一个小说里的情节：一个中国人背井离乡，去到了遥远的世界，不知道什么缘由，他再也没有回来。多少年后，他的后人来寻找他出生的地方。但这样的寻找异常艰难——他留给后人的信息太少太少，他的信息在漫长岁月里湮没了，只留下了他的名字和省份。但偏偏有这样一位后人，渴望着踏上他祖国的大地，寻觅他的故乡。

亚历克西斯·赖特认识广州美术学院的一个朋友，朋友知道她的心愿后，又介绍了自己的朋友。朋友的朋友在五邑大学研究华侨史，名叫谭金花。于是，2017年5月4日，谭金花把她带到了开平，带到了赤坎镇。谭金花带她到赤坎不是因为自己是开平人，而是只能从亚历克西斯·赖特曾祖父徐阿保的名字上寻找依据。

广东华侨主要集中在粤东的潮汕、梅州和五邑侨乡，潮州、梅州人去东南亚的多，五邑人去美国、加拿大、澳大利亚的多，他们大都是一个家族或一群人集体出发的。五邑地区那个时期很多人是冲着金矿淘金去的，现在，海外华人的人数与本土人数几乎相同。徐阿保到了澳大利亚，最有可能是五邑人。徐姓在五邑地区大多是疍家人，疍家人主要集中于徐、周、温、张、黄、李、林七大姓氏，尤其徐姓最多。疍家人生活在船上，没有自己的故乡，徐阿保留下了广东省人的信息，却没有留下自己故乡的信息，可能就是疍家人的缘故。徐姓在赤坎属疍家人，赤坎又是疍家人主要的聚居地。赤坎三圭里村聚居了很多徐姓疍家人，他们以前靠打鱼为生。

亚历克西斯·赖特来到三圭里村，她受到了疍家人的欢迎。看着这些笑脸相迎的人，赖特产生了一种说不出的感情，只觉得心里暖洋洋的，一种遥远又亲近、熟悉又陌生的感觉。村里人找出徐氏族谱，按辈分往上找，徐阿保的名字却没有出现。善良的村人还是认下了她这个徐氏后人，毕竟他们的祖先是共同的。赖特按照村里的规矩，在震耳的鞭炮声中，走进徐氏宗祠，上香、跪拜，祭奠先人。这一刻，她心里开始接受自己是个疍家人后裔的事实。

赖特又来到潭江边，这是从前疍家人赖以生存的江河。潭江上仍有渔艇停泊，艇尾系着小艇，高高的竹竿上晾晒着渔网。小艇打鱼，捕虾捞蚬，渔艇起居。河南洲的渔业村是疍民最集中的地方，岸边停满了机动的缯艇和渔艇。这里也是徐姓人多。她眺望宽阔的江面，心中无限缅怀。

赤坎下埠鱼笱庙曾经是疍家人祭神的地方，八十年前关族和司徒族在这里建起了开平中学，有名的红楼便坐落在这里。赖特来到了鱼笱庙旧地，看着新旧楼房，时空在她眼里开始翻涌、回退。

在广州我见到赖特，她已是年过花甲的人，粗的眉毛，深陷的眼睛大而锐利，透着一种执拗和善良，特别是她轮廓分明的方脸，这是一张澳大利亚土著人、汉人和西方人多次混血后的脸，我实难找出多少中国人的影子。跟我谈起开平之行，她问我最多的是疍家人的问题。

在荔湾湖公园泮溪酒家，我指着窗外的荔湾湖说，当年这个湖中就有很多疍家人的渔艇，他们在艇上卖艇仔粥，这是一种有名的粥，现在很多粤菜馆还在卖。她睁大眼睛，一直盯着湖面，好像那些渔艇隐藏在什么地方似的。我说起了疍家人的生活，特别是惠州大亚湾一个海岛上的疍家人，他们至今与岸上人家没有往来，内部通婚，海上打鱼，船上迎亲，说自己的语言，逢年过节请戏班也是请的闽西或者潮汕的，人死后骨骸装入瓦坛，一排排放在山坡上……赖特听得入神，不等我说完，她就问我为什么不写写他们？疍家人值得写！

赖特是澳大利亚最杰出的作家之一，她的小说写的就是澳大利亚原住民的生活。她的长篇小说《卡彭塔利亚湾》获得了澳大利亚最高文学奖迈尔斯·富兰克林文学奖。2012年翻译成中文，在人民文学出版社出版，同时还被翻译成了波兰文、意大利文、法文、孟加拉文和日文出版。莫言看过这本书，认为文学技巧高超，令他敬佩。张炜认为是一部关于澳洲土著的史诗，是一部惊心动魄的现代杰作。赖特写北部卡彭塔利亚湾原住民古老的传说、神话与现实交融的生活，这是一个告慰祖宗亡灵的故事。

赖特在卡彭塔利亚湾南部高原瓦安伊部落出生成长。她的曾祖父徐阿保19世纪下半叶从广东来到了澳大利亚，流落到北部卡彭塔利亚湾，在这里他与当地土著女人结婚。赖特的父亲是白人农场主，在她五岁时去世，她随母亲、祖母在昆士兰州的克朗克里长大。她现在担任西悉尼大学文学院研究员、RMIT大学荣誉博士。

一百多年过去了，对亚历克西斯·赖特的家族来说，曾祖父在中国的生活始终是一个难解的谜。赖特一直有个心愿，就是寻找曾祖父的足迹，找到他出生与成长的地方。

我问她还要不要继续寻找下去，赖特心情复杂，黧色的脸上是深远而凝重的表情。她幽幽地说，就认开平吧，有机会我还想再去。

赤坎被她认为是祖先的故土。

赖特代表的是一个外国人对赤坎的认同。

外省人与赤坎的缘分也同样富有意味。

最近两次到赤坎，前年我遇到一个“虚幻”之人，去年遇见山西人厉齐。

厉齐在深圳生活和工作，他拍纪录片。2013年的一天，他和女儿开车来开平玩，走错了路，误入了赤坎。车经过赤坎老街，厉齐突然有一种穿越时空隧道的感觉，他不像走错了路，而是误入了另一片时空！

穿过赤坎后，他仍然神思恍惚。当时他唯一的想法就是尽快回来。

一个月后，他来到了赤坎，他不是作为一个游客来的，他把自己日常起居用品都带来了，他要在这里居住下来。

关族图书馆的关玉权老人带我来到厉齐的家。厉齐在堤西路租下了一间门面，赤坎生活四年后，以他对赤坎历史文化的了解，当地人都把他当作专家了。

门店十分平常，主人几乎没有改动什么，只在原来的门面挂了一个“隐没堂茶馆”的大木匾，大门挂了一副楹联，上写：“聊聊上网品茶，看看休息发呆。”门廊下吊了一盏玻璃灯，六边形的玻璃罩上写着“隐没堂”几个红色字。

他占着一个好铺面却不做生意，茶馆内根本没有喝茶的地方，满屋堆的是旧物什，老式电影放映机、木质三脚架照相机，旧的座钟、案几、座椅、门匾、楹联、线装书、照片、青花瓷、布偶等，他也不做博物馆，他喜欢收集这些旧物并生活于其间。时空在这里是模糊、混淆的。主人的穿着打扮也看不出年代，长长的胡子，混搭的衣着，落拓的神情，他与自己的时代脱节了。

我一进房门，门口横挡一部老式电影放映机，里面一架老旧的照相机，高大的三脚架伸得太开，我差点被它绊倒。在不知哪个朝代的木椅上落座，我听他谈赤坎。他说赤坎原名赤墈，据说因红土而得名，但这是错的。这里并无红土。坎是周易的坎卦，坎是险陷之名。“险峭之极，故水流而不能盈。”坎在文王八卦方位指南方。因此，这原本是军事要地。在他眼里，赤坎与道家关系深厚，江门有陈白沙，是儒学之地，赤坎却是道学的。赤坎以军事与文化开埠。康熙之后赤坎文举人出了二十八个，武举人却有三十一个，当年南楼七壮士抵挡日军一仗，就是司徒氏四乡自卫队打的……

有人不赞同他的说法。我疑惑他何以谋生。若是收藏，又似不像。但他怪异的探究方式却引发了我的好奇心。

再说那个“虚幻”之人。两年前的夏天，也是堤西路，我在景辉楼一家民间博物馆参观。这栋楼房是西医张景辉的房屋，他当年去阳江路过赤坎看上了这个地方，在此落脚行医。他是新会睦州人，在上海国防医学院读过野战外科，在军队行医多年。他算得上是一个被小镇迷住的人。在这栋楼里，我看到了一张七十年前的保证书和一张执照申请书，它们牵出了一个名叫何玉丽的女子。

保证书是这样写的：“具保证书人李春薮兹保得妓女何玉丽原在本市落户从业，从业期间绝对服从政府命令及一切章则，如有违犯命令及一切不法行为时，由保证人负完全责任，具保证书是实。”保证书是呈给天津警察署的，担保人为李春薮，被保人就是何玉丽，两个人都在自己名字上按了指印。下面还贴了一张何玉丽的半身黑白照片，她瘦弱的身子，皮肤白净，五官小巧，卷发中分，右衽布衫搭扣锁紧脖颈，眼睛蒙上了白色胶带。相片上盖中华民国天津市警署章。时间为中华民国三十六年八月九日（公元1947年）。两个人的指印依然鲜红如血。

另一张“妓女请领许可执照申请书”，是呈天津市警察局转呈天津市政府的。表格右上角贴了一枚印花税票，表格上填写了何玉丽的姓名，年龄十六，籍贯安徽，住所本市弋江路13号。为娼原因：贫困。有无丈夫及亲属：无。是否自愿：是。由何处来：安徽。从业处所：梦香楼。最后是：申请妓女右手食指印。

一个真实的女人，十六岁无亲无故，因贫困而为娼。查弋江路，只在安徽芜湖找得到，天津现在并无弋江路。何玉丽是安徽芜湖人？如果她还健在，年龄是八十六岁。我疑惑的是，天津的保证书、申请书怎么到了岭南赤坎这个小镇？她来过这里吗？民国三十六年八月九日离天津解放只有一年多时间了，她是随着南逃的人群来岭南的？她在此重操旧业了吗？何玉丽落脚赤坎的概率很小，但绝非一点可能也没有。隔着如烟岁月，一种莫名的念头，我想找出她来。

八十三岁的司徒亮老人带着我在堤东路、堤西路上走，从素庵楼、素直楼，一栋一栋楼告诉我，从前是做什么的。他对当年巴黎酒店的豪华大为赞叹，对高高立于骑楼之顶的坚翁祖祠则唏嘘不已，当年的兴旺与现今的冷清恰成对比，对已成危房的大同戏院则满是怀念，老人走过的时空既是现在的又是从前的。在潭江边喝茶，我拿出何玉丽的照片，问他认不认识。老人看了半天犹豫着摇了摇头。

他见过妓院，那时他十岁出头。妓院开在潭江的一座小岛上，有一座浮桥通往岸边。岛上有鸦片烟馆和妓院，妓院大约有六七家，是个高消费区。嫖客坐船上去。而圩地横街也有妓院，多而且相对便宜。

我找到圩地横街14号合爱堂，这栋两屋楼房当年就是一家妓院。这里也称为十五间，因为有十五栋房，它是赤坎最早建成的骑楼街之一，当年这里便是有名的“红灯区”，现在是最破败的房子，长年无人居住。

合爱堂二楼阳台上长出了两米多高的树，无数树枝一团杂草似的伸长。一楼走廊堆满了木材，门前丢了两个塑料垃圾桶，门窗和墙壁积了厚厚的灰尘，不知多少年无人看管了，就如一个人隐没于岁月深处的尘埃里。赤坎妓院颇具规模，当年妓女人数有两百多人，也许何玉丽曾在这里出现过？

深秋的潭江，江水浩荡，静静奔流，携带一块块浮萍而下。宽阔的江面却船只难觅。只有老街上的汽车、摩托车轰鸣而过。司徒亮这位河南师范大学毕业的老人说起了自己的人生故事……

黄昏后街道静悄悄

多次来到赤坎，常常在堤西路走一走，曾误以为小镇的繁华只有临江的街道。去年秋天住在开平影视城酒店，出酒店便是中华西路。夜幕降临，沿着长长的中华西路走过，我被深深震撼了！

街道两面全是堤西路上那样的建筑，甚至比它们还要高，在漆黑一团的夜色里，街道静悄悄的，不见人影。店铺都是空的，人也空了，门窗内更黑。所有的人似乎是一夜之间消失的。偶尔有一两家亮着灯的人家，仍然开着店，感觉他们不知来自哪个年代，开的是哪个时候的店铺。飘浮的话声遥远又亲近。一股无形的压力——幻觉中他们也许会随时消失。

这情景在赤坎一个叫加拿大村的村庄也出现了。一座建造得美轮美奂的村庄，四豪楼、华德楼、安庐、国涛楼、春如楼、逸庐、煜庐、国根楼、耀东居庐、俊庐、鋈庐，十一栋高楼立于田野之上，大白天，村庄里却空无一人，只有这些罗马柱、圆拱、欧式雕花、桄榔树。全村人全都移民去了加拿大。我找到村边的墓地。坟墓青草萋萋，不知经历了多少个春秋。这里不会再有新坟了，最新的坟是不愿离弃故土的老人的，他们离开人世也不知有多久了。站在装饰了一枚枫叶徽标的房屋前，从前的生活只能想象，哪怕我进入了楼内，一切仍是虚幻。

突然就有了舞台的感觉，一百年就是一台戏，演的是一场时光游戏。老旧的东西依然故我，民国生活的现场抵御着时光的流逝，它们没有退场。就像古代罗马城，它们仍然矗立在城市中央，你仿佛感觉到从前的气息与人的活动，他们的眼神、呼吸，在某些瞬间晃动，那么生动。两千年的时光从石柱石墩的苍老里丝丝透露，祖先们的眼神与呼吸隐隐约约，他们活在时光中又超越于时间，让人置身于从前却又分明站在现实的喧嚣中……

这样奇妙的感受在赤坎同样出现了。赤坎的时空幻觉是逼真的立体的，仿佛同一个舞台，不过换了一批演员登场。一间间沿街的店铺沿着中华西路、中华东路、堤西路、牛圩路、解放路、塘底街、河南路、圩地街打开，叫卖的吆喝声响起，突突的机船从潭江鱼贯而入，靠近长长的码头，突然有人喊了一声“停”，一切便戛然而止，一切瞬间退场。刚才的街道突然变成了时间的布景与道具。堤西路阿伯阿婆碗里的牛杂汤还没有喝完，他们抬起头来，不明白眼前的街景怎么就成了文物。

这时，中华西路跑过摩托车，偶尔有小车、货车驶过，引擎声在相峙的街墙上轰轰回响。声音空荡荡，只有洞开的或紧闭的门窗发出空洞的回音。这便是历史？时间的大幕如此匆迫，那人民桥头吃着猪杂汤的阿伯阿婆头发只在瞬间变白，他们抱着不甘的情绪在堤西路一一指认，这是谁的铺头，那是谁的旅馆，电影院当年如何人头涌涌，家族的祠堂似乎那炷香火还在燃着。他们搞不清楚这一切是怎么发生的，他们心里有一种把主人唤回来的冲动。

司徒亮耳边总是响起半夜街上煤油桶哐隆哐隆滚动的声音，这是亚细亚的煤油在通宵运货，四处是发电机的响声，碾米机的嗒嗒声、轮船汽笛的鸣叫声，小镇的繁忙在他耳边还没有散去。

关玉权老人从教伦中学退休后，就在关族图书馆调那口德国钟。在他的看护下，精密的齿轮没有一点锈迹，嚓、嚓、嚓的走动声，就像一个人的心脏，仍然那么强有力地跳动着。时间还是老时间。

他们守着一天一天的日子，似乎什么也不曾发生，但一切却不一样了！历史就是这么无理！你无可更改，无从抗议，时间的冷暴力伤害着每一位老人。老人还活着，而街道、房屋、生活用具就成了历史。老人屈从了年轻一辈的眼光，也把这一切当作文物，一一指点，报上曾经的主人的名字。在他们的脑海里，这些名字却是有面容、有表情、有个性、有体温的人，有某年、某月、某天的哭闹与欢喜，有藏得很深的心事与缘由。

赤坎的戏剧还在续演，堤西路的公告栏贴出了令赤坎人难以入眠的告示。一家公司要把赤坎镇全部买断，范围包括了赤坎圩镇的上埠、下埠和河南洲的全部区域。公告栏贴出了居民房屋货币补偿价格表、房屋置换与说明，还有赤坎旧镇区和新镇区未来城市设计图。开平市政府也张贴了公告。赤坎将被打造为一个旅游古镇。关族和司徒族兴建的城市，两大家族的人都将搬离。

明天，赤坎会是何种模样？两大家族是聚还是散？他们与新城市还有怎样的勾连？

闯关东：永逝吾乡

林中孤村

旧雪之上新雪正落。站在孤顶子村泥泞的村道上，我寻觅着长白山积雪的山峰。这座火山是东北亚最高峰。天空灰蒙一片，雪和雨交替着簌簌坠落，雪花和雨点都大，雪花无声，雨滴落在柔软的雪上声音也是微弱的，轻过风声。巨大的樟子松、落叶松、白桦、榆树和杨树立起一道道屏障，近若墨线远成墨团，随舒缓起伏的山脉洇成苍茫一色，包绕、围困、淹没，无止无休。从抚松来孤顶子村的几十里山路我都在搜望天空，我已经迷失了方向，不知道孤顶子村在长白山的哪个方位。

四月的抚松空气还是冷的，冷到了人的气管深处。今年气候特别，眼看着春天到了，江河化冻，冰雪消融，天一阴，雨雪把气候又带回了冬天。森林里积雪的树丫上，雪融还没有止住，雪水滴落，积水的洼地一片片，叮咚的响声和一个个圆圈的波纹，让人疑为落雨。抬头看时，却是一阵落雪盖上了枝丫。地上厚积的落叶变成了黑色，浸泡在水里，竟有了沼泽地一样的面貌。

进村的路刚铺上水泥，路面还盖着一层稻草。树林两旁退出的空地，枝条弓出半圆的棚子，蓝色的塑料扎成一条条，就等着盖上低低的成行的棚子。地里栽种的是长白山人参。

邹德男的家就在村口，位于山坡下，家门前一道低低的山沟，几口水塘，水色浑黄，几条冰块像浪一样翘到了水上面，藏在水下的仍是厚厚的冰，我初以为是白石的池。屋是木屋，俗称木嗑楞，不用砖瓦，连石头也不用，墙是一根根圆木垒叠，墙角靠榫咬合，内外都用黄泥粉平。屋顶上的瓦是木板的，湿湿的与泥土一样都呈黑色。烟囱也是木的，一根大树掏空，往墙边一竖，青烟就在树顶缕缕往外冒。院落木条围蔽，院子里高高堆起一堵整整齐齐的劈柴，从黑褐与黄褐的木色可以看出存放的时间。

邹德男被一阵狗吠声惊动，打开了家门。他那颜色鲜艳的夹克衫十分抢眼，他和同样打扮时尚的妻子走到了院子中央。两个小孩在炕上翻滚，做着游戏。我进房的时候，大的羞得趴在炕上，不肯抬头。她还不到上学的年龄。

进村的人都躲不过狗的眼睛，邹德男习惯了在狗吠声中打开房门，他观察来人是不是来孤顶子村旅游的，他家随时可以为游客炒几个菜，遇上留宿者，他家也可临时充当旅店。

孤顶子村外面的人现在都叫它锦江村，它是抚松县古老的村庄，清一色的木屋，在长白山一带已是绝无仅有。只要走进山谷，迎面的山坡上，触目皆是一片明黄色的墙，木瓦雨天黑沉沉，晴天一片灰白，积雪在阴暗的光线里像雾一样笼罩着山坡。春暖花开的时节，积雪的地方山花烂漫，玫瑰、李花、蓝莓开得漫山遍野，香艳灼人双眼。村里不愿外出的姑娘有的就因为迷恋这一个花季，她们躲在木屋里剪纸、绣着十字绣，一个冬天就这样静静地等待着花期的到来。

邹德男兴奋地招呼来人。深山老林里的生活无疑是寂寞的。到过外面喧嚣世界的人，会觉得寂寞棍棒一样伤人。

邹德男到青岛打过工。选择去山东是因为那片土地对他有一种说不清的情结，打从记事起，父母、爷爷奶奶就叨念着，说到山东口气里就充满了一股亲昵的味道，夸赞着齐鲁之乡的风物、气候、人文，那就像一种白日梦。

我问邹德男的祖籍，他脱口而出："我父母是山东人。"其实他的太爷当年闯关东就离开了山东，他们在抚松已经繁衍了几代。问起太爷当年闯关东的情形，他歉意地摇头。那一幕离他太遥远了，就连他父母也说不清了。

邹德男在青岛生活的日子，人在繁华的街道上走，眼前浮现的却是这片有樟子松的树林，而密林深处的人参、灵芝、不老草、山芹菜、榛蘑……夜晚都出现在他的梦里。他这才觉得自己是山东人的想法很幼稚，他思念的是孤顶子村的一草一木，他明白自己只属于长白山。在山东漂泊几年后，他又回到了孤顶子村。

这里有自家暖和的炕，墙上有火红一片的剪纸，屋里有树木的芳香，房屋外面，一座大自然的宝库就环绕在周围：山上活动着东北虎、梅花鹿、黑熊、野猪、紫貂、林蛙；水里游动着虹鳟、中华鲟、细鳞鱼；地上生长了最珍贵的人参，还有五味子、红景天、红松子、天麻、地灵、穿龙骨、贝母、牛毛广、薇菜、猴子腿、刺龙芽、刺五加、元蘑、榆黄蘑、木耳、核桃……邹德男只要走进去就不会空手而归。他不用在人群中讨生活，只要上山，他的生活就不用发愁。采山货成了他安宁生活的保障。

邹德男家里，沙发、电视、不锈钢餐具、瓷砖，山外现代生活的气息这里并不缺乏，而小木屋弥漫的浓浓的家的气息，却是外面世界越来越稀薄的东西，屋子里的温馨仿佛空气能吸进肺腑。

走了一段泥泞的沙土路，一根木烟囱正在往外冒着淡淡青烟。踏上青黑的石板，我从木屋的后面往前院走。狗又狂吠起来，它被链子拴在院落的一角。院子里十几只肥硕的芦花鸡正在觅食。主人已走到院子里来了，狐疑地盯着不速之客走近。我笑一笑，问可不可以进屋坐坐。主人笑了，朗声说："可以！"

她六十多岁，上身穿着湖蓝色毛衣，套着一件暗红的碎花夹袄，圆脸、短发，右眼特别明亮，左眼眯成一条缝。一双半透明的塑料雨鞋，颜色也与毛衣一样，让人想起村口的塑料薄膜。她叫曹佳莲，山东曲阜人，1960年从曲阜到了抚松。那一年她十三岁。

想不到，五十年前还有山东人在往东北走。从清顺治年间山东人开始往东北迁徙，已经三百多年了，山东移民遍布了整个东北。这是一次人类历史上规模罕见的大迁徙。山东、河北、山西、河南北迁的人，冒着被惩罚的危险，进入关外。民国时期，山东每年出关人数达到四十八万，那时，留在东北的山东人就达到了七百九十二万。

人们背井离乡，冒险闯关，不是因为战争，而是灾荒。一道长城，因防范北方的劲敌而筑，现在变成了阻隔关内人北上的障碍。走水路的人从渤海绕过山海关，于辽东湾上岸，经陆路的冲着山海关、喜峰口、古北口而来，不知道自己命运怎样。迁徙为朝廷明令禁止，因而被称作闯关东。人烟本就稀少的东北，满人随着清朝的建立大都进了关内，辽阔的土地荒草遍野。黑土地只要播下玉米、大豆、高粱、水稻的种子，它们就一个劲地疯长。对于饥荒中的人，这情景就是梦境。一条由山东通往东北的路，是一条穷人追求温饱的饥荒之路。曹佳莲来吉林同样是因为饥荒，那三年的饥荒不知多少人被饿死了。

到东北，曹佳莲投奔一个叫左伯英的男人。左伯英那年二十七岁，他还没有娶上媳妇。民国时，左伯英跟着母亲从山东老家走到了吉林通化的柳河。

“少小离家老大回”，以前是仕途中人、求取功名者才有的感怀，如今，曹佳莲也回过老家曲阜，产生了同样的感慨。她的丈夫去世之后，年老的她渴望归乡。但她老家的地没有了。在曲阜住了一段时间她又回到通化，柳河的地也被人种了。举目无亲的她带着两个儿子往东北方向走，一路走到了抚松，走到了漫江乡的孤顶子山。

那时孤顶子还是一片原始森林，山下一个村寨全都是木头垒筑的房子。最早在这里伐木筑屋的是满族人，这木屋便是满族人的木嗑楞。她来到这个与世隔绝的村庄，这里居住的大都是汉人了，有张、刘、王、左、李等姓的人，他们都来自山东，有当年闯关东者的后裔，也有像她这样后来过来的人。

她开荒开出了十二亩山地，种上了大豆、玉米，后来又学会了种人参。

小儿子长大后回到了山东，去了威海。东北人像他这样回山东打工、读书、做生意、创业的很多。大儿子陪伴着她，她一身多病需要人照顾。他种地，去勘探队打临工，二十八岁了仍然没有娶亲。我与曹佳莲聊天的时候，他陪伴左右，忙着端椅、倒水、补白，让人体会着他们母子俩相依为命过的日子。这情形似乎又回到了从前她婆婆和丈夫的境况。

曹佳莲把丈夫和婆婆的照片一直带在身边。婆婆坐在一条木凳上，全身黑色的棉衣、棉裤、棉鞋、棉帽，脚踝处一块黑布紧锁，使得棉裤变成灯笼裤形。尖尖的棉鞋套着一双裹过的小脚。平和的眼神望向不可知的地方。一双放在大腿上的手，白而修长。照片里全是旧时光和老去的岁月，尘封的历史，退到了连人物都难真实的虚空里了。六十多年前，就是靠这双小脚，她牵着年幼的儿子走过了一条漫长的迁徙之路。如今不知她葬身何方。

曹佳莲把小镜框里的照片给我看过后，儿子又把它挂到了窗前的黄泥墙上，背光处只有玻璃的小片白光闪动着。

年过半百的徐明俊是个乐观的人，他很晚才住进孤顶子村。孤顶子村往外搬的人也很多，他们嫌这里偏僻、冷清。徐明俊吹着口哨，从外屋把一摞摞烙好的玉米饼搬到里屋，锅灶就在大堂一角，他一摞一摞从铁锅码到灶台上，往黄灿灿的玉米饼上洒着水。我不明白他为何把食物搬来搬去。他要我摸一摸洒过水的饼，玉米饼柔软，薄如纸张。再摸锅内的饼，脆而干爽，一碰就碎。原来，要把烙好的饼卷起来，干的可不行。春耕就快到了，这是农忙时节的食物，要带到地头去吃的。玉米饼放一个月也不坏。他要我尝尝，一股浓浓的粮食的芳香，想不到他烙的饼这么香甜！

徐明俊的爷爷当年从山东胶县往东北走。一盏柴油灯，一辆独轮车，几根木棍，几捆行李，他推着独轮车，小脚的妻子走不动路，抱着孩子坐在车上，弟弟在前拉，大的孩子跟在车旁走，白天晚上都不停息地走着，累了在路边歇一歇，晚上到了人多的地方睡上一觉。身上带了一个月的干粮，好在二十多天就走到了。

徐明俊是前进村人，六年前他来漫江煤矿挖煤，搬到了孤顶子村。他的叔叔们还住在老地方。他也在孤顶子开垦了一片土地，种玉米和黄豆。

孤顶子村人员来自四面八方，进进出出，杂居于一处，松散得像是一个集镇。它没有传统乡村的稳固和安宁。闯关东打乱了从前的聚族而居，也改变了从前只事耕种、畜牧的局面，除垦荒，还有打猎、贸易、淘金、放山……中国的宗法制度、人伦秩序由此失去了生存的土壤。东北文化不可避免地发生着改变。如流行于东北的二人转，赤裸、粗犷，极喜打情骂俏，它把中原压抑的人性来了一次彻底的颠覆。它自嘲、自谑、不乏幽默的方式并非齐鲁大地的特性，这似乎又与底层、苦难、迁徙有关。

徐明俊离开自己的大家族独自住在深山里，这并不突兀，是自自然然的事。个人独立性在他爷爷闯关东的时候就开始了，宗族的庇佑与束缚已是明日黄花。他是一个淡定又随和的人，见人便熟，棱角分明的脸，修长的身材，透着一股潇洒劲。他与我说笑着，并不停下手里的活计。成堆的饼子码好、包好了。一个女人一路铃铛一样悦耳的笑声，踏进了他的家门，谁家生了孩子，她来询问送礼的事，顺便唠唠嗑。

屋外雨雪已停。黄昏隰暗，天气阴冷，新雪白亮。长白山那晴日耀眼的雪峰仍然不见影踪。

来孤顶子村，我渴望印证。当年闯关东的悲欢离合，每个人命运的改变，凝聚成一段史实，它改变了一个国家人口的版图，一个地域的历史。也许，找一个最普通的村庄就能找到它的踪迹。然而，个体的命运已经看不见了，也变得不重要了，在逝如云烟的岁月里，只有家族的命运还在延续着。

与主人告别，走出孤顶子村，树枝上融化的雪水仍在滴滴答答往下落着，一座森林都是不绝于耳的雪水声。我感觉到大地的热量正在沿着铁黑的枝干缓慢爬升，春已深入大地与树木的内部。我仍然没有分出东西南北，一条穿行密林中的路领我出山。

山神祭

清晨，蓝天白云，阳光如瀑。农历三月十六这一天是山神老把头的生日。

北山公园前，一群穿绿衣舞红扇的大妈在锣鼓声里扭起了秧歌。今天是山神老把头节，是抚松人祭山神的日子。一个猪头、两个大馒头、五个苹果、五支香蕉被抬了上来，单膝跪地的汉子倒酒祭山神。每年进山采参的人都得先祭山神。

四百年前，一个叫孙良的男人，为救治身患重病的母亲，从山东莱阳只身来到长白山寻挖人参。路上遇到同乡张禄，他们结拜为兄弟，一起进山挖参。不料张禄迷路，孙良在约好的地方不见张禄回来，便又进山去找，死在了山中。他在河边岩石上用血写下："家住莱阳本姓孙，漂洋过海来挖参。路上丢了好兄弟，找不到兄弟不甘心。三天吃了个蝲蝲蛄，你说伤心不伤心。家中有人来找我，顺着古河往上寻。再有入山迷路者，我当作为引路神。"

山神老把头就是孙良。他是长白山远近闻名的保护神，专给山里迷路的人引路。采参都得结伙进山，为头的称作老把头。北山上建有把头祠，供着孙良的神像。他是进山挖参人的鼻祖，也是抚松山东人的祖先。他写的血书当地男女老幼都能背诵。

头道松花江一半是冰一半是水，水在上冰在下。江边的北山不高却很挺拔。灰褐、灰白的树枝，焦黄的枯叶，偶尔出现的绿松，密密麻麻，覆满了山坡。最早感受春天的树，我发现了它隐匿的灰白芽苞。山坳里的积雪融化，残雪如玉，隐隐的白光似云母白石。

爬上山上的把头祠，散散淡淡的雨点落到身上，一阵阴风吹来，雪花漫舞而降，不知什么时候天就阴沉了。

这是一次活生生的造神活动。人们把一头杀好的猪抬上了北山，抬进了把头祠，猪头上扎了红绸。七个手拿木棍的挖参人向着孙良神像庄严朝拜。那扎着红绸的木棍当年闯关东的人手一根，除了防身，荒草萋萋的东北大荒野，开路需要它，赶蛇也要靠它。老把头进山采参也是拄着这样的棍子走进长白山深处。

抚松人一面把孙良当作神灵，一面又把他看作凡人。他们找到山东莱阳市，寻到了孙良的出生地穴坊镇富山村。孙良无后，他们找到了孙氏家族二十八代孙孙全太。孙全太来到把头祠，宣读为孙良写的祭文。莱阳市委宣传部也来人参加祭奠。

风雪搅动了祠院里的高香，烟雾卷进了祠内。扭秧歌的大妈和锣鼓队爬上了北山，风雪里她们捧着人造人参在祠内跳起了舞蹈。唱二人转的在引吭高歌……

当年闯关东的后人，正在演绎着新的历史。他们是这片土地的新主人。

那条出没于荒草间的土路呢？那些络绎于途的人呢？多么浩荡的迁徙啊！人们向着冰雪之地的北方举步，置生死于不顾，毅然就踏上了路途。眼前的场景与他们毫不相干却又息息相连。

穿梭往来于东北大地，我时时惊讶，天苍苍、野茫茫的土地，人们都在说着一个祖籍地——山东。这些年，我走过了吉林的松原、敦化；黑龙江边的漠河、黑河，嫩江平原的五大连池，牡丹江、绥芬河、雪乡、亚布力；辽河的盘锦……与我相遇的人，问起他们的祖籍地，除了山东还是山东。毫无疑问，山东人成了东北的主体。

一个圣人之乡，一个梁山出响马、义和团抗洋人、肝胆义气最旺之地，安土重迁乡土观念这么重，为何就成了背井离乡人数最多的地方？是乡土观念淡化了还是生存更严酷？或者，山东人追求梦想改变现实的愿望更加强烈？又或者，其叛逆性、其豹胆如当年水浒英雄一样被撩拨起来了？

抚松人参文化研究会的代表朗读着孙良的祭词，风中传来一把粗哑的嗓音："团结互助""不畏艰辛""讲究诚信""守护自然""崇尚美德"……挤满院落的人都在认真地听着、议论着，雪变成雨淋在他们身上，风声压过了喇叭声……

一群脱离了重秩序、讲礼数、尊名节的环境，靠江湖义气和冒险精神闯关的人，与陌生人群相处，还能遵从以前的伦理和道德吗？他们有怎样的人际？孙良关爱他人、珍视情义，他的行为受到推崇，这是新伦理、新道德的肇始吧。安定下来的生活需要建构自己的社会秩序。有祖先崇拜传统的人，孙良就成了传说，成了信仰，成了神灵。闯关东者和他们的后人创造出了自己的神，开创着自己的文化、自己的历史。

只是，对这片土地，这仿佛是一个断裂的历史。

孙良的塑像立在房内的高台上，鹤发童颜，蓝色的长袍，黄色的褂子，红色的披风，色彩艳丽，五官呆板，塑像粗俗、简陋，所有前来烧香跪拜者并不在意。

想起长白山的土著民族，最早的肃慎，最晚的满人，现今三十万抚松人，满人不到四千。想起高句丽、渤海国、宁古塔这些出现在古籍里的名字，感觉中空空荡荡，我看不到他们与这片土地的联系了，甚至最古老、最原始的神祇也在消失。长白山这座《山海经》里的“不咸山”，仿佛是一座自然的荒山，雄伟而绵延的壮阔山脉，皑皑冰雪的世界，它创世纪的神话，它洪荒世界里的传说，湮没到了岁月的深处。

长白山山巅，火山口陷落的湖面，悬崖峭壁上的黑雾，在飞沙走石的狂风里翻滚而来，茫茫冰雪失踪，不分远近高低……四年前所见的这一幕，只有纯粹的对大自然偶露狰狞的恐惧，长白山神灵的影子在脑海是空无的。

三百多年前，朝廷想到了保住满洲风俗、防止满人汉化。一百多年前，东北仍然是清王朝的封禁地。作为满人的发祥地，朝廷不许汉人踏足。特别是长白山，它是满族的龙兴之地，有他们祖先诞生的神奇传说，任何人都禁止走近。然而，满人的入关，大迁徙的出现，该发生的还是发生了。只是眨眼之间，历史便已改写。从前的历史难以寻觅。旧满洲的风俗已经远去……

如果再往时间深处探寻，已经在这世界绝迹的猛犸象、披毛犀、野牛、野马梦幻一样出现，它们身躯庞大，莽苍的山脉，原始的丛林，猛兽们向着旷野发出了令大地颤抖的吼声……而渔猎者、游牧者在此生息，他们风一样留不下痕迹，生命与历史都被无情的岁月带走。偶尔发现旧石器时代遗迹，人类早已涉足于此，这块土地证明，这里并非一个洪荒无凭的世界。

祭祀已毕，人群开始散去，花花绿绿的衣装在石级上走成一条彩龙。雪又打着旋飘了下来。我走出把头祠，仰面白石一般的天穹，茫茫苍苍，望见的只是树杈上小片的天空，一切似乎都在那厚厚裹藏的云层里，深邃着、虚空着，脑海里的想象也是那么幽深叵测。

望你的目光多遥远

2008年的最后一天。下午四点多钟哈尔滨天就开始黑了。南方人无法适应这墙一般陡然压下来的黑暗。心生愁绪。

度过一年中最后一个晚上的意味，比迎接新年到来的欣慰似乎更浓郁一些。屋外的雪时停时下，地上的雪冻成了冰，气温降到了零下二十多摄氏度。走进一间房子里，室内温暖如春，羽绒衣甚至毛衣都得一件件剥下来。

在我们吃过晚饭后，诗人李琦执意要带我到这家露西亚咖啡屋来。这是家老店，经它流逝的时间要以几代人的生命来计算，岁月深处的痕迹照见了时间的面影。总是要在这辞旧迎新的时分做点什么，但今年的这个夜晚我们并不关心已经是一年的最后一天。我们穿过街道、商场，从成堆的年轻人渐渐高涨的热情中穿过。他们呼出的一口一口白生生的气，被寒冷围困成一团团雾，注定无法突围，只有消失的命运。我们像个时间的局外人，我们患上了时间的疲劳症。对时间的感觉，像加速的列车，慢悠悠的青年时代是蒸汽机车头，闯进中年就电气化了，甚至高铁的速度也已经抵近。哈尔滨就是一个蒸汽机车头带来的城市。

咖啡屋突然让人找到一种缓慢，像一个小点刹，有时间片刻停留的错觉。我们谁也没去留意房里的顾客，我们是年龄最大的一群。年轻人的兴奋把老咖啡厅的旧当成了一种浪漫情调。

这个屋子实在是一个怀旧的地方，甚至这座城市也是一个怀旧的城市。一百多年前哈尔滨还是一个小渔村，“哈尔滨”满语意为晒网场。中东铁路修建，小村屯迅速成为中国一座西洋式的城市。“十月革命”后，俄罗斯贵族带着钢琴、小提琴、财产和被革命打倒的惶恐、重新生活的愿望，跟随铁路逃难来到了这片荒凉的地方。十六万侨民里，有法国、日本、朝鲜、意大利等三十三个国家迁移过来的人，十九个国家在此修建领事馆。半个多世纪前，新中国建立，俄罗斯人回不了自己的祖国，又不得不漂洋过海，去了更遥远的地方，许多人去了加拿大和澳大利亚。哈尔滨，转眼之间找不到这些人的踪影了。许多年后，这些老去的俄罗斯人来到这里，他们怀念过去，故地重游，老泪纵横。

而另一群来自内地的人，他们闯关东，一拨拨迁徙东北，来到了这座城市，开始了全新的生活。李琦的祖父当年闯关东，十几岁离开山东淄博，先到海参崴，再到哈尔滨。哈尔滨人大都是山东人的后裔。它被称为流人城市。

房子是老的，这条中央大街也是旧的，石头的欧式建筑由当年的俄罗斯人修建。它们都走进了2008年最后一天的晚上，在天寒地冻里被都市的彩灯照亮。两个中年人陪着的也是一个中年人，我们不谈新年，不谈历史，谈的是情调，还有哈尔滨的香肠，薄薄的一片，带着独特的俄式熏香。房间中央墙壁砖砌的拱门，也许是东正教的神龛，上面挂着一幅油画，是一个正在读书的俄罗斯女人，周围墙壁挂满了老照片。

店员给我们拿来一份咖啡店办的小报，上面有俄罗斯人写的怀念哈尔滨的诗歌：院落的丁香，五月的春雨，冰帆，天空落下的雪花……都是故土一般的乡愁。当年一位少女悄悄爱上一个圣徒，他唱诗像春天冰上滴下的水珠，如一道明亮的光线，深深撼动她的芳心。在圣·索菲亚教堂外的冰天雪地里她期待着他的出现，一个多月，他只出现过一次，第二次出现时，这个以生命来歌唱的人死了，她知道了他的名字叫阿廖莎。一则则日记带着那颗如火如冰的心出现。

有一个叫尼娜的女子，上世纪80年代初，她给远在澳大利亚的妹妹丽吉娅写信。信中怀念的是遥远的30年代他们一家在哈尔滨的往事。她不愿离开埋葬了她父亲的土地。她的父亲曾经叮嘱她们，要爱这座楼，就像爱你们的爸爸一样。这座楼是她父亲艰难创业建起来的。那些磨得光亮的铜把手、木扶梯、木窗，都是她父亲亲手做的。但在80年代，这栋楼房很快就要拆迁了……旧楼承载了他们全家人的回忆，尼娜非常害怕离开房子再也回不到从前的记忆中了。七十多岁了，她什么也不需要了，只需要回忆。在这个写信的夜晚，尼娜的泪水把信笺都打湿了。最后一行她写下："直到死，我不能离开这个房子……"

不知道尼娜信中写的房子是否就是露西亚？如果尼娜在世她现在该有九十多岁甚至一百岁了，要与老房子一起毁灭的她会有怎样的命运？

店主叫胡泓，是中俄混血儿，旅日华人、建筑师，热爱房屋的木雕设计与建造。除了这间老咖啡店，他自己又建了一个新店，同样取名露西亚。他在延续一种古老优雅的生活，一切似乎都没有被时间所打扰。我们走进新露西亚时，他与自己的三位老同学正在聚会。看见诗人，他抛下他们，跟我们谈他的设计，带我们上楼参观。二楼是一个木雕的世界，从楼梯扶手、墙、窗、柱，直至房顶，都是柞木和楸木的巴洛克风格的雕塑，除人物为木雕，其他都是高浮雕。房间充满了17世纪俄国宫廷宴会厅氛围，肥硕的植物图案，像一座春天的花园，这些经他亲手设计雕刻的作品，让他沉浸在自我陶醉之中。新店主要用来展示他的梦想，而非经营。

第二天，在高速公路上奔驰，是又一年的一天了。今天与昨天会有分别吗？

北方大地开阔无垠，低低的丘陵起伏，蓝天下的雪分外耀眼，只有一条高速公路是黑色的，那些早已落光了叶子的树木，安静地站在一面面坡地上，像进入生命的梦境，深褐的枝干透出隐隐的红，如隐匿的历史，如血脉里的基因。苍茫雄劲的山河，平静中蕴藏着力量，大地巨大尺度的崛起与俯冲，孕成北方民族的天地浩气。他们一次又一次问鼎中原，建立北魏、辽、金、元、清王朝，英雄与史诗，像天上的云团一样游走。

昨晚已成旧岁。旧岁的最后一晚，李琦把她女儿小时候写的文章送给我，今天我又看到了一个叫马小淘的女孩写的她在90年代哈尔滨的生活。她早已离开哈尔滨去了北京。一座不断在流逝中的城市，一座不断在创造自己历史的城市，却只能在文字里呈现，它们离不了文字这个神奇的东西。当一切都已流逝，当时间把昨天的聚首变成了虚幻的回忆，唯有文字是可信的。

西风烈：天地玄黄

沙漠中的汉人

我陷入了一个人的幻想——他正坐下来休息，他太累了。在时间的深处，你看不到他。但他的确在休息，摸出一张小纸片，再从袋里捏出一撮烟丝，把它裹了，吐吐唾沫黏合好，一根喇叭状的烟就卷好了。随着长长的一叹，一口乳白色的烟如雾一样飘向空中，瞬息之间就没了踪影。

这是一种象征，很多事物就是这样只在瞬息。无踪无影的事物遍及广袤时空。好在上帝给了人想象的能力，虚无缥缈之想其实具有现实的依据。他就是这样，一个微不足道的事件，烟一样消散。但后人可以想象他，塑造他。这可以是迁徙路上的一个瞬间。他或许是流民，或许是避难者，或许是流放的人，或许还是一个有梦想的人……但毫无疑义，他是一个村庄、一群人的祖先。

他的后人卷起那根烟时，那烟已经叫莫合烟了。

莫合烟只有西部的青海、新疆才有，他要去的方向就是那里。这是一次向着西北的迁徙。我正在他的迁徙路上。

他来自陕甘，他有西安出土的兵马俑一样的模样。

往西北，天越走越低，树越走越少，草也藏起来了，石头和沙刺痛眼睛。他走过一片沙地，出现了一小块绿洲，但是没有水。他只用一袋烟的工夫就穿过了这块绿洲。更广大的沙地，他走了一天才把它走完。

绿洲再次出现的时候，这里已经有了先到者。他在渐渐变得无常和巨大的风里睡过一夜，再次上路。

他走了三天才遇到另一块绿洲。绿洲已经有一座村庄，这是一座废弃的村庄，被风沙埋了一半。他用村庄里的锈锄头扒开封住门的沙土，住进了别人的村庄。他一住半年，这个村庄里的人又回来了。这情景西部常有。

他又遇到一块绿洲的时候，已经走了七天。晚上住在一堵土林下，听到有人在喊他，又听到了哭声，他也喊，他的喊声无人搭理。哭声越来越大，拂晓时变成了哭号。

太阳出来时，一切平静如常，广阔的荒野什么也见不到，一片苍凉。夜幕降临后，喊声、哭声又起，天天如此。他想到了自己村庄被剿杀的人，想到了这些灵魂也许跟着他一起到了逃亡的路上。他害怕。他不知道大漠上的魔鬼城，风沙是能哭泣的。他不得不再次上路。

他得与风打交道了，有时是顺着它们，有时是横穿过它们，有时是逆着它们，风中的沙石越来越多，打在脸上有点痒。他被一团风裹进去，里面只有微弱的光，他再也无法看到方向，看到远方。他不知道沙尘暴，第一次与它打交道，他以为自己从此进入了另一个世界。以前，变化是一点一点的，他还可以联想到远去的世界，现在，沙尘暴像一股洪水冲断了这样的联系，他以为再也回不到从前的世界了。他开始惊恐。

几天之后，太阳出现了，远方的地平线也出现了，他才知道这是一阵风，一阵比梦境还长的风，不同于以往任何时候见到过的风。他从此要与这样的风打交道了。

沙漠是怎样出现的，他又是怎样走到了沙漠的深处，又是怎样找到沙漠深处的一片绿洲，这样的信息在他的后代传递着生命的过程中消失了。

大西北沙漠中那些人，把一个漫天石头或沙子的地方取名叫作汉家寨、宋砦或是别的标明自己汉人身份的地名，至今住的不过几户、十几户人家，干打垒的房子，都是泥土与红柳条筑起的土房。这是来自陕甘的迁徙者最终落脚的地方。他们的生命在与严酷的自然环境搏斗中，一个接一个殒没了。但生命依然在继续。

千年历史中，他们陆续迁徙到了这里。与南方一个人的迁徙繁衍出一个大家族不同，塔克拉玛干沙漠严酷的环境抑制了生命的繁殖力量。他们在大漠深处的生存如同芨芨草，在适应与抗争的过程里生命的火种虽不能燎原，却持续不灭。

他们与北方的走西口、闯关东不同，那种迁徙大多与灾荒和生存有关，而他们长途迁徙除了与灾荒有关外，还与战争和围剿相关，与异族、宗教相关。血腥的历史浸染了这块土地。常常是一个民族或一批人居住，之后，杀戮到来，这里又变成了另一个民族另一批人的居住地。甚至，佛教与伊斯兰教也在这里更替。

这几乎就是那条丝绸之路，也是当年玄奘西去取经的路。我在昆仑山下塔克拉玛干南面行走，我看到了公路上踽踽独行的人。就在这个人从我车窗一闪而过的瞬间，我看到了他迈出的脚——一双粗布鞋包裹的脚。在这样广大的沙漠世界，这迈步的动作多么微不足道。但这个与我相遇的人仍然立场坚定，交替举步。百里外的村庄，得靠人的意志和毅力抵达。

沙漠里生活的人，都得有这样顽强的意志。

一阵风沙袭击，沙瀑像白色云雾飘过黑色路面，紧随后面的黑暗如墙移动，只在片刻吞灭了一切。车子在急刹中差点翻下公路。这是车灯也射不穿的黑暗之墙。车外的世界不见了，那个踽踽独行的人也被风沙吞没。车窗关死，我还是闻到了浓厚而呛人的沙土腥味。嘴唇紧闭，牙齿里仍然有沙粒嚓嚓磨响。

沙暴过后，千里戈壁是现实的洪荒时代，阳光下的砂石，泛出虚白的光，灼伤人的目光。抬头看见一片片的绝望，不敢相信这片地球上灼伤的皮肤，会有穷尽的一刻。它被天穹之上狂暴的太阳烤干了、烧毁了。黄色、褐色、白色，一条条伤痕从昆仑山斜挂着泻了下来，大地向着沙漠腹地倾斜，石头的洪流，大海一样宽阔，没有边际。

云朵，躲在地平线之下，与戈壁一样从地平线上冒出来。它们紧挨大地的边缘，没有胆量向辽阔而靛蓝的苍穹攀升。迁徙者也许曾朝着天边的云朵迈步，相信云朵之下的雨水和绿洲。

地平线是一条魔线，把布匹一样的戈壁抖搂出来。太阳如火烈鸟向着地平线归巢。车朝向浑圆的太阳跑，弯曲的地球微微转动。太阳被追得落不了山，悬在前面，落像未落。

一座水泥桥，桥下石头汹涌，在人的咽喉里涌起一阵焦渴。桥在干渴里等待昆仑山冰雪融化的季节。它在沙里已经有些歪斜，像渴望到无望的人萎靡了精神。一年一度，夏季浊黄的雪水裹带着山坡上的砂石，从这里冲进沙漠，一直盲目地冲进塔克拉玛干沙漠腹地，这是沙漠绿洲存在的唯一原因。

前方出现了沙枣、杨树。这是于田的地盘，一座村庄出现。

进村里，去寻找水源。一排杨树后，一口篮球场大小的水塘，塘里的水发黄。于田人叫它涝坝水。它是昆仑山冲下来的雪水贮存起来的，一年的人畜饮用就靠这塘水了。

走进一户人家，男的是这个维吾尔族村唯一的汉人，姓刘，许多年前他从一个汉人的村庄迁来。正是维吾尔族人的古尔邦节，他们一家人围坐在土炕上，吃着炖羊肉。女主人下了炕，把地窖里藏着的冰取出来，放上糖，端给我。这是天然的冷饮。它那杏黄的沙土颜色，让我感到不安。茫茫戈壁，黄色是让人陷于绝望的颜色。绿色，只是幻觉。白色是缥缈梦想——那是昆仑山上的积雪、天空中的云朵。在黄色泥土的平房里，如同走进了泥土的内部。泥里的光幽暝、暗晦。黑暗中发亮的黑眼睛，汉人的黑眼睛，是两个怯生生的孩子朝我打量。

男人不吭声，一个奇怪的人，几乎不会说话。出于什么禁忌，他家院门经常落着一把挂锁，到节日才打开一下，平常出入须翻一人高的围墙。停在院内的自行车也从围墙上扛进扛出。院内的一棵杏树是用洗手水养活的。树下两个铁皮箱，用来取水，由毛驴把装满水的铁皮箱运回家。水，也从围墙上抬过来。

吃过饭，男人去看他种在沙地上的哈密瓜。一根拇指大的塑料管，相隔十几厘米伸出一截草根大的短叉管，从水塘抽上来的水，从这短管里滴落几滴，哈密瓜就能发芽了。生存的智慧用在了对水的精确计量上。

这个祖先从陕甘迁来的人，已经忘记了还有一条日夜奔腾的黄河，忘记了那土地上灌溉的水渠。他融进了沙漠，不再知道沙漠外的事情。不知道这里的土地是大地上最干渴的土地。祖先的迁徙，已海市蜃楼一般飘远。

他坐下来休息，摸出一张小纸片，再从袋里捏出一撮烟丝，把它裹了，吐吐唾沫黏合好，一根喇叭状的莫合烟就卷好了。相同的动作，多少世纪在一双双男人的手上传递。他递烟给我，我摇了摇头。他自己点着了火，随着长长的一叹，一口乳白色的烟如雾一样飘向空中，瞬息之间就没了踪影。

姓刘的男人在我起身告辞的时候，问到了西海固，那是他祖先居住的地方。他问那个黄土高原上水是不是也很金贵。

午后，一场风暴从北方的沙漠深处刮来，空气从灼热开始转凉，沙尘如同云雾在远处的地面上浮动，很快将吞没这个只有十几户人家的村庄。这个叫托格日尕孜的地方，曾经有一个叫库尔班·吐鲁木的老人骑着一头毛驴去了北京。他走到策勒县时被家人追了回来。后来他又上路了，到了北京，见到了毛主席。

我抬眼做最后的打量，高高的杨树就像梦境里的事物一样不能真切。我在逃离风暴的车里，看到它瞬息间卷进了风沙中，像梦一样消失。

大地上又变得空空荡荡。而村庄没有一个人逃离。汽车在沙尘暴前面狂奔，这个在沙漠像南方雾天一样习见而平常的事物，在南方人眼里却像沙漠怪物。其实，在它的面前，我无处可逃。它就像时间的烟雾，把世间的一切抹去。

路上的人

我算不算一个流浪的人呢？那年夏天，我总在脑子里问自己。如果不是，我分明在离家上万里的大沙漠和高原上，日子寂寞而又孤独。语言不通，吃着干硬的馕，甚至难以吃到一次猪肉，餐桌上和空气里都弥漫着羊膻味。但我又想，用不了多久，把自己的事干完，就可以回家去了。然而，一想起家，那叫家吗？一年前，突然就把原来的家当全部变卖，只提着一口箱子，匆匆离开一座生活工作了十几年的城市，迁徙到了一座千里之外陌生的都市。一个巴掌大的房子，一张床加一个小桌子，生活就又重新开始。只要早晨醒来，一睁开眼睛，就永远不会是过去的房子和街道，我必须去掉原来培养出来的习惯，按照一种新的生活模式去行动。因为交通便利，一千公里的远方并不能给人迁徙的感觉。只有硌人缠人的陌生与乡愁挥之不去。

但是，自己毕竟还是固定下来了，流浪，说到底是无家可归或很长一段时间有家不能回的人。于是，我便又计算起时间来，要多久日子才够得上是一次流浪呢？

那一天，从昆仑山下来，快进入戈壁滩时，我被一群羊拦住了。在这片羊群的后面，有两个身穿黑色破袄，手拿羊鞭的牧羊人，他们是维吾尔族中年男人，他们头上戴着白布帽，肩上背着一个圆鼓鼓的布袋。待他们从我跟前走过，我看到他们穿的布鞋已破烂得不成样子，五个脚趾与脚后跟都露在外面。他们从一条峡谷里走上公路，朝着前面那条小河走去，羊群走过扬起的一片尘土，如同南方早晨袅袅不止的烟雾。我当时就很肯定地把他们当作了流浪的人，因为他们离开家已经好几个月了。或者，他们中的许多人根本就无所谓家，所谓的家只是逐水草而居的短暂的栖身之所而已。除了整天与羊群厮守在一起，他们可以漫无目的地走下去，只要前方有草就行。这样游牧的生活充满迁徙却非真正的迁徙。

至于他们自己的生活，那简单到只是维持生存，只要不让生命离开自己的躯体就行了。那圆鼓鼓的布袋里装的就是他们吃的食物，一种面粉烤出来的硬邦邦的馕，这种馕存放几个月都不会坏。

而睡则更简单，真的是地当床天当房，困了就往六地上一躺。在路上，我就遇见过许多这样睡在地上的人。他们头朝一个方向，侧卧在坡地上，用一只手臂来枕着额头，无论白天或晚上，他们扑下去就能香甜地入梦。长期与沙土的相伴，泥土已与他们浑然一体了。因为人烟的稀疏，因为这倒地而睡的普遍习惯，因而，哪怕是在路上，他们都能像睡在自己家的炕头上一样安稳和恬详，用不着担心别人的打扰。

而对另一类人，我则不好判断他们是不是应归于流浪者的行列。我乘车在沙漠公路上走，偶尔会遇到一些行者。在我这个初入沙漠的人看来，这些行路者是靠了一种多么强烈而虚幻的想象支撑着的。他们如一个个小黑点在沙漠中蠕动着，以我们这时速一百多公里的车来走过这漫漫长途，都往往要从日头当顶到日落西天，才能见到一块小绿洲，发现几户维吾尔族人的村庄。他们呢？多么寂寞和空旷的戈壁、沙漠，除了天上一颗太阳陪着他们，就只有旋风卷起圆形的沙柱，在天与地的尽头移动着，玩着寂寞的游戏。

夏天，沙漠气温高达四十多摄氏度，干爽而燥热的风吹得人嘴唇裂开一道道血口。有一次，我从一座山梁转入一片戈壁，只见一对塔吉克族夫妻，抱着一个一岁多的孩子，在山坡上的沙地里走。

山坡同样没有一根草一棵树，除了黄色的石头就是黄色的沙土。突然，沙漠风暴来临。呜呜的风卷起了漫天黄沙，霎时，天空黑了下来，公路上的风沙如云团似的飘溜过路面。我看到夫妻俩弯着腰，不惊不慌地仍往前赶。这种场面我总免不了想起三毛散文中写到的，她开车穿过沙漠碰到了行路者，都要带上一程。可惜，我只是坐车的，车子是别人的，每一次，这想法总准时冒出来，只是一闪念，车就冲过去好远了。

这一次风暴太大，以致车子无法开了，关了所有的窗，沙土仍然钻了进来。外面完全黑了下来，什么东西也看不到，车子还差一点翻出公路。我这时最惦记的是那对夫妻和他们的孩子。他们走这么远的路去哪里呢？前面还要走上一百多里才有一个村子，何况他们不一定就是到那里的。那他们去哪里呢？这么长途跋涉，算不算一种流浪？或者，他们是一次长途迁徙？为着什么，他们要这样意志坚定、毫无犹疑地穿越戈壁和沙漠？

我想，天地间一切生命的运动都是有其理由和根据的。正如我要把一房辛辛苦苦置下的家当一一变卖，跑到一个全然陌生的地方，去又建造一次。我甚至会想到，那些踽踽行者，在我们出现时，也许先会一阵惊喜，随着车子的远去，他们也许就会纳闷：这些万里之外跑来的人(假设他们知道的话)，为何要到这沙漠深处来匆匆赶路呢？我当然可以回答，这是因为工作，就是说，也是为了生活，但仅仅如此吗？人生的梦想与对世界的渴望和探求，不也驱动着自己忘记了一路的艰辛和劳顿，满怀着一个异乡人的惊奇与激情，而横越沙漠和走上高原吗？那南迁的背井离乡，不也是因为生命的一种梦想与追求？

人生有梦，生命充满了迁徙。人有双脚，命中注定属于路上。我们也许都是自己灵魂的放逐者，一生都在流浪着。在黄土高原，虔诚的信徒，在朝圣的路上，他们一心想到的是灵魂的皈依，而恰恰忘却的，是自己路上漫长的流浪的日子。人生就是这样，是一次漫长的朝圣而已。

西北向西

西行复西行

西北向西，荒凉如亘。

河西走廊的敦煌，荒凉有一种质感，绵密、尖锐，阳光亦如荒凉本身，正午炽烈地散发出力量。天空的蓝现出一种虚幻。

西行，北出玉门关，经过九百里的莫贺延碛道后，到了吐鲁番。吐鲁番的西面是库车，古代的龟兹国，一个跳旋转舞蹈的地方。南出阳关，则到和田。古代僧人西方求法，最初去的是和田不是印度。“和尚”一词、于阗乐舞都出自那里。

河西走廊却在敦煌终止，塔克拉玛干大沙漠横亘而出。南北两条古丝绸之路绕着它西行，去往更加雄奇的两大山脉——昆仑和天山。

莫高窟断崖之北，一片戈壁中的大坟地。这是敦煌多少代人的归宿地。茫茫戈壁，坟地总是那样醒目。死亡常常让人想起大地上的行走与迁徙。

莫高窟，我想着乐僔，他就埋在这片土地里。他有一次长长的旅行。那一年，走在阔大的荒漠上，大地一步一步在脚下展开，日月星辉一天一天在头顶升降，人的渺小感愈来愈趋强烈。他产生了幻想，幻想最多的便是这地理上巨大的俯视——神的存在。

一天，祁连山的余脉三危山走过后，鸣沙山东麓的断崖出现了，一股水流直泻而来，两岸生长了高且直的树木。绿洲就是心生的幻景。乐僔冲到河边把水泼到自己的脸上，捧进嘴里，他的精神有如枯木逢春。抬头东望，看到三危山异样的面目：夕阳中的山，金光万道，辉煌如灼，嶙峻的山头变成了一尊尊佛像。乐僔不由得惊呼起来。他以为这是佛祖的灵光，以为这个遥远之地就是西方极乐世界！

这极乐来自党河清澈的雪水、晃眼的白杨与这无边无际寸草不生的荒漠残酷的对比！这样的水与绿近乎神迹！

乐僔决定在此修行。他在断崖上开凿石窟，几年时间里不停息地凿着，终于凿成了一个窟龛。他在龛内塑佛像，绘壁画。这是敦煌莫高窟第一个开凿的石窟。

时光在这些佛像与壁画上掠过了一千六百多年。

僧侣在荒漠中的跋涉，被写进了《敦煌史话》。与乐僔一样跋涉到敦煌的还有鸠摩罗什、法显……他们都是怀着一颗佛法之心的人，或是这片土地上的过客，或长年在这条走廊布道，成为了一代高僧。

公元628年，玄奘西去取经，那匹神化了的马也一路走到了敦煌。他在此停留一个多月，从玉门关偷渡，走向了通往吐鲁番的莫贺延碛道。

世界各地怀着各种不同宗教信仰的信徒，竟然在环塔克拉玛干大沙漠地区走到了一起。他们比在任何地方都能和平共处、相互兼容，但排斥也时有发生。

是什么使得这片荒漠成了世界的宗教中心？那么多的宗教信徒冒死前来，并创造出灿烂的宗教艺术——雕塑与壁画。是千里的荒漠吗？是荒漠中的苦行？只有荒漠人稀地广才容得下不同的宗教？或者是一种物品——丝绸，它的神奇与稀有，使东西方通过一条世上最艰险最遥远的路彼此相连，商旅的滋养，让它盛开于荒漠，如沙漠玫瑰？

这条古道，走过了僧侣，也走过了来自陕甘的迁徙者，他们从这里走到西域的沙漠深处。而行走最多的却是商人。漫漫长途中，他们脑海里想起了什么？是向神的祷告使他们忍住饥渴，战胜恶劣的自然环境，闯过一道道鬼门关？面对着荒凉，也就是面对着心灵、面对着生命。商旅与僧侣之间一定有着一种隐秘却又直接的关联。我想，世界各地不同宗教信仰的商人，他们在这险恶之地跋涉，渴望各自信奉的神灵抚慰、保佑，于是，丝路之上，宗教开始繁盛。除了供养，僧商之间还有一份旅途共有的苦难，一种生命力的极限挑战。

元朝至元八年（公元1271年），一位来得十分遥远的商人走到了敦煌。他是意大利人，叫马可·波罗。同行的有他的父亲、叔父、两个教士。后来，他写了一本书《马可·波罗游记》，书中写到这一天："走完这三十日路程的荒原后，便达到一个叫作沙洲的城市……居民多是偶像崇拜者。也稍有聂斯托利教派之基督徒和回教徒。"

这本书风行欧洲，使得西方惊讶地打量起陌生而神秘的东方，导致了世界航海地理大发现。马可·波罗这一次远行，改变了世界。

欧亚商旅驼队的铃铛声响彻了古道漫长而寂寞的时光。他们翻越高山，走过高原，穿行沙漠，一路上看着远处山脉的起伏与聚散，一颗深怀渴望与恐慌的心在这日日夜夜单调的行走中，变得坚毅。

土耳其历史学家阿里多次来到敦煌。在伊斯坦布尔博斯普鲁斯海峡边，他告诉我，他们的祖先一路西迁，从河西走廊迁徙到了地中海与黑海边的土耳其。他一生研究匈奴历史。那时，我耳边响起了一句匈奴人的悲鸣："失我焉支山，令我妇女无颜色。失我祁连山，使我六畜不蕃息。”焉支山在河西走廊的民乐县。

这是一次多么漫长的大迁徙！横跨了中亚、西亚。那个雨天的下午、那条分割欧亚大陆蓝得发黑的博斯普鲁斯海峡、阿里京味的汉语，因这令人惊讶的事实，都深深揳入了我的记忆。想不到土耳其人祖先的主体竟是匈奴人[①]。张骞的出使西域，霍去病的西征，班超的出任都护，都与这句话连接上来了。

两千年后的相遇，汉人与匈奴人的后裔感觉到了一种亲切，那样的悲怆早已是历史了。这条走廊因为这场战争而被打通。

于是，我看到了这条古道上军队、使者、流亡者、迁徙者走过的身影，看到了血、泪和悲鸣。

土耳其布尔萨是丝绸之路亚洲最远的终点站，丝绸可能比匈奴人更早到达这里。在一个古老而封闭的丝绸市场，我拿着从土耳其商人手中买来的丝质披巾，脑海里想起的是敦煌飞天挥舞的飘带。清真寺里，伊斯兰信徒面壁跪地，虔诚祈祷，沉浸于一个人与神的喃喃自语中。窗外高山积雪灰蒙蒙一片。街巷，古老的弹拨乐奏响，与新疆维吾尔人的音乐一样急切、嘈杂、起伏，这是大盆地的丝路风情！

向西，我一次比一次走得更远，直到丝路西方的终点——罗马，另一个繁华世界。与它的起点西安相比，石头的艺术登峰造极。而东方木构的艺术在随时间不断朽去。两极的繁荣，让沙漠与戈壁中的路冰与火一样难耐。然而，它在最深的寂寞里却呈现了世间的繁丽，在繁丽的凋谢中生出梦幻；在最荒凉中孕育了绚烂的文明，在文明的寂寞里呈现天地宿命……天底下极致的事物在向着它的反面转换。

在莫高窟乐傅雕凿过的洞窟前，敛息驻足，阳光中的风卷动轻沙，

---

① 此种说法存疑。

有微响如诵，沙土上细小的阴影如光一样闪动。我轻轻放下一枝玫瑰，默念着一句经语，远行的灵魂，安谧中仿佛获得了神启。

吐峪沟的黑洞

新疆吐鲁番鄯善县吐峪沟，有一个麻扎村，居住着两百多户维吾尔族人，房屋是黄黏土制坯砌的窑房，大都一两层，泥坯砌的花格墙、圆拱门，阳光中投下阴影，自有一种简朴、切近生存本相的美。有的房屋几百年了，在黄土一色中难寻岁月沧桑。村中心的清真寺是最醒目最奢华的建筑，四个绿塔并排立于门墙中，后面的圆形穹顶反倒不太显眼。它那荷叶瓣一样的拱门拱窗，影响到了村里泥砌的民房。只是一眼望去，便知麻扎村是一个信仰伊斯兰教的村落。

当你的目光上移，掠过一片杏黄的泥砖房，看到村后那片泥黄的山，一个个黑洞出现了。

去黑洞要穿过村子，沿一条峡谷上行。

这天上午，从一户维吾尔族人家的后门出来，一条哗然作响的溪水吸引了我。这条绕村的溪流来自村后山谷里的小河。在这一片皆为黄色的土地，水如天外来物。绿色如村中的钻天杨已是黄色世界最刺目的奇迹了。一条河谷让这个村庄不同凡响，我想，这是它历史如此漫长的秘密所在吧。麻扎村存世已有一千七百多年。

逆流而上，水边出现了芦苇、杨柳，还有木板搭的栈道。这条木制栈道直通山上的黑洞。

黑洞竟然是佛窟！比乐僔在莫高窟开凿的还要早。它们同在这条古老的丝绸之路上，吐鲁番比敦煌更深入西域，其间隔着九百公里荒芜的莫贺延碛道，佛教传播自然比敦煌早。离麻扎不远的火焰山有一个庞大的柏孜克里克千佛洞，开凿在木头沟西面的悬崖上。它始凿于南北朝后期，历唐、五代、宋、元各朝共七个世纪而成。麻扎村的黑洞叫吐峪沟千佛洞，以前叫丁谷寺。在逝去的岁月中，这条峡谷里，有随山势而建的重重寺院，四周古木掩映，佛乐飘荡，游僧云集。20世纪初还从洞窟中发现了一个中世纪图书馆。

一位维吾尔族壮汉正下山来，他手里拿着一串钥匙。村里升起了一股股炊烟，快到吃午饭的时辰了。我央他回去，他犹豫了一下就随我转身。粗笨的木门已破旧不堪，吱吱呀呀打开来，一个个古老的洞窟出现了。

我看到的是惊悚的一幕：佛像已经被打碎，壁画被挖得千疮百孔，残留的佛像被砍头、挖眼、剐心。就是这样的画像也不多了，洞壁已被挖得只余星星点点的残墨。无数的洞窟塌的塌、垮的垮，余下的几十个洞窟只有八个留有残存的壁画，可以辨别出回鹘文的题记。这里发生过一场愤怒而残暴的浩劫！

麻扎村的另一头，峡谷南面的出口处，有一片墓地，人称“圣人墓”，有一千三百年的历史。墓地入口是泥砌的清真寺，从寺东的台阶上去，有守门人等着售票。上面的围墙为黄泥砌筑，饰有伊斯兰建筑风格的券拱。墓地中央，有几座大小不一的清真寺，两座高台上有两口泥塑的棺材。另一边是一座圆锥形的大墓，周围散布着大小不一的坟墓。黄泥上的阴影在正午的阳光下分外扎眼。死亡如同阴影一直呈现在大地上，像裸露的山峰，村庄每个人都可以看得到它。

坟墓里埋葬的是来自也门的传教士叶木乃哈和他的五位弟子。公元7世纪初，穆罕默德创立伊斯兰教，叶木乃哈作为他的弟子，沿着这条丝绸之路前来东方传教，一路走到了吐峪沟。他找到当地的一位牧羊人，成功地让他信奉了伊斯兰教。于是，他们在这个村庄住了下来，在佛教昌盛之地开始传播伊斯兰教。

维吾尔族人是回鹘人的后裔，他们在一千一百多年前从天山以北至蒙古草原的色楞格河、鄂尔浑河流域迁徙到这里，从摩尼教皈依佛教后，他们建造了吐峪沟千佛洞、柏孜克里克千佛洞。麻扎村人与伊斯兰教的相遇，吐峪沟千佛洞毁灭的命运就开始了……

伊斯兰教突然兴盛起来，佛教败落。在那些消逝的时空，发生了什么事情，有着怎样惨烈的经历？墓地与那些毁坏的洞窟有着一种怎样的关系？我想象着曾经疯狂的一幕，锋利铁器的寒光挥之不去。在墓地前停下了脚步，我只是远远地看着。就像天山上的积雪，这种暑天高处的寒意，就像人身上蛰伏的人性。

眼前的村庄中，都是伊斯兰信徒。他们安详地生活，纯朴、宁静、自足。来自土耳其、印度的穆斯林开始来这里祭拜。它成了新疆境内的伊斯兰教圣地，被称为“中国的麦加”。当地穆斯林去麦加朝圣，先得去麻扎村。

这个可用耶路撒冷比拟的地方，西亚火祆教、印度佛教、叙利亚景教、波斯摩尼教、中东伊斯兰教都曾在这一带传播。

最早到达麻扎村的人又去了哪里呢？吐峪沟黄土一样沉默着，只有流水声、风声在倾诉着自然的别样变迁。

从吐鲁番到敦煌

未去莫高窟前，我先到了柏孜克里克千佛洞、吐峪沟千佛洞。我摩挲着墙上的壁画，为那些流畅、简朴的线条着迷。敦煌的莫高窟早已声名远扬，而吐鲁番这片沙漠中的洞窟，其塑像、壁画与莫高窟可否相提并论？直到我去了莫高窟，我才敢肯定柏孜克里克千佛洞、吐峪沟千佛洞的造型艺术，它比莫高窟更流畅、绚丽，如《智通、进惠、法惠三都统供养像》，衣服的质感都表现出来了。《本行经变》色彩与造型之精细和华美已有西画风格，有土耳其细密画的用笔与用色，而其稚拙处更率性、世俗。飞天的造型，飘带没有那么长，动作也笨重一些，但她接近人间的烟火气。

令我更惊讶的是，在高昌故城遗址不远处，有一片古坟地——阿斯塔那古墓，这是高昌的一处公共墓地。死亡是如此浩大，一千七百多年前开始有人埋葬在这里，从西晋初年到唐代中期，五百年后，一个十平方公里的地方都埋满了。埋在这里的有贵族、官员，也有平民百姓。

我走进一个夫妻合葬的墓室，昏暗的灯光下，尸体的毛发、指甲还保存完好，吐鲁番干燥的沙土使他们变成了木乃伊，甚至连随葬的点心和饺子都完好如初。尸体后面墙壁上有六幅壁画，模仿现实生活中的六曲屏风，画的是简单的欹器、金人、石人等内容。这是先秦两汉以来先后产生、流传的“列圣鉴诫”故事，表现的是儒家中庸的思想。

欹器取意“虚则欹，中则正，满则覆”。金人“三缄其口”，寓意行为谨慎。张口石人，主张的是有所作为。最右边一幅画，画的是生刍、素丝、扑满，它表现了《西京杂记》里的一个典故。《诗经》中也有“生刍一束，其人如玉”的诗句。扑满是储蓄罐，有入口没出口，蓄满钱后就会被打破，意在告诫为官清廉，不能聚敛无度。

一座唐时的墓，儒家的思想已经如此深地进入了吐鲁番的生活，并进入了坟墓！河西走廊早就是一条迁徙之路，来自中原的汉人经历生死，长途跋涉至此，他们之中不乏文人。墓中的壁画也许出自东土画家之手：简古的笔墨，不无禅意，让人迷恋。许多现代画家都没有那样的笔力与境界，疏疏的笔墨，有生命最简朴的心智与淡泊。既民俗味充盈，又满溢文人画的意趣，让人想到当代画家黄永玉的画境。盛唐的新画风已经进入了高昌，画面线条简洁流畅，刚劲有力，寥寥数笔，形神兼备。

这一条在荒漠中走通的路，成了一条世界级的艺术之廊！前人的创作埋进地下，藏到了洞窟，他们无意于个人名声，无意于传世，却在无心之中抵达了不朽。

莫高窟第45窟迦叶菩萨天王雕像中的胁侍菩萨，头向右略偏，腰肢微曲，双目轻闭，似笑非笑，神秘莫名，充满性感；她体态丰腴，那样富有女性婀娜、妩媚的气质，其鲜明个性，让人产生世俗之爱，甚至是思念，堪称“东方维纳斯”。其神秘表情比达·芬奇笔下的蒙娜丽莎的微笑更具魅力。这样的雕塑不可能出现在中原儒家文化地区。第17窟北壁吴洪辩雕像，逼真似可开口诵经，是一个真实人物的再造。我敢说这些都是中国雕塑史上的精品！

莫高窟的藏经洞发现了五万件文物，书卷内容有佛教、摩尼教、景教、道教和儒家典籍，还有天文、历法、历史、地理、民俗、宗族、函状、书信、诗文、辞曲、方言、音韵、游记、文范、杂写等。文字则有汉、吐蕃、回鹘、西夏、蒙古、粟特、突厥、于阗、梵、吐火罗、希伯来、佉卢。大量文献形成了当今一门显学——敦煌学。

阿斯塔那古墓出土了文书、墓志、绘画、泥俑、陶、木、金、石等器物以及古钱币、丝、棉毛织物等文物上万件，珍贵的有共命鸟纹刺绣、伏羲女娲图、壁画等。让我感到惊讶的是，这里出土了大量的伏羲女娲图，伏羲与女娲人首蛇身，双臂相拥、双尾相绕。交合图大都画在绢丝或麻布上，也许是祈望逝者追随华夏子孙的始祖神，融入宇宙苍穹，经历阴阳交合，走向希望的新生。它证明了这样偏远的地区，依旧有中原人的迁徙，与中原的文化息息相通。

玄奘西天取经到达高昌。高昌王盛情挽留，与他结拜为兄弟。玄奘在此讲经一月，最后不得不以绝食才脱身离去。高昌对佛教的痴迷由此可见一斑。

在莫高窟，人们向这条丝绸之路的咽喉重镇会集，敦煌遗卷中有康国、安国、石国、曹国、波斯、印度、朝鲜居民的记载。由于语言混杂，出现了许多从事翻译的人，政府专门设立了“译语舍人”“衙前通引”的职位，掌管使节的接待与语言、文件的翻译等交往事务。番汉、梵汉、回鹘汉、蒙汉等双语词典也出现了。西晋时期，敦煌成了佛经翻译之地，敦煌人竺护法在此翻译了佛经二百一十部三百九十四卷，是佛教传入中国早期译经最多的翻译家。敦煌的寺庙也越建越多，店铺更是鳞次栉比。在离莫高窟不远的地方，也出现了西千佛洞和瓜州榆林窟。

这一切完全不是边地的想象能够达到的境地，而是真正的文化交汇中心！在绝境一般的荒漠，有如此绚丽的文化景象！在人迹罕见之地，却有世界各地的人前往。分隔于世界各地的四大文明破天荒唯一一次汇流到了这条路上，让这片荒原成为文明的一种奇迹。

丝绸之路，就是一个发生极端事物的地方。

西北向西，不只是荒凉，更是一种奢华，人类精神的奢华。

远乡人：瓜瓞绵延

老汉人的地戏

石头的街道，石头的桥，石头的墙和瓦，还有白石垒筑的狭窄巷道，几个穿斜襟右衽绣边大袖长衣的妇女，头戴白帕或青帕，艳丽的天蓝与草绿衣服，鲜艳而又内敛。阳光下，她们晒豆、倒茶、卖玉米，或挑担而过。沿着这条傍着小溪的老街转悠，惊叹天龙学堂的壮观，三合院里，清末的木楼还保存得如此完好，老旧的墙板与窗花格泛着深褐色油光，园内紫薇正开。这时，一阵锣鼓声传来，演武堂的地戏上演了。

青砖木构的演武堂，三面廊道和天井挤满了人。一面戏台，青石铺地，坡屋顶下木质的桁架，架起一个古意空间。穿白色战袍的演员在鼓声中上场，他们的头如阿拉伯妇女一样被黑布严严实实地罩着，黑布上面戴一副木质面具，面具上方竖起两根足有一米多长的羽毛，背后插的三角彩旗或红或黄，飘舞着，与细长的羽毛抖成一片。红色披肩，腰下红、黄、蓝、绿各色彩带，转起来，斑斓的色彩令人眼花缭乱。他们操红缨枪，或刀、棒、剑，在空荡的舞台上转走、穿插、打斗，程式化的动作分挑枪、闭棒、踩钗、理三刀、抱月等几十种之多。这个源自军傩的地戏，天龙屯堡人称它为跳神。古代军队出征举行祭典，就是类似的傩仪，用它来提振军威、恐吓敌人。

器乐只有锣与鼓，敲出节奏。很少唱，只闻说和喊，唱起来短促、粗犷、高亢，一人唱，众人和。据说唱腔来自江西傩戏的弋阳高腔。他们正在表演的是关公战吕布。

这一幕让我想起了十年前的那个夜晚，脑海里突然出现了云南镇沅九甲的坪地。那也是一个夏天，是哀牢山、无量山的夏季。那是苦聪人祖祖辈辈的居住地，陡峭的山腰，树木与茅草竹片搭的简陋木杈闪片房、竹笆茅草房，像一个个鸟巢。多少世纪，它们守着寂寞狭窄的大峡谷，与山脉对望。这些当年从蒙古高原沿横断山脉向南迁徙的羌氐后裔，也唱汉人的戏，苦聪人称之为“杀戏”。同样，他们表演的不是自己的生活，而是三国里的人物。杀戏节奏迅猛，多有喊叫。地戏与之相比，似乎平和了很多，优雅了很多——不只是服饰的华丽、动作的丰富，还有声音的委婉。但它们仍是如此神似！

杀戏与地戏只在一个极小的地方流传，杀戏在九甲乡，地戏在天龙屯堡，如果不是机缘巧合，它们像珍稀物种一样不为外人所知。显然，这是一个尚武的汉人群体的戏。

九甲是苦聪人的栖居地，我不明白为何出现了汉人的戏。联想起白天要去却没有走到的寨子山，那里的寨子山、领干、凹子三处山寨，居住着一百二十多户汉人，他们都姓熊。很久以前，熊姓始祖从江西迁来。他的迁徙是如此遥远，不知翻越了多少高山峡谷，涉过多少河流。仅是无量山、哀牢山山脉，翻越眼前海拔三千多米的大雪锅山就是一件非常艰苦的事情，是什么缘由让他不畏艰险，一路执意西行？

远离了故土，面对苍茫群山，汉文化也远如云烟了，这时，异族的气息是否比崇山峻岭的阻隔还要让人心灵来得安宁？安全感的获得与自己文化的消失相关。在苦聪人原始部落中，这个人把自己落脚的地方取名文岗。

很快他就开始怀念汉文化了。似乎只有这个汉人能把汉人的戏剧带到这片原始山林。杀戏的出现，如此神秘，地戏来自江西的弋阳腔，杀戏类似的唱法也应是同一个唱腔。他来自江西，似乎是一种相互印证。他复活的是他故乡的戏。依靠回忆所做的一切，能够洞见他内心的沉湎与柔情。但是，何以称之为“杀戏”？他取这样的戏名来自我刺激吗？如果是，一个“杀”字，可是他人生灾难的复述？或是借杀戏来宣泄自己心中的块垒？但一个人投入情感去做的事会如此冲突吗？逻辑上这又是相违背的，除非他已疯癫。也许，名字就是异族人所取。这更符合他们原始的生活现实。

寨子山建在大峡谷的高山之上，有一种决绝、孤悬的姿态。山上一块神秘的石碑立于一座坟边。石碑鲜为外人所知。碑文据说是深奥难懂的古文，当地人只认出了他的名字——熊梦奇。他就是熊姓始祖，当年那个迁徙者，数百年里守着自己的后人，把秘密带进了一抔黄土。

天龙屯堡与九甲的情形则决然不同。这里是古代夜郎国、牂牁古国的土地，它周围生活着回族、彝族、仡佬族、瑶族、白族、布依族、壮族、苗族、蒙古族、穿青族等许多民族和人群。众多少数民族土司势力占据了强势地位，天龙屯堡人一落脚就不得不修起军事防御功能极强的屯堡，还在山上筑起了烽火台，与平坝、普定、镇宁、紫云、广顺、长顺的屯堡村寨遥相呼应。屯堡依山傍水，建起石头的城垣和雄伟的寨门，进可攻，退可守。寨中建筑则采取点线分割布局，以寨中央空坝为点，向外辐射出纵横交错的街巷，户户相靠，每条巷既可单独防御又互相形成整体，入巷如入迷宫，巷门一关，就如关门打狗。

在这种对峙的环境里生存，汉文化自然成了最好的精神寄托、最佳的精神凝聚力。天龙屯堡人以汉文化道统自居，地戏便是他们重要的文化守望。漫长的岁月中，对汉人身份和文化的顽强坚守，形成了优越又封闭的心理，他们既不肯与当地少数民族融合，又无法与外面的世界密切联系，汉人部落由此形成。“凤阳汉服”他们一穿就是六百年，穿成了一个传奇。妇女银索绾髻，三绺头，长簪大环，这是朱元璋老家汉族女人的正统装束。由于前发高束，形似凤头，被后来的汉人称作“凤头笄”“凤头鸡”和“凤头苗”，也不再把他们当汉人而当少数民族对待，甚至清代官吏也这样称呼他们。土著民族则称他们为“老汉人”。即使这样，屯堡人仍认为自己才是汉人道统，已婚的年轻妇女包白帕，年老的包青帕，她们穿斜襟右衽蓝色大袖长衣，一派大明江南汉族女子的风韵。他们不与少数民族通婚，也不与新来的汉人通婚。咫尺之隔，石板房裹小脚的汉人被天龙屯堡人称作“客居汉人”。“客居汉人”则称他们为“等苗夷”。

汉文化的传承，在天龙屯堡房屋的雕刻上也得到了充分体现，花窗、花板、花门、垂花柱、柱础上都是福（蝙蝠）、禄（梅花鹿）、寿（麒麟）、喜（喜鹊）……这是汉语谐音的吉语文化。读书人家则雕有诗词书画。这是在周边少数民族地区所看不到的一景。

天龙屯堡人以陈、郑、张、沈四姓为主体，四大姓氏始祖当年跟随傅友德率领的三十万大军征南入黔，部队从洞庭湖上岸，由武陵驿走古驿道入黔。万里生死途上，四姓始祖盟誓结为异姓兄弟，他们统一取名为陈征定、郑征定、张征定和沈征定。洪武十五年（公元1382年），西南平定，四姓始祖奉旨屯田戍边，他们聚族而居，开荒拓土，建起了屯堡。朝廷因此给过他们封赏。六百余年，繁衍二十余代，后人每当听到江南、南京应天府就十分激动，陈姓后人甚至前去南京寻根，寻找到了南京玄武区丹凤街始祖居地都司巷。

与九甲连绵起伏的无量山、哀牢山不同，天龙屯堡一马平川，拔地而起的山，如青笋耸峙，一座座孤峰兀立，它们如此清秀，宛若大地抛掷的一个个音符，弹奏着天地间绝妙的乐章。长江水系与珠江水系在此分界，贵州的大坝子多半汇集于此，它是滇黔古驿道的必经之地，素有“黔之腹，滇之喉，蜀粤之唇齿”的称誉。远古的时候，荒无人烟，最早来到这片土地的百越族之一布依族，开基辟址。后来，从东北方向来了苗人、瑶人，从北方走来了彝人、回民……也有从南方迁来的，譬如三都水族，他们最初生活在中原睢水流域，殷商晚期被迫南迁，到过百越的邕江流域，最后落脚贵州都柳江、樟江一带。水族自称汉人，是中原王朝贵族的后裔，他们的水书来自甲骨文和金文象形文字，天文、历法、气象、民俗和宗教中保留了大量远古文明的信息，水历就是阴阳合历，融天干地支与阴阳五行于一体。

南方的历史就是一部北方民族不断南迁的历史。迁徙者在一座座山峰前面出现，又在一座座山峰后面消失，有的走向了更远的地方，有的搭棚起灶，落地生根，黄昏里飘起了一缕缕炊烟……于是，林歹、代化、摆金、打易、桑郎、断杉、普定、打宾、打邦河这样的地名在安顺、长顺一带出现。这些汉字并没有意思，文字是汉民族的，意思却是另一个民族的。

令我意外的是，沈万三竟然在天龙屯堡出现了。他是江苏周庄人，明朝江南第一豪富。传说，朱元璋定都南京，沈万三助筑都城达三成之多，他因犒劳军队得罪皇帝，差点被处死，最后被发配充军去了云南。为何天龙屯堡有他的故居？“江南曾为旧籍地，黔中乃是新故乡”，这是他天龙屯堡故居的对联。当年到周庄看他的故居，并非那么阔绰。这个故居也许是临时的，房子修建得十分低矮逼仄，石板盖顶，木板做墙，乱石围蔽，与当地富户的房子相仿。出于安全考虑，他在进门修了一个侧门，经过一条走廊，里面院子才是他起居的地方。居室楹联写的是“敬业志事农商，致富胸怀信义”。门上挂的一对形似蝙蝠刻有祥云的木雕，大得不成比例。也许千里流放路，经过黔之腹、滇之喉的天龙屯堡，突然遇到了乡音，自然惊喜无比，甚至有意错把他乡当故乡了。于是，谪居，也许有过长久打算，不知什么原因他在此住过三年，又不得不再往西迁。高官贬谪常见，富商发配则少，这种迁徙的伤悲又岂止是外人所能体会的。

深刻的梦幻感来自时间的深处，也来自当今世界。出天龙屯堡大门，时近正午，太阳正炽。一恍惚间车就拐上了高速公路，仿佛这是一条时间的快速通道。新的城市干道不久将延伸到这里。作为第八个国家级新区贵安新区的一个镇，天龙屯堡已经被划入新的规划图。新区设立两年，已经修了六百公里的道路，铺设了九百公里的水、电、气等市政管网，产业城已有富士康、华为、微软、IBM等一百四十多个重点项目落地，二十多万师生入驻大学城、职教城，征地拆迁安置按照“三变三化”模式，已建起了四百多万平方米社区房屋……迎面扑来的道路宽似机场跑道，像一道闪光的银幕，我看见了时光通道里天龙屯堡的未来——难以逃脱的城中村命运。也许，旅游能让它免于被拆迁，就像地戏，已经变成了一个定时表演的节目。

这天下午，在呈环抱之势的白虎山下，一群来自狗场村的老妪正在地里松土，蓝布右衽的长褂子，黑色头巾的裹布，黑色宽大的裤子，尖尖的竹笠，她们穿黄布胶鞋或塑料凉鞋，站成一排挖土。天气有些闷热，虽然天阴着，风从山坡上吹下来，山坡布满了白色的石头，闪闪发亮。白石会在某个时候星星一样移动。她们前面是一个透明的大厂房——贵澳农旅产业园。里面的黄瓜、西红柿、辣椒、茄子、南瓜正在疯长，不分季节地疯长。黄瓜结了一茬又一茬，长如绳索的藤在地上垒了一圈又一圈，黄色的小花在藤架上不断地盛开着。车间里空气的温度、湿度全都由电脑控制着，所有植物都靠电脑配置的营养液生长。仓库里的农产品二维码记录着生产、加工、销售的过程，包括产地、日期、销售点全都记录在案。市场大数据反过来又指导着工厂农产品种植的品种与数量。

仡佬族妇女还在田地里挖着土，嘻嘻哈哈，离开田地，她们脚下踩着的不再是丛生的野草，而是人工种植的如毯的草坪，高大粗壮的棕榈树显然也移自遥远的异地。她们劳动的价值突然令我生疑。也许，她们就是一种表演，几年前真实的劳动生产变成了作秀。又想到天龙屯堡，他们的生活早已不再真实，日常起居都陷入表演之中，被人观赏被人消费。望一望眼前的青山绿水，规划蓝图之下它们犹如田园挽歌，就如飞驰而来的生活，我们已经不知道明天会发生什么了。守望了六百年的天龙屯堡人，他们还能守望住什么吗？

山脚趾上的布依

这些山是没有山脉的，至少没有连绵的气势。它们散开来，一座座孤立，自由自在惯了，养出各自不同的性情，形状千奇百怪。没有谁管辖它们，它们是一方神灵。躺在田地里，把禾秧压在下面；拱出一个尖角，把玉米抖落到山下；或者叠成一堆，把本可走通的路、可以望远的视线给遮挡了。到处是石头，灰白，坚硬，散乱。云朵也成了天空里的石头，一朵一朵，被流水一样的风推着走。而地上黑亮的溪流，走着走着，就被石头扭变了形，水可走，而形不可移。它们从山间大石头上落下去时，也成了一朵白云。云贵高原上有许多这样的“云”。

我看见一条路从田野欹斜着走进一片群山，它是试探着走近这些石头山的。它弯了两弯，犹豫不决，还是逐渐地走近了一座山脚，它在那里突然不见踪影。它被山吞掉了。我的视线在那里变得空空荡荡。我的视线也是沿着这条路走过去的。我的脸上出现了一会儿神秘的表情。我的想象转到了山的背面。那是一片山的丛林，原始、荒旷，又有几分妩媚。山朝我蜂拥而来，我迷乱的想象跋涉于歧途。很多个方向的山都在等着我的脚步。我的方位就是这样彻底丧失掉的……

者相，这艾，所戛，冗染，板赖，洒若，打嫩，孔索，者坎，平夯，必克……这些汉字，你认识但你不知道它们的意思。文字是汉民族的，但意思却是另一个民族的。这个民族就住在这些山的脚趾上。他们的先人迁徙到山里面，抬头望一望天空，天空就像被围砌了、被圈起来了，但仍不失辽阔，这是一片可以属于自己的天空。地也是既开阔又封闭的那种，就用锋利的铁在这里开垦出一块又一块的田和地，凿石砌墙，伐木架屋，再想想怎么称呼这些地方，给起个名字。也许不经意地，名字叫开了，这地方就成了真正的家园。

最早，到这片山地来的是远古百越族之一、南蛮化外之境的民族布依族，也有仡佬族，人数很少。后来，从东北方向来了苗人、瑶人，从北方走来了彝人、回民。南方的历史是北方民族不断南迁的历史。汉人来西南，似乎是一个一个来的，选了最偏僻的地方，隐居起来。他们都在一座座山峰后面消失，不再继续走了。路被山吞掉了。山缠着人，人的脚也就不再朝前迈了。世世代代居住下来。晨雾中有了炊烟。

这土地古属夜郎，后称永丰，现在叫贞丰，位于黔西南州。

布依人把田野叫作“纳”，纳孔，纳坎，纳达，纳摩，纳蝉，纳核，都是田野上的村庄。一个地方的称谓就是一种记忆，从时间的上游一路漂流而下，带着祖先的声音。它们保存着布依古老农耕文明的记忆。所有的文明似乎都在山之间的田野孕育，与这一片天地相联系着。

先说必克吧。村子就建在一块巨大的岩石上。村口，一栋在砌的房，墙是石头墙，一块块方方正正，大可盈尺，石头就从墙下面的石板上錾出来。墙在往天空上升，石头的地却在往下沉降。天上落下的雨积在石坑里找不到路，就呆痴地僵在地上。一条浪哨河在巨石的一边欢快流淌，巨石轻轻地向它伸过去，像神灵的手掌捧起一条丝巾。这潭水却被囚禁在巨石之上，像一片囚禁的天空。

村里的房屋几乎全是石头的墙，就连灶、锅、凳都是。我看到村外的坟墓也是一块块石头围起来的。名字这时到了一块石碑上。人死了名字才上石碑，让石头记忆，让人慢慢忘记。人的记忆没有石头的坚硬。石头为布依人所爱。它平凡而又神奇，布依人对神灵的默想也通过石头来实现。纳蝉村有一根石柱“一炷香”，它成了周围村寨敬拜的地方。一块石头，一棵树，一座山都具有神性，布依人把它们当作神灵拜祭，以求得平安、幸福。布依人的神就是自己家园的山山水水，都是自然之神。他们是泛神论者。

一家门楼贴了一副白色对联，主人说，对联原是黄色的，时间久了它就变成白色的了。石头一样的白色。这副对联是“守制不知红日出，思亲惟望白云飞”，横批“望云思亲”。这家一位七十八岁的老人前年去世了。布依人在人死后，每年贴一副对联，第一年用绿色，第二年用黄色，到第三年也是最后一年则用红色，写上不同的内容来表达怀念之情。用整整三年时间来悼念一个人，这与汉人守孝三年相符。只是汉人一百多年来就不守制了。但必克这样封闭的村子还在守。对一个人的悼念，也许要一生，但现代人一忙，丧事之后就无暇顾及了，甚至连想一想的空闲都没有了。人这么快就消失掉了，像一条走到山间的路，转眼就没有了，像一股升到天空的烟，散开来就再也找不到了。

必克三种颜色的纸，绿、黄、红全都白了，他们在石头上刻下的死者名字与生死日子却不会变易。漫长岁月望云思亲，留下的怀想时间，大大小小如石头散落一地。

浪哨河是一条爱情河。“浪哨”在布依族的语汇里是男女谈情说爱的意思。他们喜好的方式是唱。只有唱才能绵绵不绝，才能汹涌澎湃。说是多么苍白，能把人的感情抒发吗？在月光皎洁的晚上，浪哨河潺潺流淌，群山都躲进自己的黑暗中了，像贴到天空的花边。风从稻叶上走过，比耳语还要温柔。这时歌声响起来了。木叶吹起来了。月光下的布依男女，把深藏在心中的恋歌，像鱼放到水中一样放到夜幕里——飞翔——飞过梦语，飞过树梢，飞过屋檐，飞过情人的脸庞，飞过黝黑的山坡……心是那样跳得急切，时光是那样闪闪而过，流水把一村人的梦境带向不可知的远方……

布依人的歌是带翅膀的，她在夜晚飞翔，也在内心的天空飞翔。歌声群集的时候是布依人的节日。“六月六”布依歌节，稻子插下田了，稻花在大地上飘着清香，人们走出村寨，成群结队去三岔河对歌。三岔河林幽水静，像高纬度地区的风光，高远、开阔、清爽。布依女子头上白布缠出圆盘，像一道白练一条瀑布绾结在发间。蓝白相间的右衽棉布衫，黑色宽大的棉布裤，都是自己织出来的，像微缩的梯田，散发着植物和阳光的芬芳。男人穿对襟短褂，壮实精干，如山之石骨。大地上飘扬的歌声就像轻波荡漾的湖面，像六月炽热的阳光瀑布。欢乐与情爱使山水更绿了，使稻田里的禾苗疯狂地生长、拔节，一团团浓烈的绿意喷涌向太阳……

布依人的春节也成了歌节。小伙子姑娘们过完大年初一，就带上自己的行装，呼朋引伴，走村串寨，一村一村以歌会友。歌唱到哪儿人就住到哪儿。直唱到元宵节来了，才依依不舍地散去。

歌声结下百年姻缘，但他们走进婚礼后，却不肯舍弃浪哨。布依人新婚不同房，举行婚礼后，女方仍然回到娘家——坐家。男女双方可以像从前一样出去与自己喜爱的人对歌。快乐的日子多少年都不嫌长。只有女方怀孕了，一对情侣才成为真正的夫妻，住到一起。

浪哨河是必克村一支古老的歌，在大岩石上哗啦啦响。流水岩石上，老人把一道道白棉线拉成长长的一条，像另一种水流随岩石起伏。这是另一支古老的歌。我在守孝人家看到，一根竹竿上晾满了白色棉纱，棉纱把一间卧室分成了两半。房里满溢棉纱的淡淡清香。阳光从木窗射进来，棉纱就像一片发光的萤石，照亮房内的织布机、床、农具、墙上的悼词……

老人们把一根根棉线接起来，摇着木制纺车，进行纺纱织布的一道工序——绕线。然后是织布、浪布、靛染。那一股股雪白的线一丝一缕被抽瘦，像流水一样变弱。过程是那么漫长，像一种天长地久的相守，像水流一样没有止境。纺纱织布是必克妇女生活的一部分，长长的布匹在一分一秒里像庄稼一样长出来，一种安宁的生活和一种古老的信守也在生长。老人的话题与浪哨河水的话题成了同一个话题，都是关于悠悠天地的物事，都是永远的川流不息，潺潺有声。

一切慢下来了，白云停息了脚步，地上的阴影一动不动。生活没有匆匆行色。人生没有大不了的事情，不过生老病死。布依老人在叙谈，像一个大家庭的交流，温情漫溢。比起城里老人院孤独的老人，这里是一座天堂。

纳孔是另一种方式的生活。村边的水异样的宁静——三岔河是一个湖。秋天，湖面波光粼粼，像一群少女的明眸皓齿。山退远了，呈现出一块平原。远处出现的两座山峰，一定有着某种神奇的来历，她们就像大地上生出的一对乳房，逼真得令女人害羞、男人心跳。布依人称她们为双乳峰。三岔河水，也因为这双乳峰，像甘泉一样清洌甜美。

与必克不同，纳孔村的建筑青砖灰瓦，山墙是高过屋脊的风火墙，形似皖南民居的马头墙。正房墙壁为木板，木门、木窗与木板融为一体。最耐观赏的是各式花格木窗，精细、巧构、美妙。它们体现了布依人精致细腻的审美观，具有温情的建筑风格。在纳核村，还有另一种风格的布依建筑——吊脚楼。吊脚楼里时常有歌声飘出来。

进布依寨要喝三道酒，一道拦路酒，二道进寨酒，三道进门酒。锣鼓唢呐声中，一群男女青年举着酒杯，拦在大路上，唱起迎客歌。路边草地上，一群汉子在舞龙。一位女子举着酒杯与一群人一拥而上，挤到我的身边，把竹筒酒倒进我的嘴里。按习俗，客人不能碰酒杯。我就像是她的俘虏，由她灌着。她笑，嘴角一斜，羞涩又幸福……

舞是在纳孔村口的地坪上跳起来的。锣鼓声响，竹笛横吹，姑娘们柔软的身段风浪起伏，一会儿闪转腾挪，一会儿轻歌曼舞，铜鼓舞、刷把舞、筛铃舞、纺织舞、斗笠舞……随心所欲，生产和生活用具皆成道具，有了审美的趣味。从辛勤的劳动，男女至诚的感情，到沧桑历史变迁，舞蹈表现出布依人崇尚自然、淳朴坦诚的情怀。他们对人与人之间、人与神之间、古老文明与现代文明之间关系的处理全凭自己的直觉与本能。这种不遵教化的天然质朴，也许与夜郎、荆楚遗风有关。它具有幻想的气质，和谐又充满了热切的情感。爱和宽容成为一个民族生活幸福的准则和保证。

布依传统音乐布依八音响起来了。它表现的是布依浪哨的场面。浪哨走进了布依人经典的音乐之中——

闲暇时节，人们拿出月琴、竹笛、勒尤等七种乐器，再加上随手从树上摘下的木叶，八种声音在乡村各自响起。后来，它们走到了一起，合奏成一种音乐。布依八音就这样形成了。它来自于遥远的祖先，一代又一代相传至今。布依八音表现了布依人从浪哨到喜结姻缘的全过程，音乐有弹有唱，用十二调叙述十二个环节：约人，上路，拦路，对答，喝竹筒酒，大开门，小开门，发蜡，敬香，点烛，哭嫁，发亲。八种乐器分别是箫、笛、勒尤、三弦、月琴、高音二胡、低音二胡和木叶。

坐在木板凳上，听来自遥远年代的音乐，和谐、宁静、怡然，如闻天籁。布依人表现爱情，快乐中有冲淡，丰富中有单纯，世俗中有超然，空灵、飘逸、超迈、悠远……声音有鸟鸣山更幽的寂静，而欢乐充满了禅意。

一起演奏八音的有老人、年轻人。老人盘黑色头巾，年轻人盘白色头巾。弹月琴的一位老人，身子矮小，张开的嘴露出一颗颗大牙。他粗短的身子左右摇晃得厉害，动作笨拙，但本真。他快乐，身心沉浸。

站在他身后的女子，也抱着一个硕大的月琴，她身子摆起来像一阵阵轻风，飘逸、风情、恬静、热烈。脸上露着浅浅的笑，像皎月一轮。她的笑，纯真善良，幸福甜美，情意无限。黑眼睛里的光辉迷雾一样，让人迷失了方向。她正是那个敬竹筒酒的女孩。

如何爱，在布依也是一种传统。爱情依然像布依八音里表演的那样发生。布依人一代又一代以祖先古老的方式相爱着。他们多情的经历尽情释放着生命中的激情。诗意的生活在山水间波光潋滟。

迷人心魂的音乐，老人的沉浸，女孩的笑容……温情深切，触痛心灵。抬头看风火墙上的金色夕阳，湛蓝天空缓慢移动的白云，突然感动，突然涌起家的感觉。走过无数村寨，在这个石铺的地坪上被一种与乡愁有关的东西击中。我知道往后的岁月我会怀念这个地方，一个也许跟我没有什么关系，但却再也不能忘怀的地方。它刻骨铭心。阳光，风火墙，民间古乐，笑容，田野，下午，三岔河，以及晃动，我像空气融化在风中。

晚上，与纳孔村布依青年手拉手围成圈，跳起扒肩舞。他们穿民族服装，个个喜气洋洋。跳完一曲，大家向燃着篝火的中心拥去，那里有一坛酒，插着许多吸管，推到前面的人就吸一大口。喝完酒，舞曲再起。欢快的舞步里，手拉得更紧了，篝火燃得更旺了，歌唱得更响了……今夜，幸福的笑容把夜空照亮！

在贞丰，生活又在重新出发。

荒野城村

看到城村的时候，目光有了微妙的改变：面前葱郁而低缓的群山，显得有些异样，似乎很遥远。来时还在山岭中穿行，南方山峦的葱茏与妩媚，阳光一样清新而鲜活。只是城村这样一座古村落就让周围的山岭显示出不同的景况，有一种荒旷、久远弥漫在山川之上，这是哪个年代的山水？就像我的目光是从几百年前看过来一样。

迷迷糊糊，我体会着原始荒芜的山水，它们在没有被人类文明所浸淫前，是被毒虫瘴气所笼的一派蛮荒。果真如此？山水会随着人类的迁移而变吗？怎么想象城村出现之前的山地，也只是古木愈加参天，百草愈加疯长，依然也是青山绿水如南方所见一样的景致。因为什么，它们给人荒蛮原始的感觉？终归是文化的立场对自然陈述的偏狭。相对于干燥的北方，南方的万物只会更加蓬勃地生长，它生长空灵、妩媚的品质。它的“荒蛮”，仅仅是因为它在历史的视野之外，在中原人活动的范围之外。

“荒蛮”的却不只是这片土地，还有一座城池，它年代更加久远。

在进入城村之前，一块高地拱起于旷野，走近它，突然间山山岭岭与它一起沉入时间、沉入苍古荒蛮。它是庞大历史根系伸向时间莽阔荒原上的一茎触须——闽越王城——城村之外的又一个世界，青草不弃春秋一年一年地绿，只有在掘进黄色泥土时，才触摸得到它卵石铺筑的路、长方形花纹砖铺砌的地面和陶砖的墙基。除此而外，只有虚空。

从废墟上发现历史，历史也就成了自己的废墟。

在新筑的卵石路上走，路中一孔方形窗口，玻璃凝结着水珠，约半米深，闽越王城的卵石路从掘开的泥土中呈现出来。浅土之隔，相同的路，彼此叠压着的却是两千年的岁月！

时间在土地里显现，再深入，越过闽越王城年代。时间伸进窗内卵石路下。一片辽阔土地，像笼着一层浓雾，模糊不清的历史只诉说了一个事实：中原之外、中国广大的南方，生活着百越族群。族群中的闽越族，像所有那些被称之为南蛮的族群一样，他们生活在今武夷山一带，不为人知。他们也与南方山水一样荒蛮，他们远远不能想象自己的土地随后会树起一座王城，不能想象毗邻的越王勾践正在为失去的江山卧薪尝胆，越国的美女西施，犯心口疼痛的病，蛾眉颦蹙，却可以美丽上千年……他们被隔绝，在历史的“黑暗”地带，没有现代的通信，一切靠肉身传递的信息可曾到达过这片土地？

公元前334年，勾践又失河山，楚国的铁骑踏遍越国土地。逃亡中的一班人马，穿过自己国家的边界，进入了闽越，踏进这片土地，从此也消失在历史的“黑暗”时空。

一座闽越王城遗址，让那一次逃亡从时间深处浮现——

在王城的黄土堆中，挖出了一座宫殿的地基。一排排陶制的管道露出黄土，它的用途竟是取暖！四顾荒山，黄白色的管道如此突兀。我走过去又走回来，想了解它与强悍地绿着的山岭是怎样的关系。长久地环视群山，没有人影，连鸟的鸣叫也没一声。

一百余年后，勾践后裔闽越王无诸举兵反秦。秦亡，无诸投入刘邦对项羽的争霸之战。刘邦登上皇位，复立无诸为闽越国王。公元前202年，无诸修建闽越王城。勾践的后人又闯入了历史——《史记》为之立传，称闽越国，无诸成了“开闽始祖”。

好戏不长，至西汉，来自中原的军队焚毁了城池宫殿。汉武帝不能容忍闽越国这支强大的割据势力。他击败北方匈奴后，十万大军四路围攻闽越国，为除后患，又将闽越国人全部迁往江淮内地。

这是一次怎样的迁徙！刀光血影下的队伍，行走在苍茫群山之间，勾践的后裔踏足了祖先的土地。但这已是一个强大帝国的疆土了，整个中原已经与它连为一体，早在秦朝就已统一了文字与度量衡。他们着“奇装异服”，说南蛮“鸟语”，不明“仁”“礼”为何，一路屈辱地行走。身后的土地越来越远，越来越沉寂。

坡下，王城的井完好无损。一只木桶吊下去，晃几晃，从地底深处，又黑又亮的水打到了地面。喝上几口，甘洌清甜，想品出一点什么，却似有若无。水，几千年前与几千年后都不会变化，变的是人的心情。

只是一个忽闪，历史的追光就从这片土地划过去了，“黑暗”再度降临。离南方被开发，甚至是把它当作充军流放之地，还要等待相当漫长的时期。

行走在浙赣闽交界的武夷山脉深处，但见丹霞地貌广布，峭壁陡立，清流迂回。闽越族人的棺木悬于高高的石壁之上，时而云蒸雾绕，时而残阳血染……

武夷精舍、紫阳楼、水云寮、朱子巷……一处处遗迹在提醒着一个人物的出现：是他又把历史悄悄带回了这片“荒蛮”之地。南宋，中原人口不断南迁，幼年的朱熹自江西迁到了武夷山的五夫里。他著书立说，修成了一代理学大师。朱熹一生都在南方的山水里奔走，他走得最远也只是穿过江西，到颇负盛名的湖南岳麓书院讲学。

文化的目光从北方到了南方。一切似乎都在改变，就像长江与黄河，两条河流所代表的文明此消彼长，文明的中心正在发生着转移。

城村，闻到一股熟悉的文化气息吗？从遇林亭窑址、建阳水吉窑址发掘出来的宋代黑釉、青釉瓷碗及窑具，到武夷岩茶在宋代开始兴盛，成为皇室贡品，中原的建窑烧窑技艺与茶文化已经传到闽越。

千古城村，歇山飞檐、斗拱雀替、秦砖汉瓦，它周围的木楼草寮，现在的红砖水泥房，与之鲜明地对照着，你可以感受得到什么叫格格不入，什么叫孤独。它坚守了上千年的忠孝仁义，仍在旧楼宇里隐约伸张着，让承接了几百年风雨的砖瓦木柱——钦赐的百岁坊、祖宗的祠庙、自己的宅第，蓄住了青青苔藓一样的时间。而时间在城村只是成了坚守的表达。

在凝固的时空，宗谱上的名字不断地增加着。三本宗谱《长林世谱》《李氏重修家谱》和《赵氏宗谱》，是林、李、赵三姓在时间中伸展出的一道道血脉。源头之上，记录着中原望族的开端：林氏为商代名臣比干之后，李氏为唐高祖李渊的后裔，赵氏则是大宋太宗长子楚元佐的子孙。他们从中原为避战乱，先后于东晋、唐末、宋末迁入闽越。这是一次次长路漫漫的迁徙。

闽越王城望城村，它有点不速之客味道：主人走了，它悄悄地就在一隅安营扎寨。站在城村望闽越王城，就像望见一座巨大坟茔，一个王国最后隐去的背影，一个让人生疼的伤口。就在陶潜作他的《桃花源记》时，林氏人为避战乱，竟疯了一样背对着家乡，向着南方的潮湿之地而来，走了如此之远，进入如此之深。林中，赤裸的身影一闪，是土著木客。一天，发现一处遗迹，好一阵震惊，于是，傍着河流伐木筑屋。一块荒凉凄清的野地，一个孤独的村庄建起来了。历史，从此远远地抛于身后。

黄昏，不阴不阳的天光，风吹稻穗窸窣作响。村口，一座清代门楼立于大路一侧，拱门之上，砖刻的“古粤”二字，显得古朴劲秀。这是城村的南门，从门楼两侧伸展开去的高墙，早已坍塌，被圈围的村子，不知从何时开始，走近了田野上葱茏的庄稼。

城村井字形石板街，曲折悠长的小巷，可见一处处古井、风雨亭。砖雕的门楼，一扇一扇房门洞开，青色的台阶，灰砖的地面。大堂高挂的横匾、楹联，写的是孝悌忠信、礼义廉耻的儒家信条。梁柱、斗拱、门窗都饰以砖石雕，雕的大都是吉祥祈福图案、历史典故、神话传说和民间故事。它们大都建于明清时期。村边古码头有船靠岸。想象当年闽北通商大埠的繁荣景象，“隔溪灯火团相聚，半是渔舟半客船”，恍然已是百年。

两千多人的村子，商铺、饭店极少，有也只是摆了一些非常简单的日用品。街上人影寥寥，对外人，村人的目光带着一份好奇、一份笑意，连狗也会停下来，对着来人看上半天。

南方的崇山峻岭中，有多少这样悄然潜伏而又孤独地与山水相守的村庄呢？数百年甚至是千年的薪火相传，他们还能记住当初迁徙的最悲壮的一幕吗？

穿行在南方的青山绿水间，我总是将询问的目光投向那些古老村落。总有僻远的村庄印证，连接起一段难忘的历史。宋朝以后，这样的村庄多起来，它开始孕育出南方的一批批才子学人。他们让南方如同充沛的雨水一样溢满了文化的气息，在人烟稠密的阡陌之上，凡山，但见郁郁葱葱，凡地，则满溢稻花的清香。南方的婉约、纤细和敏感，让荒蛮渐行渐远。

在村庄与遗址间徜徉，听高天流云声，不时恍惚。在农家木窗望见四野低缓而连绵的山脉，它就像炊烟与暮霭，一派幽遥静谧；孩子的追打声飘浮半空。远处的闽越王城，一瞬间会遥远得只有一些模糊不清的传说。

暮色浓时，客车在乡村弯曲的山路上疾行，车大路小，山高水低，竟如时空穿梭。

桃映的舞者

那时候是夏季，你可以想象，山上的草木是多么的葱茏，尤其是在南方，在黔东这样正在渴望通上火车的地方。我在颠簸得让人呕吐的长途跋涉里，像颗果核一样被吐到了桃映村。欢迎的人群等待了漫长的时间。阳光瘠薄，正在西斜。车一停，高音喇叭陡然撕开了天空的宁静。在苗族、土家族人的山里，一群穿长袍的人跳起了舞蹈——女孩水红或大红的长袍在绿色的天地里兀地凸现，她们胸口斜襟上嵌着一道道蓝白交织的花边，头上戴条纹的花帕，腰间的蓝布带吊到了裙边，薄薄的布料，在跳动的舞步中却无法飘扬；男人穿蓝色长袍，系大红的腰带，头顶围着一道红布，肥大的袖袍，身子瘦得像被裹起来了。他们打着赤脚，脸上的汗没有掩饰地流。棱角分明的脸上，粗眉毛、高鼻梁，皮肤白皙，瞳仁发蓝，与围观者一比，明显是个异族。

高音喇叭刺耳的歌曲传递着单纯的欢乐。简单的舞步也有着单纯的快乐。站成两排的青年男女在歌声里左右向侧着身，赤脚踩出一种细碎、急骤的节奏。大地是一面鼓，踩向她的脚步咚咚响了，分不出是脚掌响还是土地在响。响声与按响唢呐的手指都是秋天成熟的果子，一颗一颗密集地落下蓝天。身子的摇摆却悠缓，是长天上的白云，漫不经心。

阳光如一层薄薄的透明的水。阳光一直很暧昧。浅淡的水红洇在天上，黄昏欲来不来的样子，让人感觉郁闷。

歌声回荡，像把人置身巨大礼堂。尽管抬头就是空荡荡的天，那只高挂在屋顶的喇叭高过了屋脊，直朝向远处的山影，还是让人被声音迷惑。

那些低矮的红砖房也是一层回音，我看到了它们身上沉淀不了的时间。它们像一团团嘈杂的声音挤在一起。有个老人兴奋地站了起来，在远离舞蹈者的地坪上走来走去。几个抓猪的中年人翻过了高高的围栏。我只看到时间停留在老人的脸上，那种不太深刻的皱纹，像一块陈旧的木头老成了时间的碎屑。某个瞬间，我神思恍惚，像个局外人，不能为这样的行为赋予一种意义，心里空落，脑子里饱含着一层薄薄的透明的水，像一张白纸覆盖过了天空。那些车上颠簸的动作在没有意义的结局里突然显示出滑稽的面相。这个时候发呆，真不如在宾馆里安安静静发着呆好。

这里是黔东少见的洼地，远山顺着一只鸟翅的弧线呈现出幽蓝。云贵高原在贵州铜仁江口向着湘西的大地倾斜。6月炎热的天气里，一片片巨大的乌云带来一场场暴雨。天空射落一阵阵白茫茫的豪雨后，肉眼看不到的热气在蒸腾弥漫。汇集到低洼地带的河流，流水是长长的弓弦，拉出呜呜咽咽的声响。那依然幽蓝的水像飘荡开来的旋律。洼地之上，刚刚修好的铁路在静静等待着远方的火车。沙页岩的群峰下，桃映乡的苗族、土家族男女老少一排排坐在铁轨上，谈论着他们谁也没有见过的火车，像谈论另外一个世界的景象。暗红色的烟火在男人的指间一闪一闪。比河流还要平直的钢轨伸进远处黑乎乎的洞中。在他们的脚下，是他们祖祖辈辈居住的吊脚楼，楼下是那些急湍的河流。河流的那一边，那群正在跳舞的人，红袍闪闪，像6月里的火焰。一个肥胖少年与一个苗条少女，各自打着花秆，身子一上一下起伏，像坐到了马背上。

这是坐在铁轨上的人陌生的舞蹈。他们跳的是接龙舞、毛谷斯。这样的舞蹈全都来自遥远的祖先。祖传的舞蹈是每个节日必定要跳的，但今天不是节日。寂寞的洼地突然聚集这么多人，领头人也许是个梦想家或者一个行为艺术迷恋者。他们为远客造出一个梦境。舞者也许想让外来人知道他们的身份，了解他们的祖先。这愿望一经表达，就像一颗石头，在平日安静得可怕的天空下，能把人砸痛。漫长的岁月里他们的确从不为外人所知。

他们的祖先为什么要迁徙到这片洼地呢？在自由的土地上，这也许就如同询问一只鸟如何就飞过了高山，又飞到一条陌生的河流上。只是一百多年前的某一天，想象起来让人困惑。在汹涌的时光流中，那个孤身走进桃映的人，只是一阵吹过的风。寻找风的痕迹，只能看天上的云，看山上的树。天上的云和山上的树只属于这个下午。山上的岩石和古老的木楼才是属于过去的，它们却不为风所动。它们成了历史的一个个哑谜。风吹动了大地，就像水波随风荡漾。时间创造了奇迹，就像这群少年走下山来，他们都是那阵风吹过的音符，是一个人在时间的河流里吹出的波澜。而风来自川青交界地阿坝藏族羌族自治州，那里有一个叫茂汶的地名被这群年轻人死死记住。那里有更高的海拔，那里青藏高原向着四川的大盆地疯狂地倾斜。岷江自北向南贯穿全境，黑水河、赤不苏河、松坪河则在远比黔东更加高大雄阔的山脉间向着岷江奔腾，响声常常淹没人的歌声。那些夹沙灰、黑色页岩、砂板岩、火成岩，大片裸露在天空下面，棕褐色的土地厚重深暗。这一切，与黔东的青山绿水一比，是多么遥远的令想象困惑的景象。而他们的祖先，眉骨高耸的羌人，沿着岷江走到大盆地之中，又跋涉到云贵高原上的贵州，在这十万大山里像一粒飘浮的尘埃，直飘到桃映小小的洼地。他从洼地向着北面的一座大山攀爬，那里没有人烟，海拔一千多米。他有羌笛，有谁也听不懂的羌语。他还带来了他祖先的舞蹈、祖传的咂酒和羌人的羊图腾。他像一股风一样悄悄停息在时间的深处。

在山顶，找不到青藏高原那些粗粝的大石头，他舍弃了石头的碉楼、碉房，羌人称之为邛笼，在茂密的漆树林里，他学着苗族、土家族人搭建木楼。浓烈的漆树香里怀念着石头的气息，那些碎乱的、如墙的石头在他的梦境里白鸽一样飞翔。绿色如同夜色如同乡愁，堵在家门口。这个家门，漫漫长夜打开的一个窗口，时间像藤蔓一样生长。

这个下午，我坐到了河滩上，在哗哗的流水声里，一群脱光了衣服的少年正从河对岸向着河滩游来，太阳照在他们身上却没有留下阴影。他们举着书包和衣服，皮肤棕黑光滑，积聚了足够厚的阳光。快放暑假了，老师发完试卷就早早放了学。他们宁可蹚河回家也不愿从桥上绕道而过。一群水鸭子一样扑下了水，水里的欢笑声像惊飞的鸟羽，淹过我的头顶，升到了半山坡，升到了山巅，直到云层。我望见了一些被风吹远的背影，望到在天空里消逝的鸟翅，想象着远方山顶上那个叫羌寨木城村漆树坪的地方。十五代人的更替是怎样的一个传延过程？我也在想着青年人跳得红扑扑的面庞，想从他们的脸庞上辨析出他们祖先深藏起来的面容。

而在我头顶上的苗族人、土家族人，长时间坐在铁轨上，他们正在迷惑，不知道火车怎么突然就要进山了，自己头上只有响雷滚过的天空，就要有轰轰烈烈碾过的钢铁车轮了。迷惑于一群异族青年，他们在地坪上跳起的陌生舞蹈，羌族人的锅庄舞“跳沙朗”。

一些遥远的事在这个洼地上空飘荡着，飘进了人空闲着的脑子——

为什么要想起一百多年前的岁月呢，为什么要说起那个谁也不知道的茂汶呢。兵荒马乱吗？兵荒马乱是个什么样子？一个人背井离乡，在悄悄行动。一个人的远行真是一朵上路的云，可随风而去，可轻易就离开自己站着和躺着的土地？雾把漆树坪层层遮住，时间把许多开始的时刻消融，就像河流把许许多多的溪流吸纳了。

直到一切重新安静下来，我离去时，黄昏依然还不像是黄昏。那种明亮的水红还那么浅淡地洇在天上。舞者和渡河的孩子都回到了他们各自的木楼里，回到那种黯淡的空间里。河流的哗哗声一直没有停息过，就像一些恒定的东西总在继续着，永远难以改变。是河就总归是要流的。

八纮之野

一

石灰岩山的青纱帐，石头的迷魂阵，藏匿数亿年大海的记忆，耸立在云贵高原上的兴义，让深远的目光读懂苍溟之变迁。

山，贴着车窗玻璃而来，仿佛一次检阅，它们形态各异，或孤立，或连绵，或丛林般密集，或随意点缀，但都高耸、灰白，不管裸露还是草木披覆，都难以看到高大的乔木。在葱茏与荒漠间，是肥沃与贫瘠的交织。在地欲平、山欲耸的争执间，是蜿蜒曲折的公路，把人转得晕头转向。

一路跋涉只为看一个人的故居。参观故居我本没多大兴趣，如此山高水远，我却来了兴致——看它藏得多深！

何应钦的故乡在泥凼，偏僻至此，他该如何出山？他更有理由成为一个樵夫、猎户与农夫。如此万山阻隔中出了人才，又哪里不能出人才？！

兴义位于黔、滇、桂三省交界处，这个“鸡鸣三省”之地在大西南也属僻地。但是兴义人不这么看，他们认为自己得了三省便利，往贵阳、昆明、南宁都只有几百里。这种想法也是一种事实。当年在伊斯坦布尔旅行，那个亚欧交接地，既是亚洲的边缘，也是欧洲的边缘，伊斯坦布尔人却认为他们是亚欧中心。的确，这座城市曾经是奥斯曼帝国的都城，更早的时期是拜占庭帝国的中心。兴义可谓三省通衢，在此可与三省贸易。兴义有何、王、刘三大家族，他们并非土著，都是从外籍迁徙而来，在此安家落户，看上的也是三省交界的地理位置。家族兴盛因为足踏三省。

考察何、王、刘三大家族饶有兴味。他们的祖屋都保存完好。先看何家大屋：穿斗式的木楼，四合院落，两重门楼，一石一木，都是黔地民居风格。一副楹联“乾坤一夕雨，草木万方春”，是地道的文人趣味。祖屋严格依风水选址，左青龙右白虎，背靠山岭，居高临下，院前视野开阔，远近山脉尽收眼底。

何应钦的太祖何景鸾清初从江西临川随清军出镇贵州。高祖父何振璜迁至兴义黄草坝，开始贩牛兴家。曾祖父何云鹏贩牛兼收地租，成为了兴义“八大户”之一。太平天国与回民反清起义，三省边界首当其冲，何家为避战乱，先搬到屯军之地捧乍，未雨绸缪，不待战火再次燃起，又向南盘江河谷的深山泥凼迁移。

泥凼又称泥荡，是指积水的洼地。这里白森森的石灰岩裸露，山势陡峭，愈加险恶，别说“钟灵毓秀”，简直就是蛮荒之地。布依族世代居住于此。何家在泥凼不能贩牛了，看到布依人家织的土布，就开起了小染坊。渐渐声名鹊起，人称“何青布客”。接着开了桐油榨坊，成为泥凼首户。何应钦1890年4月就在泥凼风坡湾祖屋出生。

何应钦出山，先是在泥凼受到了清末兴学之风影响。为培养子弟，开化泥凼风气，何家出资兴办泥凼第一所义塾。初时为了延师教子，后来接受了附近士绅子弟入学。

但至为关键的还是兴义在旧式书院、义学、私塾向近代学堂迈进中得了贵州风气之先，下五屯的富绅刘官礼父子兴办初等小学堂，继而改笔山书院为高等小学堂，引入现代教育，开设了国文、算学、历史、修身、体操等课。这个高等小学堂规模之大在贵州也并不多见。学堂还花重金从外地聘请老师，有举人、进士，也有留学日本归来的名士。这就是三大家族中刘家人的过人之处。

何应钦因误放了一枪才跑到县城，正好看见高等小学堂招生。他入学经过了严格考试，没有泥凼的义塾他也进不了学堂。

1905年学堂堂长带领十三名学生赴贵阳报考省公立中学，囊括了前十三名，轰动了贵州教育界。十余年间，学堂培养的学生东渡日本留学的多达四十多个，学生之多，声誉之隆，为全省之最。这些留学生中就有何应钦、王伯群、刘显治、保衡、李培先、王聘贤、刘若遗等人。何应钦走出了大山留学日本，前途可谓难以限量。

刘氏家族乾隆年间从湖南邵阳入黔经商。三兄弟刘泰元、刘泰和、刘泰兴中，只有老二刘泰和定居兴义。其迁徙路线与何家相似，举家从县城迁至捧乍，再至泥凼五台寨，利用当地产桐子的条件做起了榨桐油生意。与何家做同样的买卖，形成竞争的局面。两家因此发生了“掘穴灌狗血”事件。

1858年秋天，刘家受人挑拨，说他家祖坟被何家掘穴灌狗血。掘穴灌狗血是对先人严重的污辱，使其灵魂不得超生，也断了家族的运程。当晚，刘家倾巢而出，围攻何家，打伤何家数人，砸掉了榨桐油机。何家因势力单薄，压下了报复之念，掌门人何银鹏不久便郁郁而终。

何家请来了云南的风水先生，在刘家祖坟正对面为何银鹏修建坟墓。这个墓址就在何家祖屋视野之内，可与山脉一道远眺。何家从此在争斗中渐渐占据了上风。

为了避祸，刘家举家仓促迁往纳吉寨，随后迁至下五屯。他们不再做榨桐油生意，开始广置田土。

修建永康堡是刘家的一项壮举，其规模在贵州私家庄园中占了第一。刘家祖屋的规模是何、王两家不可比拟的。石头的门楼、城墙，大门分南门、榨子门、小朝门、北门，城墙内是一座小城，宗祠、家庙、忠义祠，督军府、炮楼、兵房、马房，还建有一所小学，住宅最多，宅里有花厅、回廊、轿厅、亭台楼阁，房屋以木构为主，大都是雕花的门窗，也有厚重的石屋。

但刘家最有远见的还是修建笔山书院，为地方培养了大批人才。刘家子弟刘显世自任了贵州省长、当了川滇黔三省护国联军副总司令。

三大家族的王氏，入黔始祖为王玺，洪武年间他随明将景双鼎入黔，在兴义景家屯繁衍生息了六百余年。王宅是一座四合院的青瓦木构平屋。王伯群、王电轮兄弟均出生于此。他们从笔山书院毕业，王伯群留学日本，成为中国同盟会先驱，1915年参与发动护国运动，1920年追随孙中山回广州恢复军政府，任广州大总统府参议兼军政府交通部长。1924年他在上海创办大夏大学。该校是华东师范大学前身。王电轮曾任黔军总司令，后被国民政府追赠陆军上将。

王氏兄弟是刘家的外甥，王电轮又娶刘家人为妻。王伯群的妹妹王文湘则嫁给了何应钦。刘、何、王三大家族结成了姻亲。三大家族在乱世之中处理三省战乱，兴办教育，壮大势力，最后变成贵州显极一时的家族。这一切，独特的地理位置、特殊的处境与遭际，造就了家族的作为。个人的成功，则与三大家族结成姻亲又不无关系。

把兴义当作三省通衢之地，黔、桂、滇成了他们的驰骋地，最后，以国为舞台，三大家族的作为可谓轰轰烈烈。

二

但是，若说兴义地理偏僻边缘，这也是事实。要过隐世生活，这里无疑是个理想之地。三省交会，鞭长莫及，犹如化外之地。兴义地若棋盘，山如棋子，群峰叠影，乱如弃子，宛若迷宫。北盘江如同天险，马岭河深切大地，裂开了一道天堑。你若是一个巨人，下足得格外小心，山峰密集的地方容不下一足。

兴义河流众多，它们任意流淌，乱窜乱跳，跟山峰捉起了迷藏。有暗河在大地深处奔涌，有明河碧如玉石。有瀑布成群，江河比赛似的跳下悬崖。

走过万峰林就知道什么叫世外桃源，什么叫隐逸安宁的生活。一条长长的峡谷，一村一寨聚居山麓，峡谷间田畴平展，纳灰河流过，一会儿是明河，一会儿入地成为暗流。不入洞峡，焉知山中人家。

就是这样一个山与山的转角，山与山相拥的背面，山与山堆积成团的洼地，一个个村落，桃花露面，炊烟出岫，八音袅袅。落籍山中的人除了本土的布依族、苗族，就是远道迁徙来的汉人。兴义群山中藏着一个个家族故事。

雨补鲁村是陈氏家族村庄，隐蔽之深，六百年也不为外人所知。

明朝洪武年间，陈氏祖先一路跋涉至此，这一天，天气炎热，干渴难忍，一处山腰上泉水喷涌，捧之痛饮，甘甜之水沁人心脾，饮者不禁精神为之一爽。举目所望，但见四面群山围绕，山形可谓怀中抱子、凤凰来仪。与外界相通的只有眼前的一条山路，易守难攻。这半山坡上的泉水，既能饮用，也能灌溉。而低洼处有一个形似漏斗的天坑，水从这里流入了暗河。这里山有多高水就有多高。贵人山顶枯水季节也有涓涓泉水，形成了一处天然的战争避难地。真是个桃源避秦之地。迁徙者要寻的就是这样的地理环境，这样与世无争的生活。

走过坝口走进寨门，幽静古朴的雨补鲁就在眼前，看得到六百年的岁月——石道、石梯、石井、石凳、石磨、石缸、石屋，时光凝固在这些石头上。当年遇到泉水的地方名叫龙潭，建有望乡台。村里有陈氏祠堂，供奉着陈氏先人的牌位。村里人吃陈氏盐水面，每年举行自中原迁徙一直保留至今的“走幡会”。

雨补鲁人崇拜天地恩泽大于物化，天恩庇护、祖宗荫佑战胜人为祸害，于是，保留着敬天祭祖的走幡会与佾舞。通过请神烧大表、挂幡、走幡、收幡、祷告、送神烧天书程序，达到神人合一、神人共娱。

陈氏演绎的是另一种生存景象，是岁月静好、白云苍狗的生活理想。这样的人生近于道，有着楚人遗风。

在兴义人的眼里，山山水水是充满神性的。这是一块神灵的土地，神与人同在，神灵与山川草木在一起。一块石头、一棵树、一座山都有自己的神，它们是自然之神。山自由散乱，像人一样爱着自由。自由奔放的布依族、苗族歌舞，深情而婉约。时间的自由，不被人为分割，就像白云栖息于山尖，它们挂在山尖上，地上的阴影一动不动，风爱吹不吹，与其说是树叶动了不如说是你的心动了。人生本无大事，不过生老病死，代代重复。人活过了，可以换作神灵再活。

化外之地孕育的民风，就是边地的风情。它让来者放松心情，让人对生活充满别样的期待。也许这就是兴义的魅力吧。的确，这个山如笋密如林的地方，可以傍石而居，可以神游、幻想，可以忘记世间种种忧烦，甚至忘记了自己，因为你深入了八纮之野。

生命的奔赴

一

庞娟妮笑得春风满面，以黑亮的眼睛看着我，我仰头看着大门，她两次按下快门。高大的门楼横跨马路，上面写着四个大字“南华农场”。我走近路边的橡胶林，阳光照得肥大的叶片闪闪发光。摘下一片叶子，叶柄渗出饱满的白色胶汁。庞娟妮拍完照，递上名片，我才知道她是农场的新闻干事，刚从办公楼赶过来。那时我还不知道南华农场已抵近琼州海峡，眼看着就要从北到南把雷州半岛走通了。我却在这里折回了头。

庞娟妮是广西兴业人，在广西师范学院学的新闻，两年前竟然跑到了大陆最南端与农民为伍。为什么来这么偏僻的地方呢？她憨厚的圆脸堆出雕塑般的笑容，声音却是轻柔的：“以前没有这么快乐呀。这里人好，自己的事还没开口就有人来问了，自行车在街上也不用锁，还可以跟人学养羊、养牛，开种蔗机，学到了很多知识。”

哦，她的理由这么与众不同！我想起了湛江的桂余祥，他来雷州半岛的理由。武汉大学毕业，桂余祥放弃留校，坚决要求到最艰苦的地方去，他与几百名大学毕业生被分配到了刚成立几个月的华南垦殖局。

那时他刚读完苏联小说《钢铁是怎样炼成的》《被开垦的处女地》《拖拉机站站长和总农艺师》。动员者说，那里是一片荒原，但是，通过我们的双手可以提前建成一个社会主义的大农场。他为此热血沸腾，激动地写下保尔·柯察金的名句："一个人的生命是应该这样度过的：当他回首往事的时候，既不因虚度年华而悔恨，也不因碌碌无为而感到羞耻……"桂余祥想着要大干一番事业。火车上他唱起了"再见吧妈妈，别难过莫悲伤，祝福我们一路平安吧……"

庞娟妮与桂余祥大学毕业来到了同一个地方，但他们之间相隔了六十年的时光。

六十年前这里是一片原始森林？在桂余祥的眼里，数千平方公里的亚热带原始杂木混生林一片郁郁葱葱，榕树、樟树、灰木、白背桐、白木香、龙眼树、荔枝树、簕竹、藤……织成了密不透风的大林莽。这是一个错觉？时光恍若轻雾一抖，便是阳光当空照耀，海上吹来的长风拂动衣角，远处的土地上，人群弯腰种着甘蔗……现实是强大的，它总是把从前的一切逼迫成一道幻影。即便想象一下，眼前的广场和大楼被森林覆盖，感觉也很疯狂。

雷州半岛，鲇鱼一样向着南海游去。海南岛就是一块巨大的诱饵，在远处闪耀着莹莹绿光。仿佛是为了阻止鲇鱼的靠近，半岛上雷声隆隆，滚地雷、连环雷、低空雷、霹雷四季不停，春夏最为猛烈。热带、亚热带的台风和雨水从大海上来袭，雨水渗入红土地，迅速消失。大太阳炙烤下的大地干旱不断。大朵大朵白云在天空移动，它们从大海漂上陆地，在亿万年如斯的台阶地上徜徉……

从北到南横穿半岛，我痴望着头顶奔过的白云，看着山岭在视野里渐渐平缓以至消失，起伏的丘陵变成了漫坡。南端的徐闻，一片片巨大的坡地或上升或俯冲，橡胶林、甘蔗、菠萝、香蕉、茶树、菜地，它们扇面一样展开、交错、层叠。越深入南海，地貌越似欧洲。我一路想象着这里原始的面貌，想象着从前古老的生活，就像中原迁徙来的人再也找不到俚僚人的生活场景，他们不知怎样就消失到了历史的尘雾里，杳无踪影。六十年也是白云苍狗。

高速路上，蓝底白字的路牌一闪而过，我记着龙降、麻章、岭北、城月、太平、客路、英利、乌石、迈陈……暗自琢磨它们背后的因由，这些被某个人命名被所有人称呼的名字，投射了一种集体的文化心理，透露着某些地方历史的信息。“客路”是客家人当年经过的地方吗？麻章、英利、迈陈这些无意义的地名大都是原居民俚僚人的居地。

拐上地方公路，钻过橡胶林、甘蔗地，香蕉绿得最鲜艳。我又看到了一批新名字：火炬、金星、丰收、幸福、东方红、五一、红星、友好、南华……它们无一例外都是农场。红色坡屋顶的房屋排列整齐，花坛、路灯出现在椰树和榕树旁。这些地名透露了一个时代的文化和气息——正是这些地名的出现，改变了半岛的模样！

六十一年前，一场有组织的大迁徙出现在高雷地区。大规模又神秘的一个行动之后，雷州半岛土地的命运与人的命运骤然改变！这片土地从此与另一批人的命运紧紧联系在一起。

半岛，一个迁徙之地，客家人、广府人、福佬人在漫长的岁月里陆续迁移到了这里。人们躲避战祸，带着惶恐的心理上路。而这次大迁徙，奔赴者怀抱的却是一种从没有过的远大理想、宏大抱负和家国情怀，背井离乡的时刻并无伤悲。理想在那个时代是如此广阔地存在着，它构成了20世纪特殊年代中国最大的现实。

一切只因为一种植物——橡胶树。

东西方冷战开始，西方对东方实行物资封锁，橡胶是重要的战备物资，全靠进口。橡胶树只在北纬十八度以南生长，苏联和中国都把目光投向了中国最南端的国土。人们在那里发现了橡胶树。

二

大会议室，我与两位老人坐在桌子中间的位置，房子显得空空荡荡。天气变得不那么炎热了，头顶上风扇一开凉风阵阵。张子元一头白发，话说久了就要歇口气。桂余祥老人仍然健朗。两个人你一言我一语，窗外不时传来老人们打门球的叫喊声。这是湛江农垦局老干部活动室。

张子元是河北石家庄人，十七岁参加八路军离开家乡，解放战争时他随部队从东北一直打到江西南昌，担任了四野一百五十六师政治部秘书科长。全国解放刚刚两年，他又跟着师部和一个独立营坐火车南下广州。部队接到了一项特殊的任务——种橡胶！他所在的部队变成了林业工程第二师。那一年他二十六岁。同一时间，湖南、广西、广东各有一个团的官兵向着同一个地方开拔——雷州半岛。两万军人归田不解甲，投入到海南、广东、广西的垦荒。

那年7月，张子元白天休息晚上行军，一路从广州走到了湛江。正是岭南酷热的季节，他从没有过这么湿热的体验，汗水几乎没有干过。这样湿热的气候从此伴随了他的一生。

桂余祥，武汉市人，作为实习生，他比张子元所在部队早一年就到达了雷州半岛。这一年，中山大学、武汉大学、岭南大学、金陵大学、山东大学、浙江大学、南昌大学、北京农业大学等几乎所有名校的林业、土壤专业的大学生都在老师带领下齐聚海南、广东、广西，他们进入大林莽勘测、规划、设计。

桂余祥勘测时，背一竿一米长的大竹筒，里面盛满了水。干旱的土地，饮水来自深井。他背包里装着番薯、油布、土塘，吃的肉穿在一根竹枝上。他看到了路边的碉堡、钢盔，报废的坦克，解放海南的战斗才结束不久。他们钻过带刺的簕竹丛，一条砍出的路还是解放军进军海南时开出的。森林深处，常常发现无人的村庄，有的床还铺着，锅上摞着碗筷，地里的果树挂着香蕉、木瓜、波罗蜜，进村却看不到一个人。桂余祥感觉脊背发凉。他在地图上标上“故址”。

第二年毕业，他放弃留校，分配到了华南垦殖局。

张子元和桂余祥走在南粤的土地上，沿途看到了一队队打着红旗走在路上的农民，男人穿直襟衫大裆裤、牛头短裤，有的光膀子，脖子上搭一条粗布汗巾，戴着草帽。女人穿大襟衫阔裆裤，年长的妇女头上梳髻、插铜簪，姑娘梳长辫。他们挑着小木箱、小藤箱，穿着木屐、打着赤脚或穿着胡志明鞋（轮胎做底、内胎做面的鞋），个个黑瘦却热情高涨。二十五万人行走在路上，沿途自己埋锅造饭、昼行夜宿。

来自湖南、江苏、上海、山西的土改干部随后也上路了，方向一路向南……

这样的移民历史上从没出现过！

一个国家崭新的体制出现了，土地国有、集体所有，私有土地证、契约一夜之间变成了废纸，数千年人与土地的关系彻底被改写！

茅棚、帐篷散落在森林和莽草荒原上，来自苏联的斯大林系列、德特-54链轨拖拉机在苏联“二战”坦克兵操纵下铲向杂木林，它拱倒大树，碾轧灌木，尾随的人群挥锄拉锯。人们驱猛兽，赶蚊虫毒蛇，端野蜂窝，与山蚂蟥、蚂蚁篓子为伍，荒原上清岜的大火熊熊燃烧……

华南垦殖局在海南、广东、广西的荒地开垦出了八百万亩橡胶林地。桂余祥当年坐飞机运送橡胶种子，飞过琼州海峡，看到雷州半岛的原始森林变成了一格格规整的土地。有人问那里面种的什么玩意，他内心涌起了一股强烈的自豪感，出于保密他却不敢声张。

三

由湛江往东进入茂名的化州、高州、电白，这里也是当年垦荒种橡胶的地方。建设、胜利、曙光、火星、团结、民富……这些农场属茂名农垦局管辖。这里橡胶树大都种在山坡上。在散发着猪粪一样臭气的橡胶厂，我看到了乳胶、橡胶的加工过程。同行的王元、温维文早就习惯了这种刺鼻的味道，不像我走进了加工车间还在嚷嚷“这么臭！这么臭！”不肯相信这是橡胶厂而不是养猪场。

温维文一直记得五岁那一年走在路上的情景，他由母亲带着，与两个哥哥跟着一辆牛车走。牛车上拖着小木箱、床板、凳子。他们是电白县黄沙水库的移民，他们的目的地是刚建立不久的曙光农场。像他这样告别家乡，来到农垦重新安家立业的水库移民有十万之众。这时候，各地农场都建立起来了，橡胶林开始割胶。从此，割胶成了温维文人生最重要的内容。高中毕业，每年有七个月时间他都要在凌晨两点起床，走进黑暗中的树林，一盏灯照亮树干，斜斜地一刀割下去。乳白色的胶液渗出厚厚的树皮，沿着割线向下，流进胶碗里。在太阳升起来之前，他要在两三百株橡胶树上下刀。第二天树位轮流，转移到另一片橡胶林再割。浓浓的夜色，拂晓的雾霭，寂静的森林，踩在杂草上的脚步声，混合着植物与泥土气息的空气，从此占据了他青春的记忆。当了茂名农垦局党组书记，温维文仍然没离开橡胶林的光与气味，一有时间，他就要往橡胶林里跑。

1952年大移民开始后，高雷地区从此移民不断。大规模移民结束后，从小股人流再到零星的人，人们从四面八方来到农垦这个大家庭。

范大成算得上一个特殊的移民，他来自一个特殊的群体——越南归难侨。三十五年前，他还在越南山区医学大学读书。那年的冬至，刚刚读了一年书，他们一家八口从越南广宁省广河县闸寿街开始往边境上的北仑河走，与许多归难侨一样，趁着夜色，有的推着手推车，有的赶着马车，带着衣服、被子、锅子、米，一路走到了广西东兴。当地并没有人赶他们，为首的华侨被政府喊去谈话，莫名被免了职，重要的岗位华人一个个被赶下台，华人开始担忧、心慌。一批批人黄昏时悄悄走出家门，开始了一次漫无目的的迁徙。

迁徙，范大成并不陌生，他是客家人，在长辈的口里就有一条活着的路，那是先祖当年迁徙走过的路。他记得自己的祖居地在广东恩平大槐牛江渡。他走的路正是当年祖先们迁徙的回头路。清咸丰四年（公元1854年），鹤山、开平、恩平、高明、新宁、阳江等地发生了一场客家人与当地人规模巨大、迁延十数年的战争，最后官府派兵平息内乱，客家人纷纷离去。范大成的祖先先往西然后往南，一直走到了越南。越南盲街一带到处是讲客家话的移民。

范大成这一次迁徙的目的地是雷州半岛，中国印支难民安置署给他圈定了南华农场。数万归难侨到了广东省农垦总局属下的农场。海南、广西、云南、福建也有大量安置的归难侨。

南华农场二十队迎来了一批越南的归难侨。谢宗芳今年八十五岁，当年七兄妹迁来南华，现在只有他一个人还健在。大家族中有去香港的，有迁往美国、法国、英国的，全都散了。不久前，他远在美国的侄孙专程来看望过他。马自威、马广妹兄妹，陈贵帮、陈贵湖两兄弟，从广西东兴随着家人坐车来到南华，他们的亲戚有的去了云南，有的去了福建，现在都失去了联系。

岑业忠是南华农场场长，他的父母最早从阳东县来到雷州半岛垦荒。范大成与他坐在一起谈起各自的祖先，岑业忠骄傲地说他是名人之后。他掏出手机，找到里面存着的一张岑氏宗祠照片，大门对联以楷书写着："基植南阳弍枝竞发鼍江秀，源开北宗三派分流漠水香。"他的祖先就是当年平息土客之争的两广总督岑春煊。一百多年前的土客之争，竟然与今天两个人的偶遇关联，命运为他们画了一个圆圈。岑业忠对范大成说，他每月都往阳东县跑，去那里祭拜先人，走亲访友。范大成没有去过恩平，他说，每年清明节他都回越南去扫墓。

四

张子元从粤西农垦局局长的位子上退下来，桂余祥退休时是湛江农垦局办公室主任，他们一位八十七岁，一位八十二岁。张子元动过两次大手术，他拄着拐棍，并不拒绝别人搀扶。来到雷州半岛，他们就再没有离开过。桂余祥有一次借调广州，广东省农垦总局要调他，但他还是回到了湛江，他觉得这里更需要他。

回顾一生，张子元、桂余祥觉得人生最难忘的岁月便是那个垦荒的年代，他们记得大林莽的瘴气，忘不了睡在露天油布上担心被野兽袭击的夜晚，看到了有人因打摆子而死，有人被滚地雷劈死，有人被洪水冲走，有人被蛇咬死，有人被老虎咬去了半边屁股……多雨的季节，桂余祥见识了雷州的黏土。半岛火山土台地，酸性的红壤土没有层次，下雨天泥粘在鞋上，人越走越高；自行车轮胎粘着泥，平时人骑车，雨天车骑人。

有一段时期，桂余祥非常怀念四季，特别是冬天的银装素裹，他常常在梦里梦见蓝天下的枯枝。雷州没有严格意义上的冬天，一年四季树常绿花常开。偶遇寒流，当地人连避寒也不懂，他们上身穿着棉衣，下面却穿着单裤，夜里睡觉，上面盖很重的棉被，下面铺的仍是草席。桂余祥就告诉他们穿厚裤子、盖棉被御寒的道理。

恋爱、结婚、生子，与这块土地的缘在岁月中不断加深。桂余祥的妻子是吉林延边人，他们生下了两个女儿、一个儿子。张子元的妻子是文工团演员，他们生有三个女儿、一个儿子。儿女们长大后大都去了广州、深圳，桂余祥的大女儿去美国留学后加入了新加坡籍。他们没有跟儿女们走，而是选择留下来安度晚年。

老人们都有一份对红土地无法割舍的情缘。有的即便离开了，死后也想着要回来。广东省农垦总局副局长陈文高，他的骨灰没有埋到湖北老家去，而是撒到南华农场橡胶林里了。陈文高曾是林二师副政委，曾背着一口大锅走完了二万五千里长征。四十岁那一年他来到半岛，那时他身材颀长，戴着深度近视眼镜，坐在旧吉普车里四处巡视。天不亮大家就出工来了，靠着篝火照明来垦荒。胶园的轮廓刚开垦出来，许多战士就开始为自己选墓地了。这与陈文高的宣传鼓动有关，他总爱说：“生为垦殖流血汗，死要留做橡胶魂。”正是他带领着大家把橡胶树种到了北纬二十二点三度。

五

“孔雀东南飞”，上世纪80年代，内地人纷纷南下广东，人们放弃原来的身份，脱离体制，从一个自由人重新开始。这一场大移民，是个体追求自己梦想的一次大迁徙。远离故土开始变成了人们生存的常态。千千万万个话别，离愁别绪里心痛和悲伤不再有从前的沉重。

岭南大地，深圳、珠海、东莞、中山、南海……仿佛一夜之间人口膨胀，由县变市，再变成今日珠三角城市群。外来者被称作新客家。

农场子弟也加入了移民的队伍，他们进入都市寻求发展的机会。

历史显示了自己的意志，越是遭到禁忌的，越会汹涌澎湃而来。

当农场子弟移民城市，往农场填补空缺的迁徙也在悄悄发生。来自贵州、广西、云南、湖南的农民、转业军人，他们一户或几户坐着长途汽车，带着户口簿，背着衣物，提着红蓝线条相间的编织袋，拖家带口，向着半岛奔来。同样的土地，割胶、种甘蔗、种香蕉，新移民种植着陌生的农作物，操着生硬的语言，人数越来越多。他们承包了农场的土地，有的集中耕种，集体劳动，一步步实现机械化作业。先进的灌溉设施引进来了，三百米长的喷射臂绕着中心点移动，抗住了半岛的干旱。甘蔗播种机、收割机开进了漫坡地。成片集中开发的别墅出现了。农场朝着公司化经营的方向发展。现代化农业、城镇化渐成雏形。

走进农场场部和连队，与乡村的自由散漫不同，这里仍然洋溢着一种集体主义精神，农垦文化像橡胶树一样在这片土地上生长着。人们对集体的情感，因为国有土地、集体劳动的延续而保持下来。他们来自五湖四海，却都以场为家，彼此关爱，平等互助，有着坦诚待人、耿直无欺的品性。他们热情得单纯，简单得质朴，大公无私已然变成了一种习俗。农场与外面的世界不再同步发展，形成了一个个“孤岛”。正如深圳大鹏所城留下一种特殊的语言“军话”，它是语言的孤岛。明朝屯田制军队移民形成一个相对封闭的生活空间，一种不同的语言流传了几百年而不被同化。

农垦文化吸引来了年轻的大学生。他们来自湖南、湖北、江西、广西、云南、黑龙江。庞娟妮就是其中一位，她主动申请来南华农场工作。每年都有报考“队官”的大学生来到这片陌生的土地。庞娟妮的大学同学李秀萍从南华回北海老家后又哭着要求回来。

当年插队农场的知青回来了。几万人曾经在红土地上挥洒汗水，那时农场按兵团建制，实行军事化管理。稚嫩的生命，躁动的青春，艰辛的劳动，悲与喜、歌与哭，都刻进了一个时代的记忆。他们怀念如梦山川，闻到自己熟悉又陌生的气息，想着要在这里留下一点什么。几个农场在山上建起了知青纪念亭，都是知青自己捐款修建的。星火农场的知青还出版了《兵团岁月》纪念相册。那是一次盛大规模的归来，红色标语满街，人们敲锣打鼓，年过半百的人激动得如同孩子。老去的只是岁月，不老的是人的心灵。

张树、陈少珍是少数留下来没有回城的知青，一个来自广州，一个家在中山，他们来到团结农场插队，与农场的姑娘和小伙恋爱、结婚，从此再没有离开过这片土地。知青回来每次都要来看望他们，给他们发红包，请他们吃饭，比见到亲人还要亲。

当年的学生回来了，这些农垦子弟想念农场，一届又一届回场团聚。有的开始往回迁。这天中午，“南华中学八十三届同学团聚”的横幅挂在一家酒店门口，门外停了很多车。这里他们熟悉的面孔少了，房屋也变了，但回来了仍是喜极而泣。

离去与迁入，悲欢离合，同一片土地发生着不同的迁徙故事。它们诉说着两个迥异时代人的命运变幻。一种柔软而无形的东西，从过去延伸到现在，回到这片土地上的人都能嗅出来——那便是农垦人不变的精神。它也成了游子绵绵的乡愁。

蓝色知子罗

知子罗安静下来是因为一次搬迁，山上的人突然间就消失了，像逃跑一样，纷纷搬去远方了。迁徙突然间发生，喧哗一刻，有呼叫，有笑和哭，有家什磕碰、家畜哞叫……渐渐沉寂的晨昏里，它成了一座空城。多少年就这样空着。

静！静得人失聪，静得人耳根自己发出声响来。面前的知子罗像躲在一张照片里，隔绝了现世的声息，禅定、喑哑，不需要一句话，哪怕是耳语。

我走进一座空城。

阳光也是安静的，山脉不用争高，时间不用流淌，都在蓝色里面发着呆。数码相机举起来，知子罗也一个劲地蓝，把镜头蓝得通透、凝重。茵茵的蓝，蓝在空气里，也在山影上。仔细看，才发现了近处的绿，才发现蓝与绿原来由一条大裂谷隔开。

现在来表述知子罗的蓝，我感觉到了异常的艰难。这种蓝，你没到过知子罗你就想象不出，而文字不是颜料，用文字描绘它有太多的不可能。

我可以准确告诉你的是，知子罗要爬一千多米的山坡，到了海拔两千米了，仍然是山腰。但知子罗就在山腰。这里离碧罗雪山的大片峰巅还远得很。你不但看不到那里的松杉如海，积雪如云，四处奇花异木，甚至也看不到山峰。不知道为什么看不见，我往天空中望，只看到知子罗后面矮小的山岗，那里有黄泥小路，绿色漆树；有伐木人唱着歌，把刚伐下的树木从小路上滑下来，有的时候是扛下来——一个扛木头的小伙子，眼睛盯着你，像一头麋鹿，里面汪着一泓山泉，纯净得不含半丝心机；看见一头毛驴，毛驴边一个年轻的妇女背兜里背着个孩子，正在地里松土。当然，你上到这个知子罗的后山，你便已经走过了知子罗的教堂，那是一座基督教的教堂，红色的，建在山崖边上，像山下傈僳族、怒族村寨建的教堂。那里也有一个中年妇女在挥锄挖地，她的身边有两个小孩，都跟在她身后玩着土坷垃，仿佛土地里有无穷的秘密和乐趣。的确，那些绿色的小苗都是它魔术一样变化而出的。他们拿呆鸡一样的目光看你，眼里的害怕、不解，向你逼来。

你是从怒江上开始爬山的。那里有一块巨石引起了你的注意，你这才知道在这峡谷之上还有一个叫知子罗的地方。那石头上写着“碧江旧城”。碧江这样的县名现在没有了，那是过去的叫法。旧城却还在，就是现在的知子罗。一条黄泥公路像弹簧一样把你弹上了这个两千米的海拔。在知子罗合适的位置，譬如八角亭，你看到的怒江是一条舞动的银蛇。

高黎贡山就是这个时候全体站出来的，像一个山的家族，与你面对着面。它让你想起古代一支远征的军队，气宇轩昂，势贯长空，也像排山倒海的巨浪，但没有声息，因为时间静止在某个久远的年代，像你放碟时不小心按下了暂停键。只有你是可以动的。你在它的时间之外，你们站在一起也像是在两个不同的世界。你在它的世界是一个微小如尘埃的黑点，但它在你的世界呢？一双小小的黑眼睛，你却看到了天之尽头——世界又都在你的眼里。你会在明天的什么时候，把它变成你众多回忆中的一个小小片段。那时，你眼里的世界又是完全不同的景象。因为你既不在它的时间里，也不在它的空间中。你只是这个世界的一颗流星。

高黎贡山有比天空更深的蓝，白的很少，那是山峰上的积雪，一层层，一重重，天空没有尽头的地方，山也没有尽头。一座形似皇冠的山峰，云遮雾绕。云是多么快活，它们捉迷藏的天地辽阔、磅礴。

碧罗雪山就不同了。你站在它的上面，你就站在了大峡谷中的一边，你已经从一线天的怒江岸边爬上来了，天空开始显出无边无际的真相。山也只有高黎贡了。碧罗雪山像突然消失了。你只能嗅到碧罗雪山清冽的空气，那是甜透肺腑的空无。你闻到碧罗雪山的声音，高黎贡这时就是哑着的。你看到一枝凤尾竹，一条绿色抛物线从一座山峰抛到了另一座山峰，它牵动着一片蓝的色块，像在挑逗玩弄着高黎贡。

碧罗雪山其实也是没有什么声息的。你被怒江狂吼的流水弄得破碎的耳朵，就像一个伤口浸到了凉水里，开始疼痛。你承受不了静的打击。因为你不能忍受一只蜜蜂在一公里外的飞行，它的嗡嗡声传到了你的耳朵。你忍受不了花的绽放，温柔絮语，像重重幻觉。驴的蹄音是粗笨的，喘息如同风箱。伐木人的呼声像瀑布一样泻了下来。知子罗的街上，人去楼空，风从那些空了的门洞进去都是听得到的。有一阵，声音都死寂了，世界就如同消灭了声音。真的像进了一张照片，一部默片。好漫长的一段时光，一头驴子走来了。你听到它踏在那条圆弧形水泥街上，声音脆硬得像石头砸石头。还听到驴背上木柴相互推挤的声音，它们你推我，我推你，嘎嘎吱吱没完没了，弄出了很大一堆声音，那么肥硕，比大片鲜花还响亮。相比之下，人的脚步那样轻，像一位神仙。他后来见到你，羞得低了头。一条街就只有他一个人牵着一头驴子在走，他怎么好意思呢。一座荒废了二十年的旧城就只有极少的人住，他们想弄出一点声音，弄出来了也是七零八落的，落到时间的筛面上，就像金子一样珍贵了。他们把自己弄得这么寂寞又怎么好意思呢。

知子罗，北面是老母登，南面是普乐，都是怒族人的村寨。一片幽蓝里，白雾一样的炊烟在那里袅袅升空。知子罗却不闻烟火。它的台阶上，三个小孩从下面一级级走上来，见了生人，身影往旁一闪就不见了踪迹。一只猫快速溜过。一条黑狗却大摇大摆，迈着绅士一样的步子。有一刻，你感觉到背后的声音，一回头，一个老妪不知什么时候跟你身后，她身子高大，略微佝偻。她向你笑着，露出被烟熏黑的牙齿。你看到她满是皱纹的右手抓着一杆烟枪。黑色的眼睛似笑非笑，闪着奇异的光。她就跟着你走走停停。她身后的残垣断壁、萋萋荒草，正显示出世界的本相。一座繁华的城市，一夜之间就可荒芜——一旦人弃城而去，楼房玻璃敲碎，显出一种败象，繁华转眼成空。繁华是什么？它比纸薄，比云缥缈，像舞台剧的背景，许许多多繁华的城池眨眼间成了下一代人的废墟。一栋房屋只有几天就可在野草萋萋中荒凉。每个人的布景都在给出坚固的现实。

你的眼里，树是绿的，山是绿的，峡谷是绿的，但它们都呈现蓝色。

蓝色开始幽暗，像岁月深处的忧郁，像晦涩的心情，黑夜在上演它不倦的障眼法。明亮的阳光昏黄了，通透的视野朦胧了，这样的过程隐秘在时间的幕后，任凭眼睛大睁也无从看见。

天上的月亮没有升上来，而知子罗西北的山脉，一个天然圆洞——怒江神奇的石月亮，它在山坡越来越厚重的蓝中变得皎洁。

属于今天的时间无情地走远。原以为会一朝坍塌的知子罗，人去楼空后一直到现在也没有塌掉。它为你守住了今天的时光。而你会是它最后的过客吗？环顾着这个山的世界，你担忧着它的时间会突然“咔咔”启动，知子罗就在这样“咔咔”响着的时间中消失于无形。这么巨大的存在，一个为你打开怒江大峡谷的地方，将像黄昏、像炊烟，只在一片蓝色记忆的画面里喑哑？

还要翻过碧罗雪山，到普米族人的兰坪去吗？几天的露宿，山顶的冰雪、风暴、高山湖泊……那都是知子罗之外的世界。山那面的澜沧江，兰坪县境内，三十三条河流正朝它汇入。那些完全不同的名字，是另一条江、另一个世界了。

你不想走，你宁愿守着知子罗的幽蓝，这样令人心动的、牵动人魂灵的幽蓝，像人生的梦境一样暧昧不明，陪着它一层层变暗，人的意识在暗中趋于凝滞，直到某个时刻，醒悟到已经在晚上了，逝去的生活远去的人群留下的现场，也已沉没于时间深处，怒江这时已经泛出微光，像一条地下银河。

鞍上行：徙者无疆

风过草原

一

“加格达奇”，发音奇特，火车票上读到它，意义不明。K7042次火车一夜摇晃，抵达这座城市。这时是凌晨三点。加格达奇的黑夜已经过去了，天空曙日东升，阳光如风，天蓝地白。

我却困乏。脑子里晃荡的是昨天黄昏的影像——黑龙江高纬度地区，夏季的天空迟迟黑不下来，小小漠河站广场，四周的山，远远的山影像天空压倒的巨木。大兴安岭，其平缓就像谁在天际任性写下的斜斜一撇，墨迹浓重，不肯收笔。

上了火车，一条长得令人疲倦的峡谷，低矮的山脉——一道移动的无法穿越的幽深，囚禁了目光。山腰浮现的一片暮霭，也是洁白的，薄雾一般，水平地散开。它面前的峡谷形成了开阔的平原，偶尔的一个村庄、一个木材厂，像是被谁遗弃在这绿得无边的世界，独立得像外星球的孤儿。

火车就在峡谷一侧的山腰上走，落叶松、白桦树、樟子松并不高大，它们在这样寒冷的地区生长缓慢，新栽的树木几十年里长得只有碗口粗。天上的云在夜色里仍然是明亮的。呼玛河、小波勒山、伊勒呼里山……一路寂寥地隐向更深的黑暗。

车上，有人打牌，有人憨睡，也有推销毛主席纪念像章的。我扭痛了脖子，只是痴望黑暗中不停闪过的树木，朦胧里它们有更暗的影子。陌生而湿漉的山河，只在今夜我能匆匆经过。

加格达奇三点就在白昼中了，街上不见一个人影。太阳光中的城市，睡梦并没有随着太阳一起醒来。我在它明亮的梦里，不明白这个城市的夜晚是否真的过去。我护着脑子里残留的睡眠，不被阳光驱散，于是，眼里的一切皆为梦境，它们成了睡眠的容器。

为着残梦，随车走向这座城市的一张床，我不说一句话。说话的只有当地一个女孩，樱桃小嘴，眼睛大而无神，从海拉尔赶来，就知道说从小册子上背下来的东西，有人问她“加格达奇”的意思，她瞪眼不语。我的思维触动了一下：她没有背“加格达奇”的含义。

想不到的是，我以为走了很远，加格达奇却没出大兴安岭。它甚至刚到这条山脉的中部。

睡过一觉之后，我到了城外，鲜嫩无比的绿色生命展现出森林，树上的野果与地上的浆果，正加紧酿造着糖分。两三个月后，这片山地将成为一个白色的世界——在漫无边际的冰雪统治下，绿色只是一个梦想。北方绿色的丰盈、短暂让人心疼，忍不住从味觉上体味它的清鲜、切近：小小山丁子的酸涩与蓝莓的酸甜，品出的是大兴安岭夏天的味道。面对无边的绿，我伸出了手，抚摸一棵小树榄橄形的叶片，抚摸这2010年的绿，继而攒紧，抓住。一眼望去，不只是千树万树的绿在晃动，也有雪意从深处逼近。一个严寒的冬季隔得那么近——这年冬天，在呼伦贝尔草原将降下一个极端气温达零下四十六摄氏度的冬天。

路上零星的撮罗子，树干与兽皮、桦树皮搭的圆锥形房子，已经不再住人了。鄂伦春人的离去，砖房的出现，证明了一个年代的逝去。他们去了加格达奇，与大量移民来的汉人，还有鄂温克、达斡尔人建起了一座城市。

鄂伦春人现代城市生活适应得很艰难，那些水泥的街道不能安放旷野上的灵魂，他们的直率、忠勇、剽悍、团结、不妥协的秉性，还有巨大的文化差异，都成了冲突的缘由。然而，他们无法回到简陋的撮罗子了。

我被北方辽阔无依的山川旷野撼动，被一种辽阔的穿越所激荡，想着前年在冬天的黑龙江冰天雪地上的行走，这个绿色嚣张的时节来一次从北到南的大穿越，一种大空间的概念鼓舞着我——站在中国鸡形版图的鸡冠之顶，中俄界河黑龙江就在脚下，我不能再向北了。对岸隆起的山坡抵挡着，山在新绿中裸露出白色峭岩——这已是俄罗斯的土地。黑龙江迅速地弯向地势平坦的一方，向着我的右手边转向身后。漠河北极村，中国最北的一个村庄，黑色肥沃的土地，大豆、土豆、玉米顶着一片一片肥厚的阳光，齐整整地铺出小平原。平原深处，村庄已经隐得很深了。

我就从这里转身南下，沿大兴安岭，进入内蒙古，再横穿呼伦贝尔大草原，越过燕山山脉，直抵北京。

一个小小民族拓跋鲜卑神秘地出现，让我这样的穿越不再是山川风物那样的单纯。当年，他们从大兴安岭的加格达奇出发，一路南迁，进入中原腹地。两三百年里，一个不起眼的原始部落，三次向南迁徙，生存方式从游猎，转入游牧，再到农耕，人类与土地的三种基本形态，他们一一经历，然后，入主中原，建立起一个强大的北魏！

这是一段令人震惊的历史！一个原始部落突然有了这样奇迹般的经历。这一路，他们经历了怎样的脱胎换骨、怎样的文明的历程？巨大的变迁在这茫茫草原上进行着，他们甚至没有文字，靠刻木纪契，五千年汉人所经历所积累起来的文明，他们仿佛一夜间就进入了。人类的文明也许无关乎进化，只是多样的生存状态？人类的智慧也无关乎知识？

一个山洞——嘎仙洞，就是这天中午突然出现的。这是拓跋鲜卑人出发的地方——《魏书》记载，北魏皇帝派中书侍郎李敞来山洞祭祀祖先。但是，漫长的岁月让这个洞穴不知所踪了，甚至人们怀疑它的真实与否。

从一条峡谷拾级而上，爬几十米的山坡，就可见面对着峡谷的尖尖的山洞。洞并不深，洞口有二十多米高，洞内能看到天空，阴天玉白色云层下，远近的山脉低低地连绵成一条曲线，横过山洞。以一个居住者的眼光来体会，饮食起居就在这样一个天然的山洞里，该是多么原始荒凉的生活！虽然洞内光线明亮，洞壁却吸去了光，一片漆黑。一切都是裸露的，是石头与天的原始组合，人在其间，几乎与动物无异。上千人在洞中生活，那会是一个什么样的情景？

这就是拓跋鲜卑先祖生活的地方。拓跋鲜卑第一个史书记载的大酋长“毛”统领空前强大的部族雄霸一方。

毛部族的人手握长矛，锐利的武器为石镞，一种灰白色砂岩长条石加工的石器，有柳叶形、桃形、三角形。也有兽骨做的骨镞。这些器物就埋在洞中泥土里。男人们带着这些武器去狩猎，去打仗。一只只狍獐，还有鹿、犴、野猪丧命于矛与石器之下。它们的皮被妇女缝制成了衣服、腰带，肉在陶罐中被烧煮成美味佳肴。这些陶罐是女人们烧制的，野果、野菜也是她们上山采集而来。她们还负责驯化野鹿。部落里的人一起劳作，一起分享劳动的成果。

拓跋毛靠什么威震北方，让其他部落的人归服？传说他精明、强悍又无私，远近部落的酋长都敬佩他。

嘎仙洞四周荒无人烟，视野里，只有一栋坡屋顶的房，里面没有墙，几个女孩在这个巨大空间的一角围着炉子吃饭。她们生着圆脸，肤色偏黑，暑天里仍穿着秋装。风从草地蹿入房内，带着几分寒意。她们是开电瓶车送我去山洞的导游，上车前曾提醒我要多加一件外套，森林中气温低。一路上她们有说有笑，一花一草的问答中，姑娘们洋溢着自豪，一片浩大的森林她们就是主人。

因为一个山洞，拓跋鲜卑莫名地与她们的人生发生了关系。她们从加格达奇来到冷清无比的森林中，只闻鸟语林涛。没人的时候，在宽敞如厂房的房屋一角发呆，偶尔走出门，望一望四面森林、平地上怒放的野花与疯长的野草。这里居然看不到一个男人。

嘎仙洞让拓跋鲜卑这个成为历史的民族，再一次出现在世人的视野。这个东胡部落联盟的部族，“鲜卑”可能就是部族对大兴安岭的称呼。在蒙语中，“鲜卑”是森林的意思。

大兴安岭和呼伦贝尔草原，几十万平方公里的土地，是中国历史的盲区。“威振北方”的拓跋鲜卑，为何离开山地丛林，走向草原？是人口增多，山林狩猎不能养活他们，需要更广阔的天地？还是短暂的白昼、漫长而寒冷的冬季让他们无法忍受？嘎仙洞的深山老林里，只能容纳最原始的生活，走向平原似乎是人类成长发展的必然之路。

那条南迁的路线就这样豁然地展现在我的面前——让我这个久困都市的人，目光无限地伸展，像马背上的风。从加格达奇开始，这一刻，我对北方大地醉心的穿越，不再是地理山川了，半月的行程，我走了当年拓跋鲜卑人南迁的路线，出发地同样在嘎仙洞——大兴安岭北段东麓甘河上游，北纬五十度以北。

拓跋鲜卑人从嘎仙洞出发，一路到达过拉布达林、扎赉诺尔、孟根楚鲁、南杨家营子、苏泗汰、三道湾、皮条沟和林格尔。时间就在公元前1世纪末至公元3世纪中。拓跋鲜卑人向着西南偏西而行，他们的行囊是世界上最简单的行囊，几乎全是动物的皮毛与肉，肩扛手提之外，也许驯养的鹿能驮点石木的器物；桦树皮的篮与袋，则装满衣服。一路走，一路安营扎寨、打猎，熊熊火光在茫茫山林里一次又一次点燃。

越过大兴安岭，沿着根河的水流走出森林。根河下游的拉布达林出现了，新的家到了。

我走的路线与他们是重合的。7月19日，沿省道行车四百公里，向西南偏西越过大兴安岭，沿着根河，到达额尔古纳。

这一次远行，内心里有着一种逃避的念头，尽管空间的距离对我毫无意义。但是，长时间的奔走，陌生的环境，让我感觉进入了另一片时空，是两千年前的那次迁徙让山水变得古老，眼前的人事反倒成了背景。

二

大兴安岭并不险峻，它在天地间延伸，显得舒缓平坦。茂密的森林，遮天蔽日，这些高大的松树、白桦树和杨树，彰显了山的气魄。我竟然从北到南，沿着它的千里山脉走到了尽头。

这天上午，在茫茫森林中穿行，山岭仿佛是森林在起伏、簇拥，四面八方充满生命激情的奔涌与呐喊，它是北方涌动的夏季。这里仍然靠近俄罗斯边境。在布苏里的一个秘密军营，许多山头竟然被掏空了，几十米高的巨大油罐一串串藏到了洞中。一支浩荡的部队可以在一瞬间消失于无形。这是20世纪末邻国间军队作战的一种方式，隐蔽像是潜伏。

从西面出山，土地低低地起伏，树林奔涌到草原边，如浪止于岸，戛然而止。

一片片平地出现了，长满了绿得鲜艳肥大的低矮植物，这是农民种植的土豆、大豆。偶尔出现的泥与砖砌的平房，整齐排列，却破烂陈旧。后院里的蔬菜疯长，仿佛短暂的夏季时间把它们压迫得从土地里一跃而起。村落里没有见到人影。是城市化抽空乡村的运动波及到了这片土地？他们迁移，新的背井离乡发生在每一个村庄，没有人不为好的前景而奔赴。家园的荒芜却成了令人揪心的场景。

根河是美的，这里的山是长长的坡地，几里长的草坡如瀑布一样流泻。翠绿与鹅黄的草地在太阳光下变化万千，深厚的绿沉积到了坡下，那是进入梦幻的森林。它们都奔向了根河，一片广阔的湿地出现了。根河之水就像宝玉的蓝，藏在森林的绿中，闪着海洋一样的光泽。

草原裸露，起伏的大地上一道道交织的曲线，像天地的旋律，云朵投影其上，变幻、迁移。

“厥土昏冥沮洳。谋更南徙。”“此土荒遐，未足以建都邑。”这些说法似乎与我所见的山川不符，不足以成为继续南迁的理由。比起嘎仙洞，这里天地广阔，景色壮美，仿佛看得到两千年前拓跋鲜卑人眼里闪耀的惊喜。他们不用再去穿越茫茫森林，不用翻山越岭，不用害怕迷路、遭遇猛兽……

晚上，走进额尔古纳一户俄罗斯族人家，男的是额尔古纳一位退休老师。一处工地，连排的住宅楼都已封顶。工地旁，一片低矮的房屋，有一栋平房，前面为花园，后院种着瓜果。屋内，地道的俄罗斯餐已经摆好。进门时，天就完全黑了。

席间，男主人拉起手风琴，女主人边跳边唱，《喀秋莎》《莫斯科郊外的晚上》《红莓花儿开》……熟悉的旋律于星空下飘浮，让我想起了额尔古纳河对岸的俄罗斯人。19世纪他们从遥远的俄罗斯北方来到了额尔古纳河左岸。主人的亲戚就在河的对岸。他们如今来往少，每次去左岸，都要花大笔的钱，左岸的生活比右岸贫困了。

拓跋鲜卑人到了这个大兴安岭与呼伦贝尔草原的过渡地带，起伏的丘陵，可继续狩猎；宽阔的草场可以放牧；那些储备的动物，有了好的牧场。森林、草原地貌，与狩猎、游牧交织的生存十分契合。这是他们生存方式从游猎向游牧转变的过渡阶段。

从这里再往前走，将不能再依赖野生动物为食了，他们必须繁殖大量的牛、马、羊等食草动物。撮罗子也将消失，必须学会用动物的皮和毛搭起“蒙古包”，学会逐水草而居。

问题是，拓跋鲜卑人为什么要舍弃这么美丽的地方？虽然匈奴已在西汉时从草原上被赶走了，但草原毕竟是荒寒之地，土地贫瘠，有白毛风那样恶劣的气候，湖泊远离牧场，放牧要靠勒勒车拉着水箱走，特别是氏族部落间，为争夺牧场、牲畜和水源，战争与抢劫被认为是天经地义，到处是血亲复仇的杀戮，很少有安宁的时刻。他们不知道草原的凶险？

大规模的迁徙，常常是被动的，要么是战火，要么是瘟疫，要么是自然灾害，拓跋鲜卑这个“威震北方”的民族，难道遇到了强敌的侵扰？

拓跋鲜卑高祖皇帝要迁都洛阳，怕众人怀念旧土，便宣称有大的军事行动，要南伐。这是一种集体记忆吗？说明拓跋鲜卑过去总是在战争中迁移？

一个民族改变自己的生存方式不亚于一场革命，对拓跋鲜卑人而言，仅仅是丢弃桦树皮文化，心理上就有着不可割舍之痛！

《魏书·序纪》道出了大迁徙悲壮的一幕：“山谷高深，九难八阻，于是欲止。有神兽，其形似马，其声类牛，先行导引，历年乃出。始居匈奴之故地。”这一幕已表明了他们迫不得已的情状。举族迁徙是关乎生死存亡的大事。在这片产生过萨满教的土地上，不乏神灵的传说。大迁徙没有神灵的指引，在这么无穷无尽的天地间，恐慌将俘获每个弱小的心灵。

草原，空荡荡的草原，它是一片海，一片干涸的海，它的起伏被魔法凝固了，只有牧人的马蹄奔跑起来时，它才开始动荡不宁。草原上生活过的扎赉诺尔人、东胡、匈奴、秽貉、丁灵、扶余、乌丸……这么多的民族、部落，像风一样消失。空荡之上的空荡，海洋似的收走一切，不留踪迹。匈奴、突厥，离开草原走向了中亚，走出了中国人的视线。多少个世纪后，他们走到了小亚细亚的土耳其高原，成了地中海那片土地上的主人。更多的民族没有了踪影。

拓跋鲜卑人走进去了，淹没了，他们也留不下痕迹。

迁徙路线是由他们留下的坟墓显露的。他们面对土地唯一能做的就是埋葬。他们把墓坑一个一个挖成竖穴，木做的棺材，前宽后窄，大多数无底。草原上的生活是从坟墓里找到踪迹的，墓葬中有铜器、铁器、石器、珠饰、金耳饰。最多的是骨镞、骨匕、骨锥、骨扣、骨饰、钻孔骨板、骨鸣镝、骨弓弭、骨刀把……全是骨头的天下。这是狩猎民族的习惯。而桦树皮制作的弓袋、箭囊、壶形器、罐形器和“圆牌”，又是森林民族的，他们走得离大森林还不太远。

渐渐地，墓葬中出土的骨质弓弭越来越少。作为对森林的留恋，桦树皮制器他们仍然不肯舍弃。

这时，他们到达了呼伦湖北岸。拓跋鲜卑人在这里生活，直到第七代开始第二次南迁。

这一次南迁到达了匈奴人生活过的地方，那里已进入草原深处。他们与匈奴、丁令人错居杂处，原始的血缘氏族部落开始解体，地缘的多个民族结合的新的部落出现了。广阔的草原把他们分散开来，草原上众多的民族，乌桓、匈奴、丁令开始与拓跋鲜卑族通婚，血缘的交混也是文化的交融。远在中原的汉人，他们青铜、铁制的武器和工具，通过交易运到了他们手上。这是新的文明历程的开始，是文明的启示、交融与养育。

呼伦贝尔市的孟根楚鲁、赤峰市的南杨家营子古墓群出土了铜带扣、环状双耳陶壶，已经没有石器，木棺、桦皮器、骨器也极少了，大兴安岭到了南方的尽头。

我到达这里，从海拉尔坐了一天一夜的火车。夜晚依然黑得那么深邃，星光挂在天上，遥远又神秘。

三

一踏上呼伦贝尔，大巴一路播放《成吉思汗》。在茫茫草原上奔走，大玻璃窗，视野开阔。司机头上悬挂着电视机，朝前看，是成吉思汗成长与征战的故事，左右看，是这个蒙古人的神当年驰骋的草原。当年他从额尔古纳沿着同样的路线走向南、走向西，一场场草原上的战争在我走过的土地上展开。到处是刀光剑影，呐喊，恐怖的嘶叫，冷兵器撞击的声音，冲天的火焰，还有那些发抖的手臂，那些犹豫的脚步，那些疯狂的冲锋，被仇恨遮蔽的眼睛……千年的寂静打破了，又复归于寂静。

剧情发生的地方，在车轮下扑来又退走，这样的亘合就像天意。这是一种怎样的机缘。在同一个空间，消失了的历史，在如烟一般回退、重生，扭曲着幻化着现实里如茵如毯的大地，只觉蓝云深处的太阳就是那一次的照耀，光芒旧得簇新。

拓跋鲜卑人走后，额尔古纳成了蒙古族的发源地。蒙古人在草原又创造了一个传奇。

草原就像一面紧绷的战鼓，一个个民族一个个朝代，不断地把它擂响。草原是一张坚实的羊皮，生命如泼洒其上的水，总是留不住，滑落到它的周围。

黄昏，风吹在草原上，是如此浩荡。它是呼伦贝尔发出的呼唤，它在呼唤天上的云团，呼唤大地上的马蹄，呼唤土地上的草与花，也向地下的魂灵发出呼唤……它的呼唤是静静的，像一朵朵风中摇曳的花。

蒙古人相约不在草原上留下痕迹。成吉思汗打马走过如此广阔的世界，跨越亚欧大陆，一代叱咤风云的枭雄，大限来临，把自己交给草原，躺进土地，头顶的草原就像划开的海水合拢了，后人永远也找不到他的墓地。土地就是生命的源头与归宿。只有他的马鞍、头盔、桶，留下来供人祭奠。这是蒙古人的秘葬。他们消失的灵魂可以从任意一处草地下走来。

拓跋鲜卑人，在草原上躺下，他们把头朝向自己出发的地方——嘎仙洞。一口一口前高后低顶盖如脊的棺材，一路在草原上埋下。一路走，一路躺下，以这样头朝祖先故地的方式。他们是有故乡的人，他们思念自己的祖居地，这如游猎民族的胎记。当他们在中原取得政权，哪怕路途遥遥，也循着来路回去，去祭奠先人。强烈的故土情感驱动着大草原上孤独的脚步。也许，迁徙路上，他们都在幻想着死后灵魂能够回到祖先的地方。他们走得不甘心、不情愿，但脚步却走到越来越远的南方了。

在呼伦湖至圈河台地，两公里长的数不清的墓葬排列有序，头朝向祖先的故地。

拉布大林西山，一个氏族墓葬，二十七座墓葬排列有序，也是头朝东北方向。

拓跋鲜卑人的棺材一直埋到了汉人的中原。汉人矩形的棺材也变成了前高后低顶盖如脊。这一形状成了中国人死亡的象征。

谁也不知道，这一走，拓跋鲜卑再也回不去了。即便祖先的嘎仙洞再次被发现，祭祀的祝文就刻写在洞壁上，但没有一个拓跋鲜卑的子嗣前来祭奠，哪怕来此上一炷香、叩一个头。这个民族，早已消失在岁月中，融进了汉民族的血脉。

拓跋鲜卑走进了草原，这些剽悍的原始猎人，想不到自己就是天生的战士。他们平日里狩猎就像行军打仗，一旦遇到马，就像插上了翅膀，来如飞鸟，去如绝弦。从此，长途行军甚至粮草也可以不要了，马疲可以换，人饥可以吃马。他们成了游牧民族，牛羊在作战时，就是一个可以随军移动的后方补给。

来自中原的青铜与铁，变成了锋利的箭，从奔驰的马背上呼呼射出……

无边的草原，拓跋鲜卑迅速膨胀，他们突然之间变得异常的强大！就像一个巨人从草原上站起来了，草原上到处是他们的身影。草原之外，拓跋鲜卑左冲右突，到处是他们厮杀与劫掠的马群。男人娶妻，也是先抢后嫁。这一切像是一种狩猎。中原儒家的道德与草原是绝缘的。

这是冷兵器时代的奇迹，蒙古族因此打下横跨欧亚版图的大帝国，女真人因此建立金国，拓跋鲜卑人建立了北魏。中原的汉人在诗中哀叹："誓扫匈奴不顾身，五千貂锦丧胡尘。可怜无定河边骨，犹是春闺梦里人。"（陈陶《陇西行》）"葡萄美酒夜光杯，欲饮琵琶马上催。醉卧沙场君莫笑，古来征战几人回？"（王翰《凉州词》）

四

拓跋鲜卑继续南迁，逐渐接近农耕文明。中原开始对他们产生巨大的影响，像一股强劲的磁力。他们景仰汉文明，甚至把自己部落的王子送到中原去接受汉文化的教育。

从蒙古高原下来，第一眼看到草原边上的城市平城（大同），能够想象来自一千多年前的那一瞥，是多么令人震惊，拓跋鲜卑人看到的是一幅多么不同的景象！炊烟袅袅是成千上万汉人的烟囱，它们给了拓跋鲜卑人温暖和食物的欲望。锯齿形的双层城墙灰暗高大，城墙上耸立着瞭望塔。城墙内，密密的平房铺出的街道，铺面、院落与人流，多么兴盛的人间烟火啊！中原的汉族女子，风吹杨柳的腰肢，凝脂的肌肤，顾盼生情的双眸，动人的歌声，扑面的脂粉香……这一切对于荒寒之地的人，具有巨大的吸引力。尤其是蒙古高原的冬季，寒风砭骨，雪暴横扫大草原，人和牲畜都缩进了小小的蒙古包，等待着春天的来临。这时走出草原，站在关口上，遥望平城，那是另一个文明、另一种生存的图景啊。

平城是一个农耕文明的前哨，是古代高墙围出的城池的代表。

这样的温柔之乡，这样温文尔雅的礼仪之邦，还有高墙大院里金银财宝发出的幽光……拓跋鲜卑就是草原上的狼群，呜呜叫唤着。在他们扑过去的那一个瞬间，飞扬的尘土，嘶鸣的马叫，寒光闪亮的刀剑，让人战栗。

人的征服与占有的欲望，在草原民族尤其强烈。对于富庶的中原，他们一次又一次的冲动，都在马背上得到了最原始的表现。马蹄过处，汉人的血一次又一次横流。他们因富庶而付出了血的代价。

人类战争中，野蛮战胜文明的例子并非鲜见。西罗马帝国被野蛮的西哥特人占领就是一例，几乎与拓跋鲜卑占据中原同时发生。西哥特人的蛮力毁灭了罗马文明，拓跋鲜卑马背上夺得天下后，却对中原文明生出了向往与热爱之心，就像一个进城的农民，在霓虹灯下有些失态，有些张皇，但镇静下来后，就开始学着城里人的做派去打扮去生活。

他们很快丢掉了自己原始的宗教，信了道教、佛教，非常虔诚地树达摩为中国佛教禅宗的始祖。

他们开始禁穿胡服，改着汉装；朝廷不准说鲜卑话，汉语成了通用语言；开始与汉人通婚，皇帝选汉女入宫，皇帝的兄弟娶汉族大姓之女为妃；甚至连鲜卑的复姓也改单音的汉姓，皇族拓跋氏改姓元，丘穆陵氏改姓穆，步公弧改姓陆……最后连籍贯都改了，迁都洛阳的鲜卑人籍贯都变成了河南郡洛阳，死后只能葬于洛阳，不得葬回旧土。

凿石为庙、刻石祭祖，这是拓跋鲜卑在嘎仙洞就有的传统。他们到大同，然后是洛阳，选择凿石窟、雕佛像。云冈、龙门两大石窟开始大规模凿造，这是中原大地上没有出现过的佛教石窟艺术。在此之前，石窟艺术大约在一百年前出现在西域龟兹的敦煌。在平城之西武州山，一个叫昙曜的沙门也许受此启发，开窟五所，镌建佛像各一，高者七十尺。

云冈石窟以平直的刀法，大体大面，衣纹处理简洁质朴，概括洗练，粗犷豪放，雕凿出了一个充满幻想与神秘色彩的佛的世界，把一股刚健之风带到了中原。尤其北派衣褶，外廓张如弓弦，角尖似翅羽，它是中国雕塑史上最重要的创作。中国雕塑艺术的第一道光环从云冈石窟开始闪耀。

从大同迁都洛阳，拓跋鲜卑在西晋故都之上建起了洛阳城。在洛阳开凿的龙门石窟，原先的粗犷奔放受中原文化的影响，刀法变为圆刀，造像变得精细入微、一丝不苟，出现了褒衣博带的汉服，现实的人间气息占据了上风。开窟者为太武帝的玄孙慧成。龙门石窟刻匠技术、石料、雕饰布置都比云冈石窟进步了。

与中原文化进一步地融合，后来的塑像变得越来越小，刚强的刀法也随着时日失却了锋芒。但浓厚的中国雕塑风格与气派从此横空出世。

拓跋鲜卑把汉字刻进墓碑，中国著名的书法“魏碑”出现了。

还有著名的少林寺、中岳庙、嵩山书院……

短时间里，一个野蛮部落统治下的国家，竟然留下了如此多的历史遗存，它们成为了中华文明珍贵的文化遗产，这是文明史上的奇迹！

北魏灿烂的文化就像一道光芒，隔着漫漫时光，照耀到了今天。

拓跋鲜卑实行“务农息民”“计丁授田”，皇帝亲耕“籍田”，提倡儒学……这些人本主义的举措是他们质朴与本真的表现，充满人性的光辉。一股北方森林淳朴、豪放、粗犷、武勇的清新之气，涤荡在中原靡弱奢华风气之上，健康向上、质朴纯真终于成为了北魏的新风向。

拓跋鲜卑的蛮力竟然滋补了中原文明，使之获得了重生。这是一种文化融合的新的历史模式。

五

走过拓跋鲜卑当年的迁徙之路，城市在草原出现：甘河、根河、陈巴尔虎旗、额尔古纳、满洲里……

天苍苍，野茫茫，草原上的新城，像从空中飞来，海市蜃楼的景象一幕又一幕。

城市是人类文明的重要标志。逐水草而居的游牧民以前无法发展出城市文明。但现代社会变了。草原上的城市没有城墙，也没有现代城市的郊区；没有菜地、工厂、车辆、森林，有的河流也没有。城市之外就是茫茫草原，荒无人烟。

这不是人们所惯见的城市，有无数的道路连接着乡村，那些稠密而破旧的房子，拥挤在城市的周围，到处是车和人……它们是一座城市扎向大地的根。

满洲里位于拓跋鲜卑南迁到达的呼伦湖的北岸。草原上建了一片水泥的蒙古包。在大蒙古包吃蒙古餐，看蒙古人的歌舞。偌大的草原看不见一座毡房。羊群也难寻觅。蓝天之下，炽热的阳光直射，大地上热气蒸腾。高高的敖包在一处坡地上。

我朝着敖包走进赤裸的太阳。长坡起伏的草原空无人影。风把敖包之上的旗吹动。神灵在虚无中给灵魂以恐慌。这片拓跋鲜卑人生活过的土地，他们眷念故土的灵魂也许就在下面安息吧，也许飘浮着的云影就是他们在草原上的游弋。我望着大地上一处正在飞跑的云影，盼望它飞过我的头顶。这是天与地寂寞的游戏。空荡的草原，从前飘移着蘑菇似的蒙古包的大地，只有马蹄踏响、勒勒车吱呀的大地，如今游牧民族不再游牧了。他们开始定居，开始建造房屋。

我看到了远处草原上隐约的高速公路。草原上的城市，补给就来自这些路上的车辆。

午后进城。满洲里的繁华不比任何一座都市逊色。街道的建筑有着欧式风格，罗马柱、拱券、尖塔、穹顶、坡屋顶、大理石，巴洛克风的装饰，让你感觉置身于一座欧洲城市，却分不清年代与国籍。而楼宇简洁的造型，大玻璃、射灯，充满着现代的气息。它几乎是一夜之间建起来的，其新与繁华如同置身深圳。它的大街直接对着草原，移步走去，就是旷野，让整座城市陡生海市蜃楼之感。

街头电声喇叭的叫卖，铸铁的马车、人物雕塑，路灯下的长椅，街头的交谊舞、流行歌手的演唱，俄罗斯人的商店，满街行走的中国人与俄罗斯人，俄文的灯箱广告，还有穿过城市边缘地带的铁路，十几条轨道交错而过，停满了装载货物的高大车皮……一座因铁路而兴建的边境城市，一百年里冷清荒凉，突然间，灯海一片，吹着草原送过来的凉爽的风，草原上的云低低地飘过头顶，即使夜幕降临，仍然发出棉白的光，恍惚并错落着时空……

六

与草原告别，是在赤峰克什克腾旗，这里群山起伏。

这天黄昏，我沿着北面一座山坡慢走，各种颜色的花草，长到齐膝的高度，小小花朵7月就在萎缩，一根根被风吹弯了腰，在一阵一阵剧烈的摇摆中，充满了生命的韧劲。我不禁弯腰抚摸起它们。每一股风，都被晃荡的花草昭示于山坡，它们短暂、飘忽、左冲右突。花草的细瘦、稀疏，夸大了风的强度。

上到山脊，发现南山坡的草不同于北坡，它茵茵一色，柔软、密集，这是羊群吃的草。

在小山上远眺，天阴沉着，四野只有风声。牵马的牧民已经走远。一只鹰飞过。山离住地有几里路远，我突然想自己走回去，在草原这个最后的夜晚，想一个人独自面对草原，听一听草原黄昏的声音，看着天色一点点昏暗。一个臆想中的远走高飞也终于结束了。高海拔的寒冷在风中变得愈来愈强大。

明天车往南行就进入河北地界了，大片的农田将出现，而眼前的牛羊将随草原一起走进记忆。巨大的现实在这一刻显得有些虚无。

远处的车，灯光在阔大的夜色里是机器睁开的眼。有一种像鸟类又像虫鸣的叫声，在路边沟壑里叫着，声音在前行，我无法看清是什么东西。叫声停息，路的另一边又起。世界陷入黑暗之中，变得愈加空荡，空荡得让人觉得草原从来就没有发生过什么，只有沧溟如故。乌兰布统战场倒像是一个传说，这片土地的安宁是如此深，像从没有过岁月没有过历史。

哀痛袭来。不是这似真似幻的战争，是我自己困顿的情感，生命的锐痛。现代科技像层出不穷的病毒，人心黑暗的一面乜随之突然强大。战场上刺向胸膛的长矛早已锈蚀，而杀戮之心仍在暗处跳动，跟随着空中无影无形的信号，嫁祸、诬陷……也许，我从来就没活明白过，不理解人性最幽暗的部位。

天地黑得无法分开，脚也有些趔趄，但住地已经近了。我的脚步声千里之外也许有一只耳朵正在窃听。

第二天一早，从赤峰乌兰布统南下，经塞罕坝森林公园，过内蒙与河北的界河，翻越七老图山，进入满族蒙古族自治县围场，遇一个个清朝皇帝征战、围猎的地方。草原与森林在此交织，松树、杨树、杏树、槐树、桃树占据了高地、山冈、河谷，它们绿得沉郁，绿得茵茵叠翠。

庄稼地在七老图山下出现，玉米、土豆、大豆、西瓜，甚至水稻，各类植物宽大的叶子，都在交来一个绿色世界的答卷。

车到隆化县，路边的水果摊，二三十斤重的大西瓜，切开来红得似血。苹果、梨、杏、桃，还有各种甜瓜、香瓜，圆圆地堆起红、黄、绿各种色彩，与山坡上、峡谷间的绿色树木和农作物呼应着。一栋栋红砖的平房，一村一村聚集在田野上，一垄垄绿色的菜地围绕着它们，一条蜿蜒的伊逊河水流奔腾，散淡的炊烟，鸡鸣狗吠，孩子的打闹，生活的场景就这样全然转变了。

就是这条伊逊河，让拓跋鲜卑又一次从大地上浮现——他们中的一支到达了伊逊河两岸，在这里生活。他们编起了长辫，开始把这比嘎仙洞更雄伟宽阔的山谷当作新的家园。那时北魏尚未建立。“暖暖远人村，依依墟里烟。狗吠深巷中，鸡鸣桑树颠。”陶渊明写下这首田园诗时，正是拓跋鲜卑进入伊逊河的时候。一个农耕文明之地，自古如斯，依然是一样的炊烟人家。

血之源

——《风过草原》续篇

一

进入霄南，脑海里浮现加格达奇的那个早晨，街道上不见人影，半夜三点小城就被太阳照耀。大兴安岭，漫长一夜，火车从北往南没能走出这条巨大山脉。

霄南是鹤山市龙口镇的一个古村落，东南绕村的龙口河，从西江流入南海，随大海潮起潮落。村口古码头的大榕树遮天蔽日，四面塘池汪洋一片，潮湿的空气让榕树悬空的气根猛长。

鹤山与加格达奇，不同的两个世界，一条隐秘的血脉正在将它们连接，指向大兴安岭的一个山洞——嘎仙洞。

那是九年前的夏天，我从漠河一路南下，穿越中国北方的大版图，由黑龙江、内蒙古、河北，直到北京，小兴安岭、大兴安岭、呼伦贝尔草原、燕山山脉、华北平原……都是大地理，草原辽阔，山脉低缓，河流岑寂，大湖白亮，人烟稀少，世界只在青与蓝中交替。嘎仙洞的出现使得一次漫游变得目标明确——在现实与逝去的时空里，寻觅一个民族迁徙的足迹。

这是一个原始的山洞，藏匿于茫茫大兴安岭中。1980年的一天，洞口岩壁上发现了一篇石刻祝文，它是一千五百多年前刻下的。那一次刻石行动，记录在《魏书》中：太平真君四年（公元443年），中书侍郎李敞被北魏皇帝委派，前来寻找山洞，并祭祀祖先。他们走了四个多月，行程达四千五百多里。祭祖是学习汉人的做法，用了马、牛、羊三牲供品，场面十分隆重。

石刻祝文的发现，确定了嘎仙洞就是拓跋鲜卑祖先居住生活的地方，也是他们大迁徙的出发地。一场长达三百年的迁徙，鲜卑人从原始森林的狩猎到草原的游牧，再到中原的农耕，伴随着生存方式的巨大改变，他们从一个没有文字、靠刻木纪契的原始部落，成为中原汉民族的统治民族，先后建立了燕、魏、秦、凉等十二个政权，特别是北魏统一了北方中国。汉族人五千年累积起来的文明，仿佛一夜间，他们就进入了。这是一个怎样的文明历程呢？这一历程肇始之地就在这个山洞。而这条迁徙之路正是我南行的路线。

山腰上的山洞，巨大的岩石拱起，洞口向着峡谷敞开，视野开阔。山坡上草木繁茂，遍地开着金莲花、马下芹、百日红、百日紫，颜色绚烂。

祖居之地、祭祀重地被发现了，嘎仙洞却没有后嗣来祭祀。走进山洞，如此荒凉、冷清，不见一炷香火，像洞中深处的黑暗，我感受的是一种生命的空寂。一个曾经强大的民族早已消失在历史时空中。

走出洞口，眺望山脉与森林，想象带领拓跋鲜卑走出山洞的酋长拓跋毛，“聪明武略，远近所推，统国三十六，大姓九十九，威震北方，莫不率服……”一切遥远得像是传说。

二

十年了，一个来自岭南的人孤独地寻找自己的祖先。他坐了四天四夜的火车，跑到了加格达奇。无人为他记下这一笔。他曾经站在洞口眺望，心情远比今日的我复杂，那是一种血脉的回响与呐喊。

那年夏天，一场雷雨将一位年轻女子赶到了他的诊所。来者眼睛四处张望，看到墙上悬挂的执业医生的名字，她的脸上掠过一阵惊喜。在确认眼前的人就是医生后，她好奇地问：你们怎么从大兴安岭来到这里了？被问者一脸疑惑。这个叫李曼华的女子却很兴奋，她是广西民族大学的学生，正在研究民族历史。她说，你的祖先是鲜卑人，来自内蒙古的呼伦贝尔，是从大兴安岭的林海雪原中走出来的。

医生名叫源可就，他是霄南村人。这个村的人都姓源。他们常常会疑惑：为何世上只有他们姓源？

无独有偶，在香港中文大学读书的源月霞，上历史课时，老师对她说，你的祖先是鲜卑人。源月霞感到惊奇，老师怎么知道自己是哪里人？她以为鲜卑是地名，便去图书馆查找。源月霞在香港出生，她的父亲早年从霄南村移居香港。平日与人交往，她的源姓常被人写成袁，人家还质疑她是不是写错了，因为没有听说过姓源的。

旅居香港的源国振听到消息，回到了霄南村，找出压在柜底已有一百多年历史的《源氏大宗族谱》。他打开包裹的油纸，反复阅读，仍然读不太明白，于是，打电话给珠海的同学源荣枝，让他回来一起解读。也是巧合，源氏大宗族谱从台湾传回来了一部。源氏人决心搞清楚自己的身世，他们成立了一个源氏历史文化研究会。

古老的族谱是一条时光隧道，谱写着一个家族的血脉传承，它一直抵达源氏的始祖——鲜卑族南凉国王秃发傉檀的幼子——源贺。

源可就的生活自此失去了平静。他去找村里的老人询问，埋首族谱，在祠堂里察看古旧的字画、雕花、对联，在古巷和古城墙间寻寻觅觅……他寻找着自己身世的蛛丝马迹，得到确证之后，他走上了祖先的迁徙之路。

源氏迁居鹤山的始祖叫源潜夫。公元1273年，他带着三个儿子和一个同父异母的弟弟源学海，从西江大雁山上岸，最先定居于云蓼，后来迁到楼冲。楼冲是片沙滩地，常遭洪水，于是他们搬迁到了霄南，后来又迁至鹤城，最后还是迁回了霄南，一住就是七百四十多年。

鹤山之前的祖居地在珠玑巷，源氏人在此生活了一百多年。再之前，则要追索到南宋建炎年间，临漳与洛阳的源氏祖先会合，从洛阳分两路南下，鹤山源氏的祖先沿着运河往东南方向走，走到了应天府，又改乘船，经山阳到达高邮、泰州、扬州一带。金兵南侵，他们随皇室继续南迁，到达江西的上饶，再经抚州、吉安、赣州，从大庾走梅关古道翻越南岭，落脚广东南雄珠玑巷。

寻根就从珠玑巷开始。源可就组织源氏族人来到了南雄。

珠玑巷是珠三角广府人共同的祖居地。祖先们都从中原迁徙而来，到达的时间相差并不远。寻找源氏居地，当地文化局局长把他们带到了祠堂旧址，源姓人生活过的“大社头”。他们还帮源可就找到了相关的资料……

嘎仙洞进入源可就的视野是在三年后，源可就寻根的视线由此望向了鲜卑人遥远的源头。这段历史源氏族谱并无记载。源可就要找到祖先最初出发的地方，找到鲜卑民族的孕育地。他关了自己的诊所。香港亚洲电视台得知源可就去寻根的信息，派了记者同他一起上路。

出了加格达奇火车站，源可就找到一家寿衣花圈店买了香烛，到水果店买了家乡的水果香蕉，他要以自己家乡拜祭祖先的方式来祭奠他们，希望祖先的灵魂得到安息。

大兴安岭即便孟夏，树林里风一吹，哪怕穿了罩衣，身上也感到阵阵凉意。一年里，植物生长的时间只有三个月。冬天温度降到零下四五十摄氏度。对比四季如春的岭南，这里的生存环境无疑是严酷的。祖先在这样恶劣的环境里生活，源可就对他们生出了敬意。在寻找祖先南迁的缘由时，他首先想到了气候。有人研究了鲜卑人南迁与当时气候的关系。《后汉书》记载，公元46年北方发生严重干旱和蝗灾，“草木尽枯，人畜饥疫，死耗大半”。同时，北方频下大雪，大雪厚达丈余。在如此恶劣的气候下，鲜卑人无法生存而被迫南迁是可信的。

鄂伦春民族博物馆馆长田刚听说拓跋鲜卑的后人前来嘎仙洞祭祖，感到十分惊讶。过去也有一些前来嘎仙洞的人，自称是拓跋鲜卑的后人，但都没有根据，多是附会。源可就是有证据的，他的到来令田刚无比兴奋。这是他任馆长以来第一次见到拓跋鲜卑后人。

田刚领着源可就登上洞口石级，打开围住洞壁上石刻祝文的铁栏门，指着一行行已经模糊的文字，一句一句给他讲解。因为石刻祝文的出现，可以断定过去的大鲜卑山就是现在的大兴安岭，而非从前认为的外兴安岭或贝加尔湖一带。

源可就在洞中点燃香烛，在一块大石上摆好供果，烧了一沓纸钱。他双膝跪地，合掌于胸，深深弯腰拜祭。这一刻，他觉得祖先的灵魂来到了自己身旁，离他好近。两千年的岁月只是意念中的阴阳之隔。

离开大兴安岭，源可就踏上了祖先南迁之路。他穿过呼伦贝尔大草原，来到海拉尔和满洲里。

千里草原他一路陷入了沉思。一步步挨近了满洲里拓跋鲜卑人的墓地。

旷野无人，车上没有祭品，想到草原上也许能找到鲜花，他在路上拦车询问。一个面包车司机告诉他，前面就有，很近，三十公里路。草原上的花很小，源可就问他花是大还是小的。对方答黄色的。再问有没有大一点的，司机说，有，单子梅。

不知道单子梅是什么颜色的花，源可就最希望采摘到白花或者黄花，找到单子梅时才知道它是紫红色的。

源可就在草原上疾走，四处寻觅，手中小小的黄花渐渐积成了一把。紫红的单子梅也采到了。单子梅有枝干，花朵大一些。

一千多年里，源可就是第一个来祭祀鲜卑人的后人，面对陌生又空荡的大草原，他胸中涌起一种忧伤与惶惑的情感，他相信自己的用心祖先是会看到的。寻觅花束走得出汗了，他脱了罩衣，一会儿下坡，一会儿上坡，草地在他的眼前起伏、抖动，一股荒野之气弥漫，他体会到了祖先走过茫茫草原的艰辛。

这处墓场建成了鲜卑古墓陈列室。挖开的棺木埋在地下两三米深处，上面罩了玻璃。一具完整的人骨，头向北，脚朝南，头骨下有一条条小辫子。尸骨头对着的地方是他祖先迁徙的出发地嘎仙洞。脚对着的地方，是他要迁往的方向。源可就献上一束花，向尸骨三鞠躬。望着森森白骨，他发起了呆……

时空相隔，邈远迷茫，源可就真切感受到没有这些先人，就不会有霄南村的后人。这里无疑是源氏人生命的一个源头。源氏族谱不能缺少这一段历史，他要把它补写进去。

三

鲜卑源于东胡，出现于秦末。他们在大兴安岭过着游猎生活，男人伐木、打猎，女人驯鹿、采野果、做家务，劳动成果按户平均分配。

进入草原，他们开始逐水草而居，鲜卑迅速分散为多个部落。拓跋毛五世孙拓跋推寅南迁到“大泽”落脚。大泽位于现今内蒙古翁牛特旗科尔沁。拓跋推寅的八代孙拓跋诘汾再度向西南迁徙，走到了匈奴莫顿发迹的阴山。

拓跋诘汾儿子众多，他死后，幼子力微继位，长子匹孤被冷落。不久，匹孤率领数千人马离开阴山，西迁到了河西走廊一带游牧。他们发展壮大后，以河湟流域的西平、乐都与河西走廊武威一带为活动中心。匹孤的八代孙秃发乌孤在公元397年建立南凉王国。而力微的后代拓跋珪于公元386年建立了北魏王朝。秃发与拓跋，同一血脉的两个分支，相同的读音不知为何变成了不同的文字。

公元414年6月，南凉被西秦所灭。凉王秃发傉檀投降，一年后被毒死。太子虎台被杀。外逃的子孙保周、破羌兄弟俩逃到了河西走廊的北凉，后又投奔北魏，分别被太武帝拓跋焘封为张掖公和西平侯。太延三年（公元435年）秋天，破羌随拓跋焘征讨北部山胡，因功召见，赐姓源。迎讨北伐的南朝宋军时，破羌战功显著，拓跋焘再赐他名“贺”。从此，破羌以源贺名彰于世。

源贺转战东西，为北魏统一北方立下汗马功劳，他撰写的《十二阵图》成为重要军事著作；出牧地方颇有政声；太武帝被奸臣杀害，他统领禁军平叛；献文帝卒，他坚决站在冯太后一边，交帝玺于五岁的孝文帝拓跋宏。孝文帝改革，特别是施行鲜卑与汉民族融合的政策，使得北魏不断发展壮大。

源氏家族从此繁盛显赫，在魏、齐、周、隋、唐成为望族。家族血脉从源贺开始，传至唐代，源氏有名的人物达八十余人，进入《魏书》《北齐书》《隋书》《北史》《旧唐书》的有二十多个，如源延、源怀、源绍、源子雍、源延伯、源子恭、源纂等北魏名将名臣，北齐大将军源彪，隋时源师、源雄等，唐代源贺七世孙源乾曜为唐玄宗宰相，霄南源氏从他的血脉下传。《全唐诗》收录源乾曜诗四首。源乾曜曾孙源寂以诗与刘禹锡、白居易、张籍等唱和，留下佳话。源氏家风素有口碑，源贺的遗训成为源氏家训，传至今日……

四

失传的家族史一旦赓续，霄南村人明白自己的身世后，就再也按捺不住了。他们寻根问祖的愿望强烈萌动起来，一场二十多年的漫漫寻根路从此拉开，一百多人次走上了祖先的迁徙之路，行程数万公里。

源氏历史文化研究会向江西、贵州、重庆、湖南、湖北各地发出了寻亲信，寻找可能存在的源氏族人。然而，没有得到期待的回复。会长源荣枝向几十个县的地方志、博物馆、文物局打电话，询问有没有源氏，得到的也全都是否定的回答。

2006年5月的一天，源荣枝又在网上浏览，发现了一个叫源书城的人，家住河南方城县东厂坡村。他立即搜寻方城县的地理位置，马上找到方城县地方志电话。接电话的是一位姓白的主任，他告诉源荣枝，方城确实居住有源姓人，他答应帮忙联系，并约好下午三点，要源荣枝在家等电话。

源荣枝等啊等，感觉四个小时等待的时间好漫长。他一直处于亢奋状态，午休也不能入眠。三点整手机响了，源荣枝手颤抖着按下接听键，一个洪亮的声音传了过来，他们互相问候后，对方说：“我是源贺的后代源家大院的源书旭，你也姓源吗？”

源荣枝屏住呼吸，一时说不出话来，声音颤动着，哑哑地低沉地回答："对！我也是源贺的后代，哎呀，可找到你们啦……"他激动得眼里溢出了泪花。两个从部队转业地方的人，喊操似的，说话声越来越大，几乎喊起来了。源书旭浓浓的河南口音让源荣枝感觉既陌生又亲切。一个小时不知不觉就这样过去了。

十天后，源荣枝和源景林、源景新赴方城"探亲"。汽车到达方城县车站已是晚上七点多钟。源书旭兄弟俩早已等在车站。出口通道上，站着一个中等偏胖的魁梧男子，源荣枝与他目光一遇，彼此就认定了对方。源荣枝迎了上去，问："你是书旭兄弟吧？"对方忙说："是，是，我是源书旭。"他们一下紧紧抱在一起，激动得哭了起来。

源书旭喃喃地说："我们找你们找了几百年啊！今天终于找到了！"他突然想起什么，松开手，说，"你姓源吗？水源的源呀。"源荣枝答："是。""请把你的身份证给我看一下。"源荣枝掏出身份证递给他。源书旭看着看着，说："没有错，没有错，是兄弟！源贺的后代。"于是，他们又拥抱在一起。

旁边的人看到两个大男人又是抱又是哭，不知道发生了什么事情。看热闹的人把出口堵塞了，后面的人大喊：前面让路，让路。他们让到了通道边上。源荣枝发现身份证不见了，四处寻找，不见踪影。最后，发现粘在自己的鞋底上。

第二天，他们来到了东厂坡村。全村过节一样，二十几个人夹道迎接，把霄南来的三位贵客迎到一座大院里。村里的长者一个个拥抱他们，每个人无不热泪盈眶。东厂坡人慨叹，寻找源氏家族几百年了，洛阳、郑州找过，山西的大槐树也去找过，一点音讯都没有。

院子里两张大桌，摆满了糖果花生。柴火灶里，正飘出饭菜的浓香。源荣枝看着青砖青瓦的老屋，房屋矮小，短的檐小的窗，沿院墙堆着玉米棒子，院子里种了花花草草，笼子里关着鸡鸭，河南乡音绕着耳边说个不停，本是完全陌生的地方，却有一种奇妙的熟悉感。

源荣枝一心想了解东厂坡族人生活得怎么样，有什么家族的痕迹没有，有没有祖先传承下来的东西。村里没有祠堂，有人找出了一个明代纯铜的马镫，有人找出家训。源荣枝捧在手上细看，家训跟霄南村一样，只是表述有些不同。他感慨祖先一路迁徙，什么都可以丢下，唯独家训不会忘记带上路途。

一位参加过解放战争的老革命讲起东厂坡村的历史。他们的祖先因为与父母顶嘴，负气离家出走。一对箩筐挑着两个孩子，从洛阳方向走出来，往南一直走到了方城。起初他们做药材生意，儿子孙子也跟着做，生意一直传承下来，成了家族生意。现在北京有源太恒开的源氏春源堂，还开办了一家国际中医研究院。

春源堂在嘉庆七年（公元1802年）创办，清代时家族生意便达到顶峰，建了很多家中医药铺。鸦片进入国门后，家道因子弟食吸鸦片而败落。为了拯救家族，族人在离县城约二十里路的地方买下一块地，举族离开县城，脱离鸦片场所，迁到了乡下。这就是东厂坡村的来历。村里现有源氏后裔三百多人。

翌日，依依话别，又是泪眼婆娑。源荣枝一行三人要去洛阳。

洛阳是源氏必去之地。源氏先人生活过的地方有平城（大同）、洛阳、临漳、长安（西安）等地，洛阳始终被视作家族的中心。源氏家族自公元494年迁到洛阳，渐渐成为世居洛阳及周边郡城的大家族。他们在此生活了六百多年。一部分族人随北齐政权迁居现今河北临漳，但他们仍以洛阳人自居。隋唐特别是唐代，源氏有人在朝廷任要职迁居长安，但无论多长时间，他们仍视洛阳为家乡。族人认同洛阳为他们离开西平后的共同故乡，死后都要归葬洛阳北面的邙山祖茔。

在洛阳，源荣枝打电话联系上了洛阳姓氏研究会会长姬传东，告诉他去邙山祖茔祭祖的想法。姬传东说，邙山不是一座山，是一条大山脉，在洛阳的北面，沿黄河南岸绵延一百多里。不知道祖茔的位置，怎么去祭祖？

茫茫山岭何处是祖茔？走一趟邙山还有意义吗？

三个人上了路，来到一片山地前，不知道这里是不是邙山。问路人，对方好奇地看着他们，反问他们要去哪里。源荣枝说，邙山，有坟墓的地方。那人手一挥，到处都是。

踏着一片薄阳，走在低矮的丘陵间，果然到处是乱葬坟。田野上，不时出现一座孤峰一样耸立的皇家陵墓。祖先的墓地在哪里呢？黄土地，青青的小麦，高耸的杨树，星零的屋舍，远处隆起的山包在视野里延伸，一种怅惘的情绪强烈笼罩着他们。他们停下脚步，向着烟蓝色的远方遥遥祭拜。

姬传东得知他们一无所获，便推荐他们去洛阳古墓博物馆。

源荣枝在博物馆说明了来意，工作人员十分热情，不但不收门票，还主动带着他们去看北魏皇帝的陵墓。这是一座建在地下按原大仿建的北魏皇帝陵墓。入口有两条石狗，狗脸拟人化，造型有些狰狞。源荣枝疑惑地问，为何陵墓没有用狮子？馆员解释，鲜卑人是不用狮子的，他们是游牧民族，草原上居无定所，只有狗能把死者灵魂带回亲人身边去。

第二次再去洛阳，源荣枝听从古墓博物馆馆员的推荐，打算去洛阳市新安县的千唐志斋博物馆。他事先做了很多功课，从网上买到了《隋唐五代墓志汇编》，从书中发现了源氏祖先的墓志。这次寻根，霄南有十八人报名参加，身患绝症的源沃珠也报了名。组织者劝他不要去了，他发火：“你们不应该阻止我行孝嘛，这可能是我最后一次机会了。”他坚持让弟弟陪着来。方城东厂坡村一对年轻夫妻也加入了他们的行列。

中巴进入新安县时下起了小雨，通往博物馆的路正在维修，副馆长柳海峰闻讯特地开车前来带路。

千唐志斋博物馆收藏有一千多块墓志，一块块嵌在地下墙壁上。源氏先人墓志收藏了十二块，有男有女，男性的五块属唐代，一块属北宋，其中有唐朝刺史源光乘、北宋尚书兵部郎中源护。

源氏后人寻根寻到了博物馆，这样的事情在馆里还是第一次发生。博物馆以非常隆重的礼节接待他们。柳海峰亲自为寻根团讲解。他们一个个墓志查找。

源光乘的墓志出现了，墓碑特别大，标明了出自邙山墓园。寻根者一拥而上，头碰到了头，大家忘了痛，眼睛都盯着源光乘的名字，一双双手不停地抚摸，有人开始流泪、哭泣。参观的游客不知道发生了什么事情，也拥了过来。

源沃珠“嘭”地跪了下来，他百感交集，一边摸着墓志，一边流着泪。他把此行当作自己最后一次行孝。他的生命已经走到了最后时光。回霄南不久，源沃珠就去世了。

在博物馆后山，举行了一场祭祀仪式，上面是“鹤山源氏洛阳寻根团”的横幅，下面竖着一块五米宽二米高的红色绸布，绸布上用黄色字喷写了源光乘、源护等六位先人的名字。香烛、纸钱、纸扎莲花、苹果……长长的鞭炮在雨中炸响。祭祀者头发淋得滴水，谁也没有动。一个千年心愿今日得偿，所有人进入冥想，思绪绵绵，既欣慰又感伤，还有些许生命的迷惘、惆怅……

源沃珠说：“一千多年来我们源家无人来拜祭过，我为祖先上几炷香圆了个心愿，这一辈子我满足了。”

馆长知道源氏祖茔所在地，在邙山北麓靠近黄河的一个地方。寻根团一路找去，那里已是一片工业开发区，到处是水泥马路和工厂。望着成片的厂房，寻根者个个都是失落的眼神……

又是一年春天，源氏族人的寻根在向着时光深处推进。他们获悉青海省西宁市人民政府正在修复南凉虎台遗址公园。这个遗址是西宁城西区的一座土台，它极可能是南凉王国建都西平时期，第三代君王为太子虎台修建的阅兵台。源氏族人经多方联系，最后，西宁市政府同意他们参加虎台遗址公园开园仪式，并进行寻根祭祖活动。

霄南村近湖源公祠楹联写有："发源由北魏，晋爵纪西平。"以前霄南人不知道"西平"是什么意思，现在明白西平就是青海的西宁，源贺就出生、成长在那里。他八岁那一年，虎台太子被西秦王杀死，源贺跟着哥哥保周从西平逃到了北凉。源氏家族在长达二百年的时间里，视青海西平、乐都为故乡，对它产生了浓烈的乡愁。

4月，西宁市园林局向霄南村源氏恳亲团发出邀请函。

4月底，源氏恳亲团一行十九人抵达西宁。源氏族人举着绣有"源"字的族旗，拉起"南凉后裔源氏寻根团"的横幅，进入会场。源荣枝代表源氏家族发言。他们在三王像前献上香烛、纸钱、挽联，鸣放鞭炮，全体成员肃立于族旗下，向塑像三鞠躬，环绕三王一周。最后，将族旗、《源氏大宗族谱》、《北史·源贺列传》影印版、《南凉后裔今何在》等文章以及霄南村的一些照片，赠送给公园古代民族融合文物展览馆。八十一岁的源可森激动地说："今天我把祖先找到了，百年之后，我也来这里陪伴他们。"源荣照说："我们找到了根，真正找到了自己的故乡，把寻根的梦变成了现实！"

寻根团第一次来到了日月山，看到了青海湖和高原牦牛。

源荣枝想起五岁那一年，他跟爷爷放牛，下雨了，爷爷把他拉到蓑衣里，跟他说，听说我们的祖先是鲜卑人，在很远很远下雪的地方。他现在跑的地方都是冬天下雪的地方，离霄南已经很远很远了，有的地方甚至终年积雪。他耳边不时响起爷爷的声音，感觉自己正在走向祖先。

到祖先生活过的地方寻访——这个愿望一经萌动，就成了源荣枝余生的追求。

他去甘肃张掖寻访的那一年，得了急性肝坏死，医生说能再活两个月。这时他想到了保周、源贺两兄弟。回到村里，得到族人同意，他在荷塘边种了两棵榕树，称它们为兄弟树，就是为了纪念保周和源贺。保周晋爵张掖王后，乘手中有兵之机，企图复国，于是公开叛乱，被拓跋焘派兵剿灭，得了个“穷迫自杀”“传首京师”的下场。

源荣枝来到了张掖，他打上一辆的士，围着张掖转了一圈。车到东面一个山包下，他叫停车，让司机等他一下。他爬上了山头，放眼眺望眼底山河。太阳正在下山，一团残云裹着夕阳徐徐降落。天地一片玄黄、凄凉，很快变得昏暗……

第二天他去了博物馆。寻寻觅觅，保周的痕迹什么也没有找到。

又有一次，他从青海到了西安，直奔青龙寺去，为的是寻找源寂的蛛丝马迹。源寂当年就在青龙寺出家。他出使新罗时，刘禹锡以《送源中丞充新罗册立使·侍中之孙》相送：“相门才子称华簪，持节东行捧德音。身带霜威辞凤阙，口传天语到鸡林。烟开鳌背千寻碧，日浴鲸波万顷金。想见扶桑受恩处，一时西拜尽倾心。”源寂出家为僧后，郎士元、薛能等人仍与他唱和，薛能写了《赠源寂禅师》《夏日青龙寺寻僧二首》。

青龙寺是佛教八大宗派之一密宗祖庭。唐时为佛教真言宗祖庭。现时仿古建筑保留着唐代风格，重檐高阁，气势不凡。遗址博物馆更是气势宏大。源荣枝找到住持，打听源寂的情况，住持不知道源寂，反找他寻求材料。

与源荣枝一样，旅居加拿大的源志藩经常回国寻根。他根据自己找到的材料，写了《鲜卑遗民·源氏源流》一书。2016年，他来到了大同。这里是源贺当年投奔北魏的地方，古称平城，是当年北魏的首都。源贺投奔北魏直到去世，都在平城度过。北魏迁都洛阳是源贺去世十五年后。源贺死后陪葬于金陵。金陵找寻不到，源志藩却找到了琅琊康王司马金龙的墓地。原来司马金龙是源贺的女婿，源贺女儿钦文姬辰跟他合葬在一起。

找到源贺女儿是源氏家族的大喜讯，源志藩激动得打电话到霄南，全村人都很兴奋，大家奔走相告。他们又开始酝酿着组团去祭祀……

五

霄南是个水乡，池塘成片，水系相连。夏天莲花曜村，荷香十里。先人们从福建运来了花岗石，铺出一条条巷道，疏挖了一条护城河，建城墙、修祠堂，用水磨青砖精心砌出一栋栋饰有雕花栏杆的小楼。他们以前将村名取作坚城村。

坚城村四方城墙以东西南北四个大门与外通行，西北方为正门，面朝南凉故国方向，源家人称其为“迎龙闸”。大门形似洛阳白马寺门楼。村的布局仿南凉国都乐都城。他们挖一方一圆两口井，唤作“日月井”，为的是不忘青海的日月山。

鹤山有民谣唱：嫁女嫁霄乡，霄乡好地方，出门石板路，夏秋鱼米香。

我曾三次进入霄南村。两年前第一次进村时见到了源可就，他已是七十岁的老人了。看亚洲电视台拍他嘎仙洞之行的片子，那时他还是半百之年。抱了一份好奇，明知道鲜卑人北魏时期就开始汉化，北齐时源师曾被后主高纬的宠臣斥责为“汉儿”，所谓“汲墨汉家子，走马鲜卑儿”，霄南不可能还保留有鲜卑人的特征，但我心里还是期望有所发现。

村口出现了镬耳山墙、红灰色筒瓦的岭南建筑，期望被兜头浇了一盆凉水。珠玑巷南迁的北客早成了广府人——岭南文化的主体之一。散落于珠江三角洲的村落，尽管村落里的人来自中原不同的地方，但他们都有一个共同的祖居地——珠玑巷。几乎所有的族谱都指向了这个共同记忆。也许正是基于构筑祖先的共同记忆，一个民系得以形成。源氏后人也不能例外，他们首先是广府人。

走进霄南街巷，初一看，它与周边古村落没有太大差异。第一个出现的人是个中年妇女，我不能确定她是不是源氏后人，直到男人出现，我观察他们的脸，黝黑的皮肤，凸额凿齿，这与广府人的面部特征并无太大区别。

村中心的房屋与村口有些不一样，老房子檐短窗小，青砖的人字山墙，墙顶无檐，只有盖瓦，麻石门套，大门出檐也很短，隐约可见四合院的影子。石板巷麻石直铺。顿时感觉到一种北方干燥的尘土味。这样的建筑从黄河一带往北都是如此。窗小在北方是为了御寒，在岭南据说是为了守住家财。

只有祠堂是珠三角典型的宗祠建筑。最先进入视野的是乐隐源公祠，面阔三间，两进一天井，抬梁与穿斗式混合构架，石柱石梁的前廊，硬山式屋顶，碌灰筒瓦，屋脊、筒瓦笔直，屋脊上高高的灰塑雕花博古脊，堆砌了博古头、仙鹤、凤凰、鸳鸯、金鲤、麒麟、荷花，寓意鸳鸯戏水、丹凤朝阳、麒麟赐福、鱼跃龙门等吉语。宗祠楹联写道：“华胄开东粤，明礼祀北平。”全村这样的源氏宗祠有九座。村里曾发现源西平堂牌位、北魏太武帝题写的“与卿同源”的大匾。西平堂就是源贺，这个始祖神位是屋主“文革”“破四旧”时从垃圾堆偷偷捡回来的。

霄南村由霄乡和南安两个村合并而成，人口不足两千，有超过一半的人口从这里迁去了江门、广州、佛山、南海、顺德、乳源、新会等地；也有迁去香港、澳门、台湾的，人数很少，但彼此来往密切；有下南洋去海外谋生的，到了新加坡、越南；民国初年有人远迁到了日本、美国、加拿大、澳大利亚、英国等国。源氏总人口加上河南方城的大约四千人。从霄南走出去的源氏后人看到族人寻根的信息，纷纷回到霄南。他们大多出生在海外，有的娶了洋媳妇，有的嫁给了洋人，有的是混血儿，从没有回过家乡，但他们都有一个源姓的中文名字。他们走进源氏祠堂，以家族祭祖的方式，给祖先神位供果、上香、叩头，聆听长者解读祖训。

站在乐隐源公祠广场上，前面和侧面是宽阔的莲塘，岸边榕树以纵横交错的根系疯了一样生长，四季常青。想到“厥土昏冥沮洳。谋更南徙”，鲜卑嘎仙洞的祖先做梦也想不到，自己的子孙会迁徙到南海之滨，更想不到从这里，又迁徙到了地球的各个角落。

在霄南村居住的人并不多，不少旧屋空置。我打电话给源荣枝，他在深圳刚做完一个大手术，谈起源氏家族的事情，他强撑着，直到我们说完了，他才告诉我病情。在珠海见面时，他又做过一次小手术，我见他身体虚弱，他才说出了实情。当时他正忙于写源贺传记的事情，收集了大量资料。后来我们在村里见面，这是我第三次来霄南，他与人合作的《北魏风云：源贺传》已经出版，我与广东的散文作家们在村里找到了一栋可供写作的老屋。

中秋节他邀请我来霄南过节。村里大摆筵席，家家盛情邀请亲朋好友一起相聚。源氏族人有豪放之风，大碗喝酒，大块吃肉。他们特别喜欢吃牛肉，霄乡曾经是广东有名的牛市，他们把当天劏的新鲜牛肉放入火锅涮了吃。源氏后人还发明了一种甘和茶，这种凉茶在华南和东南亚风行了一百多年。

乐隐源公祠广场，晚上村民们搬来了桌子，摆上了鸡、月饼、水果等供品，男女老少穿着盛装来到广场。他们不是为了赏月，而是为拜天神烧番塔。八点，点燃了鞭炮。鞭炮声中，族长上香、敬酒，宣读祭文，祈求天神赐福，保佑源家五谷丰登，家族平安，兴旺发达。人群跟着族长向天神三鞠躬。

音乐响起，族长开始点番塔。番塔用砖砌成疏眼筒塔，高四米，塔底放了干柴。大火中有人把青毛竹、盐、鞭炮投入塔里，砰砰嘭嘭的爆炸声里，火星溅起、腾飞，飞向天穹。人群手拉手围着火焰又唱又跳。他们唱《敕勒歌》："天苍苍，野茫茫，风吹草低见牛羊……山寂寂，水殇殇，纵横奔突显锋芒……"这习俗或许与鲜卑人祭天或烽火台有关，也可能还与萨满教有关。

春节、端午、中秋三大节日霄南村都要祭祖，师公歌婆唱歌酬神。村里有土炕式的大床，族人睡觉喜欢裸身，喜欢喝茯茶式的饮料，语言有不少倒装句。以前"起学"有叫开笔礼的习俗。天未亮，父子打着灯笼，提着装有纸笔墨和红糖的藤荚，踏着月光，来到源氏宗祠，举行拜孔圣人和启蒙老师的仪式。孩子爬梯上神台敬神，每爬一级吃一只角仔，寓意步步高升。返学时也打着灯笼，家长将灯笼拿回家中大堂挂起来，要让它自己熄灭。

源荣枝请了郑州大学文学院的院长，给族人讲授源乾曜的诗歌创作。那天，乐隐源公祠广场坐满了人。人们鸦雀无声，听得全神贯注。讲授者激情奔放，洪亮的声音回旋在祠堂上空。这些以耕种养殖为业的人，平生第一次接触诗歌，听得似懂非懂，但肃穆又认真的神情，却是对祖先、对文学的虔诚敬意。

我感到意外的是，今年元旦，嘎南青年与孩子穿的衣服、跳的舞蹈大不一样了。他们在寻找祖先的服装。嘎南把大兴安岭鄂伦春人戴的鹿角皮帽拿过来了，把鄂伦春的服装作为重要参考，他们研究设计鲜卑民族的服装。这些衣服模仿了鄂伦春的服饰，也有蒙古族风格，还看得到青海少数民族服装的影子。黑与白的长靴，靴上图案似曾相识。胸前、头顶长串的饰物，有珍珠、珊瑚珠、玳瑁珠，这些又是西南少数民族喜欢佩戴的饰物。帽子既有蒙古族的尖顶式，也有云南少数民族特别是哈尼族、撒尼人的平顶帽。服装让人想到这些民族之间隐秘的关系。孩子们梳起了小辫，戴上五彩串珠，系上金腰带。嘎南人身着这些五颜六色的，既熟悉又陌生的服装，围着广场起舞，像草原上的节日，一张张相迎的笑脸，似乎又不似嘎南人了。这一刻，嘎南村变得有些异样……民族的记忆正在重构。这是政府旅游开发的目的，还是村民的愿望？或者，共同的需求正在改变着嘎南。

二十年的寻根路改变了嘎南。当地政府帮助改造了东湖公园。整治村容村貌，重修了乐隐源公祠。建起了源贺纪念公园，雕塑了一座源贺铜像。源氏祖训被中纪委选入“廉史镜鉴”。村里建起了鲜卑历史展览馆、村史民俗文化馆和冰心奖儿童图书馆。石器、木棺、桦皮器、骨器在嘎南出现了；撮罗子式的方形帐幕，驯鹿的皮帽，桦树皮制作的弓袋、箭囊、壶形器、罐形器和“圆牌”，珠饰、骨镞、骨扣、骨饰、骨鸣镝、骨弓弭、骨刀把……或以仿制品，或以照片的形式，在嘎南出现，人们对此不再陌生。

这一刻，我在沉思。拓跋焘派李敞来嘎仙洞祭祖，那是公元443年。源贺公元423年来到平城，李敞祭祖这一年他在平城已经生活了二十年。作为太武帝的重臣，祭祖队伍从平城出发，又是史书大事，古代国之大事在祀与戎，筹划与送行，不可能没有源贺的身影。鲜卑人第一次回到嘎仙洞，到嘎仙洞重现天日，源氏是鲜卑出现的唯一后人。

源可就孤身一人前来祭祀，与当年浩浩荡荡的祭祀队伍落差之大，多少历史的兴衰藏匿其中！同样是首祭，意义虽有不同，但都重大，可供品味的东西实在太丰富了。前后两次都有源氏参与，首祭之时正是源氏之始。时间仿佛就在源氏的瓜瓞绵延中展开。时光里的波澜壮阔，时光里的永恒瞬间，时光里的兴替交织、沧海桑田，时光里的迁徙，时光里民族的融合……一部历史的活剧就在天南地北、在一个家族的命运起伏中演绎！

堪可告慰的是，鲜卑人的香火仍然得到了延续。当年的那场大迁徙，在遥远的岭南找到了历史的回音。它回响的时空是这么壮阔、浩荡和悠远。

寻根问祖的摩梭

随着晨曦的降临，泸沽湖仿佛从遥远的地方醒来了。她是寂静而浩大的。轻轻的波涛像耳边的呢喃，带着一丝丝亲昵和温柔。早晨的薄雾，犹如她的睡眼迷蒙，似有若无地笼在宽阔的湖面上。细细的波纹是微微抖动的绸缎，随清风徐漾。初看，湖面是白蒙蒙的。细看，波光下透着湖水的深蓝。只有涌到岸上的波浪才发出叹息般的声音，“哗——哗——”一下又一下，它成了泸沽湖最早醒来的声音。

推开木窗，泸沽湖像是一位空灵女子，周身缭绕着丝丝缕缕的仙气，那么娴静，那么纯朴，就突然站到了面前，怔怔地望着你，连她的呼吸都感触到了。我是那样呆呆地望着窗下的湖面，看着曙色把湖水染成波光潋滟的光的迷阵。四周静极了，只有一条离岸的猪槽船，在细密又平和的波浪拍击下，发出脆而碎的声音。这样的瞬间，让人生充满了诗意和遐想。

上午去湖中的小岛。湖边聚集了不少独木舟，没有一条机动船。摩梭人不想机器声惊扰了母湖的宁静，更不想机油污染了这一汪碧透，他们宁可自己挥动木桨，慢慢把游客一拨一拨送上岛。

我坐在船里，就像浮在少女清澈的目光里，无穷的奥秘藏于湖底，透彻的情怀探手可掬。青碧的湖水，从指间滑过，竟如丝巾般柔和。

太阳高悬天穹，阳光空明。格姆女神山幽蓝如黛，头上围着一条白色云带。她既秀丽又威武，立于湖面之上，没有一点倒影。

船向着里务比岛划去。这个岛过去住过摩梭人的总管。岛上建有一座寺庙，筑了一个白塔，是总管的儿子、现在的活佛洛桑益世修筑的，里面埋的是总管。

阳光下，小岛失去了距离感，不像现实中的岛屿。岛上有座小山，草木葱茏，远远看去，就似浮在水面。

渐渐地，里务比寺翘然的檐角隐约可见，佛家之净地凌波而来。一部摩梭人的宗教史也渐次打开——

藏传佛教大约在宋末元初从四川传到摩梭。摩梭人也变成了虔诚的佛教徒，连名字都改为了藏名，大多是由活佛起的。每一栋木棱房里都有一间装饰得富丽堂皇的房子，它是摩梭人每天要烧香拜佛的经堂。

但摩梭人还是有所保留的。游牧民族对火有着特别的崇拜，作为氐羌族的后裔，摩梭人拜火的原始情结是始终不渝的。摩梭人没有选择天葬而是保持了自己的火葬。尤其是对于灶神火神的虔诚祭拜，让藏传佛教无法不融入摩梭人的本土宗教。

摩梭人认为火葬是把死者的灵魂送入光明的境界。灵魂随着火焰升入祖先们所在的天堂。那些蓝色火焰，就是灵魂的舞蹈。因此，只有正常死亡的成年人才配火葬。其他非正常死亡的人及婴儿只能土葬，其灵魂将永远不得转世。

摩梭人认为人死后其灵魂会远涉千山万水，回到他们始祖生活过的地方，与祖辈们生活在一起。因此，上路前，必须用松树或柏枝烧的水净身，甚至洗尸的水也必须用同一母系的人用的水。

他们同样深信灵魂不死。为使亡魂守体，洗净后的尸体膝盖与脚尖并拢，双手交错于胸部，被捆扎成坐姿。七窍塞满了茶、米、酥油及钱币，这些是给死者享用的。

停尸期间，前来祭奠的人除了表达对死者的哀思外，还有一个心愿，就是托死者给自己死去的亲人或祖先捎信，把自己各种各样的要求和愿望说给亡魂听。他们坚信亡灵将到达他们祖先和亲人生活的地方。

是对于自己民族迁徙的刻骨铭心，才有了这样冥冥中的执着信念，还是因为这份世代传承的信念，才永远铭记了一部民族大迁徙的悲壮史？摩梭人为了回到自己永远也回不了的遥远的过去、精神与灵魂的家园，他们把这份用时间无法抹去的心痛，变作了自己的宗教信仰。洗马，是摩梭人葬礼中最特殊的地方。既然灵魂要返回祖先生活过的地方，必定路途遥远，充满艰辛，亲人要为死者准备一匹良马，戴上华贵的马鞍，再由达巴主持洗马仪式。摩梭人心灵深处的诗从达巴的祷词中得以表达：

天地中间奔腾着的骏马，
为你返回故乡准备的骏马，
用天上降下的雨水洗马，
用雪山上流下来的清泉洗马，
用大江大河里的金水洗马，
用汪洋大海里的清水洗马。
从马身洗到马脚，
从马头洗到马尾巴。
把毛上的灰尘洗净，
把蹄上的泥土洗净。

这是匹像风一样跑得快的骏马，
这是匹像雷声迅猛的骏马，
这是匹像燕子一样矫健的骏马，
这是匹像猛虎一样雄浑的骏马。
从头到尾的毛油光发亮，
从上到下没有一点伤疤。
高山上有爪子的野兽，
没敢抓过的骏马，
高原上生蹄子的动物
没敢碰过的骏马，
今天是吉祥的日子，
你骑上这匹骏马走吧！
…………

达巴以铁蘸水，一边向马洒水，一边吟唱。游牧民族后裔对于马的热爱，在这里得到了淋漓尽致的表现。人们以口耳相传的形式来记录自己的历史。他们记住了漫漫迁徙路上的每一座大山、每一条河流和路口，甚至长辈们的名字。

尸体装入棺匣，由四人抬往焚尸场。同行的两匹马，经过洗马仪式的那匹驮着死者的灵魂，另一匹马驮的是死者生前的衣物用品，用来陪葬。

焚尸场搭了一个一两米高的木堆，里面堆放了许多易燃的松明柴。摩梭人认为尸体焚化后，亡灵仍在附近徘徊，必须举行送魂仪式，使灵魂沿着达巴所指的路回到“斯布阿纳瓦”（大约在四川与青海交界的地方，藏名叫“公介哩”）。死者亲属把骨灰带回来后，仪式就在死者的家里举行。方桌上供着死者生前的用具、熟食和活鸡或活绵羊。灵魂的归途在达巴的念诵声中展开——

你竖起耳朵仔细听，
我们给你准备了充足的盘缠，
我们给你挑选了肥壮的快马，
你不要犹豫徘徊了，放心地走吧。
你从丫卡窝启程，穿越腊住窝。
那里是我们同斯日的地方，
他们会送你一程的，
但你千万不要贪食酥理玛和猪膘肉，
你看太阳已爬到一竿高，赶快再走吧。
穿过腊住窝要渡三丫河，
那里水急浪高，你要小心渡河。
过了腊住窝就到黄腊老，
你就休息一会儿，再到喇夸沟，
你就在那里烧火吃午饭吧。
吃饱喝足了，你就一气翻过狗钻洞。
见了泸沽湖就像见到了亲人，
但是你别留恋青山绿水，
因为你的祖先还不在那里，
你要振作精神，赶到格姆山下窝入坝子里，
那里有我们的祖先，但还不是最早的祖先。
你在那里歇息几天后还要往前走，
再翻九十九座山，再渡九十九道河，

最后赶到“斯布阿纳瓦”，
那里才是我们远祖生活的地方。
上面有岩洞，你不能去，
那是野兽住的。
中间的那些树洞，你也不能去，
那是飞禽住的。
下面的石垒房和木垒房，
才是你阿斯、阿咪、阿乌住的房屋，
你住在那些屋里和祖先们生活。
你不要忘了替×村×家人捎信，
你不要忘了替×窝×家人传话。
你和祖先亲友们热闹地生活，
不要回来寻找家里的亲人，
不要回来寻找家里的牲畜，
待到谷子收割、宰年猪的时候，
待到烧松毛香、吹奏海螺的时候，
我们接你回家过年。

一个民族追根认祖的情结是如此执着，它是生命的追问。

生命就是一次大流浪，人生在历史的长河中，不过短暂的一瞬，放眼苍茫时空，冥冥中幻想翩跹。我们总会不由自主地想到祖先，想到血脉，想到根。生命之延续，就像一条藤，不断地有新芽绽放，不时有叶片凋零。藤，就是一条血脉，延伸在辽阔时空。

仪式完了，骨灰放置到同一个母系血缘亲属的公共墓地里，或者装在小布袋里，裹上锦缎，在青松下祭奠后，到河里搓洗掉。来于自然亦归于自然，生命就是一个循环。

只有山河依旧。泸沽湖的碧波永远翻动着，不知疲倦。她总是一点声响也没有，像一位老祖母在阳光下回味着往事，不时吹过的风，踏着莲花碎步从湖面轻盈地掠过，不知去到何方。

声音有时也会有的，打鱼的猪槽船，木桨也会划破湖面，木头与木头撞击的声音偶尔会在湖上空荡地回响着，但它们都像掉进泸沽湖的什么东西，响过一两声就再无声息了。

里务比岛荒草萋萋，林木葳蕤。也许因为它四面是水，寺庙里也是少有的清静，香火袅袅，只闻鸟语啁啾。

站在小山顶，也许是四面全被高山所困，泸沽湖一览无余，反显得小了许多。群山幽蓝，天空明净，飘浮着大朵大朵的白云，泸沽湖像一面带水的玻璃，一切都只在她的上面留下朦胧而模糊的映象。

当出现木棱房的时候，车开进一条深谷。夕阳余晖也从山巅跃上了云端，只有暮色在山间氤氲。泸沽湖已在幽暗的夜色里隐约变成一片银灰。当年的马帮出现于这个山口时，曾吸引了多少摩梭人渴盼的目光。他们把自己对于外面世界的梦想，随马帮的铃铛声从这个山口放飞。这是摩梭人与外部世界保持联系的唯一通道。

我终于明白了，摩梭人南迁的脚步为什么到了永宁就止住了，并长期居住下来。尽管这里高山阻隔，在大草原驰骋惯了的游牧民族，不得不走下马背，那些高大的骏马只能在山间小道上充当驮马，但泸沽湖值得。

那一块墓碑

这是一个夏天，是哀牢山、无量山的夏季。那些蒙古高原沿横断山脉高山峡谷向南迁徙的氐羌后裔，历经千年的迁徙，不知哪个年月，来到了这里。这是有别于汉人中原大迁徙的另一路迁徙，蒙古高原是这些散落在南方的各个弱小民族的出发地。

汽车在群山间翻越，我的脑海在以镇沅的偏远来想象哀牢山、无量山，也在以哀牢山、无量山的荒旷雄奇来想象镇沅的偏僻。原始部落苦聪人祖祖辈辈就居住于此。简陋的木杈闪片房或竹笆茅草房由树木与茅草竹片搭建，立在陡峭的山腰上，像一个个鸟巢，多少世纪，它们向着狭窄的天空伸展。偶尔有人从茅屋下抬起鹰一样的眼睛，看到的永远只有面前的黑色山峰。他们不知道山之外世界的模样。祖先来到了这片深山老林，深山就像魔王一样锁住了后人飞翔的翅膀。生活，几千年都像大山一样静默、恒常。

又是一条大峡谷，汽车在群山中疯转，白天到夜晚，没有止境。峡谷山脉之上，一个叫九甲的地方，山低云亦低。海拔三千多米的大雪锅山，云中青一片绿一片，深不见底的峡谷在脚底被一块石头遮挡，又被一头牛遮挡。移动一步就有一个不同的景致。

在九甲的第二天，随着赶集的苦聪人走进大峡谷中的一条山径，浓密的树林中只听得到人说话的声音、脚踩踏泥土的声音，却看不到近在眼前的人。站在石头上，放眼峡谷，那空旷的幽蓝与天空相接，远处的寨子清晰可见，那里有木瓦做的楼房。一位背背篓的老人说，那里是寨子山、领干、凹子几处山寨，住了一百二十多户熊姓人家。很久以前，他们的祖先一个人从江西迁来。

又是一个汉人来到一个原始而遥远的世界，在今天，乘飞机、坐汽车，也得几天几夜，它至今仍与现代社会隔绝。

在一座又一座大山出现在他脚下又从他脚下消失的时候，他为什么没有想到停留？寒来暑往，多少年的行走，只要从睡梦中醒来，他的脚步就迈出了，那是一种怎样的心境？他也许相信自己的脚步再也停不下来了。是什么缘由，让他在九甲这样的地方停下来？是原始部落人让他感觉安全，还是哀牢山大峡谷如同天外一般的仙境，再也闻不到人间的气息？或者是闻不到汉人的气息、汉文化的气息？他是要背叛？行走如此之远，若不是非同寻常的大灾难，他不会离自己的文化如此遥远。当文化也远如云烟，那是安全的最大保障。也许，他是一个不屈者，人性中出走的情结、反叛的情结、离经叛道的情结，让他只想走到天之尽头。

在寨子山的高山之上，守着自己的后人，一块神秘的石碑立于一座坟边。这座坟留下了他人生的秘密。

石碑鲜为外人所知，几乎没有人见过。九甲有镇政府的人去了，面对深奥难懂的古文，只认出了他的名字——熊梦奇。

突兀的寨子取名文岗。悬倾于峡谷的木楼高两层宽三间。长而宽的峡谷，只有它兀立于森林与陡坡之上。一种决绝的气息，从大峡谷中凸显，强烈，分明。

想走近它。也许，石碑刻下了一个寨子的秘密。

走过一段路，天色暗下来了，无奈之中，只得在密林中的小道返回。无边森林的飞禽走兽在暮色中发出了阵阵奇怪的叫声。

晚上看苦聪人表演苦聪“杀戏”。早早地，地坪上搬来了大刀、花灯、红旗和粗糙简陋的头饰。纸扎的头饰造型奇特，尖角很多，有的帽顶上插了三角旗，有的还在后面做了花翎。纸做的各种不规则的几何形灯箱，写上毛笔字，用长杆立在坪地四角，做了演出场地的装饰物。一群苦聪青年男女在地坪换戏装，女的穿上了红裙、戴了花帽，男的穿花的长袍，有的围白毛巾。他们寡言少语，脸上表情僵硬。

铜的钹、铜的小锣敲起来了，杀戏开演。只有喊叫，偶尔的唱腔也像在喊，没有弦乐伴奏，拿刀枪的男人穿着碎花长袍或拖着两条长布，在锣钹声中跳跃着，锐声说上一段话，就拿着刀枪，左手高举，双脚高高起跳，表演起来像道士在做道场。乐器只有锣和钹，用来敲打节奏，节奏并不狂野，也不紧迫，像西南少数民族生活那样不急不缓，永远让心在一边闲着。快节奏的时候，有人吹响了牛角号，还有西藏喇嘛吹的一种拖地长号，放在地上呜呜地响。他们不断重复跳跃、打斗。我终于看出来了，他们表演的不是自己的生活，而是三国里的人物。

汉文化还是传播到了哀牢山中。这也许与熊家寨不无关系。选择这么山高水远的逃避之路，不会是一个大字不识的平民百姓所为。为生计或者躲避平民百姓所遭遇的灾祸是用不着跑这么远的。也许，是他内心深处已经嗅不得一丁点汉文化的气息？这熟悉的气息不消失，他就会感到威胁。他只有走到一个连一丝一毫汉文化气息也没有的远方，心灵才会真正安宁下来。只是，他自己身上散布出去的汉文化气息是可以例外的，他不会感到不安和威胁。他不自觉地把汉人的历史、汉人的文化带到这个原始部落。也许，他的身后有一个重要的事件，也许，他是倾国家之力追捕的要犯？正是他给历史留下了一个千古悬念。

然而，他最终还是不得不回到汉文化里，用汉文字写下自己的墓志铭。一个讳莫如深的人，当他走到生命的尽头，他愿意讲点人生的秘密，他害怕自己被历史埋没得无声无息没有半点踪影，生命结束得如同草寇，一抔黄土掩埋于荒野之地，生命就永远消失于荒芜时空了。但他必须用莽莽群山来隐藏，他仍然害怕，他也许想到了后人，他不希望他们被自己累及。于是他用古文字，以汉文字最隐蔽的表意功能，写下了谜一样的墓志铭。他只想等待朝代更替后遇到高人，可以破解他的秘密，墓碑上的铭文至少给自己的身世留下了一份希冀，一个机会。

晚上，月亮从峡谷升了上来，又大又亮，把天空云彩照得如同大地上的冰雪。大山却沉入更深的黑暗。

大西南偏僻之地，自古的化外之地，直到明代建文四年（公元1402年）镇沅才有文字记录的历史。据县志载，乾隆三十四年（公元1769年），镇沅发大水、地震，上空有星大如车轮或自北飞南、或自南飞北数次。又载，乾隆五十四年（公元1789年）十二月，恩乐天鼓鸣，黑雾弥空，有巨星自东陨于西北。民国十一年（公元1922年），有人从北京带回一架脚踏风琴，事情记入县志大事记，成为1922年唯一的一桩事件……

雨后的山风吹来，人轻得像飘浮起来了，一种奇异的感觉产生，山拱伏于足下，呼吸透明，心亦空明一片。头上硕大的月亮，好像在飞，而幽黑峡谷中的熊家寨好像沉入了永恒的时间之海。

在山脊的水泥路上徘徊，直到一阵越来越密集的雨在树林里落出了声音。走进房子里的时候，我在想，一个人的决定，有时影响的不只是他的一生，是世世代代的后人。他在做出人生的决定时，经过冷静思考吗？一个人走向西部，这是一条多么荒凉的路！它一闪念出现在他的脑海中，心里就像爬过一条冰冷的蛇。我想，这不是一时冲动的结果。

他们一定认为自己对社会与人的深切体悟和认识，是最接近真理的。因而，在漫长岁月的考验中，他们绝少反悔后退。他们在异地僻壤获得了心灵的安宁。

一个人，数百年前迈开的一双脚，多么微不足道，多么杳无音信，何况飘散在时间的烟雾中，早已被洇去了痕迹。然而，西部的山水，偏僻而森然的风景，却让岁月的一缕悠远的气息飘来，如时间深处的风拂过，带来了那些微小的但却与人生之痛紧紧联结的瞬间。

在南方的一些古老村落，正如祖先预料的那样，世世代代，事情一直沿着他们的想象前进，直到今天。在隔绝的环境里，时间的魔法把一个人变成一个连绵的家族，如同一棵南方的榕树在大地上成林。譬如，贵州贞丰县北盘江陡峭的悬崖下，隐蔽的小花江村，当年一户梁姓人家从江西迁徙到了这里，他的石头屋前是湍急的江水在咆哮，屋后静默着屏幕一样的山峰，鸟翅也难以飞越。当年红军找到这个隐藏的险地，在峭壁间架设悬索，从这里渡过了北盘江。它们都是一个人的决定，却影响了一个氏族的去向与生存。这不能不说是生命的一个奇迹！

天刚放亮我就起床了，峡谷里被云填满，像一个雪原，晶莹透亮，这天我去千家寨看一棵两千年的老茶树。几千米的大山，人都在原始密林下攀登，这不只是在挑战人的体力也是在挑战人的毅力，一切都到达了极限的状态。晚上回到九甲，腿脚连迈过门槛的力气也没有了，小腿、大腿都酸痛得抬不起来，去熊家寨的愿望再也没有可能了。

熊梦奇，留下一座墓碑给了历史。在苍茫的岁月中，它的神秘将一直穿越时空。

永远的田园

这个阳光如金的下午，挥之不去的一个人物，在意念里生灭，有时清晰，清晰得能感受到他疲惫地停下脚步的某个时辰。有时模糊，不过是朗朗乾坤下无形无影的一个念头。深处的时空激起我的幻想，虚空中布下了形迹可疑的网，似可追踪，似可跟随。

乙未年冬天，再入粤北，我迷恋山川地理，却更迷恋那些消逝的事物。现实生活的司空见惯，一览无余，让人麻木。

无意间我走进了一座村庄。一棵大榕树，我在它巨大的阴影下停步。树干伸向了小河上空。河面极其狭小。这是浈水，江面到这里变窄。榕树后面是大片青砖青瓦和红砂岩的房屋，它们密密地拥挤在一起，有的墙体坍塌，残瓦散落一地，木檩戳向天空，有的墙体倾斜。蒿草在地坪里疯长。

古榕横卧，老去的时间触目惊心，裸露在它苍老的身姿与斑斑绿苔里。粗壮的枝干，坚硬却无韧劲的纤维裸露了千年。

在我意念里生灭的这个人叫李耿，他便是这座村庄的创建者。我惊讶于弃世如此之久的人没被汪洋的时间湮没，他像一颗撒播在大地上的种子，儿孙们是一茬茬的庄稼，大地上的事物在消失又在轮回。环顾四野，稻田广阔，参差相依，河塘穿错，古木点缀，阡陌间并无特别之处，经历如此之多的朝代更替，风风雨雨，村庄却一直在绵延——李耿的子嗣不断地传递着他的血脉、他的基因。这是如此稳固之地，安全、隐蔽，超然于世，它反过来证明了李耿当年的眼光，就在他停下脚步的那一刻，他感受到了这种稳固带来的安宁气息。

新田村，位于南雄乌迳镇，夹于南北两道山脉之中，北面的南岭山脉气势磅礴，绵延千里。狭长的平原在乌迳终结，土地开始凸凹起伏。新田村的荒芜不过是这一二十年的事。这荒芜呈现的是另一种历史的开端——李耿的子孙不再聚族而居，开始四散开来。家族的信息将在未来的时空里失落。作为一个家族的标志——祠堂，隐于纵横交错的街巷，虽然还能感受到一种旧日气派，却在迅速衰败，昔日的繁荣只能怀想。

公元315年，有一天，李耿走到了浈水边。蓊郁的古木，踏响的脚步。浈水上有一条船，他犹豫徘徊，没有上船。也许并没有船，他到了江边，就不想再往前走了。他想在这片荒野上隐居，要与他周旋的世界决裂。这样的决定是一时的冲动还是思考了很久？在翻越南岭山脉或是更早的时候，他就在想了？

找到县志，这样的人物也许会有记载。那时岭南远在中原视野之外，乃南蛮荒僻之地。本土的历史未曾有过记载。南雄，走来了一个人，一个中原文明的代表，一个早到者，他有足够的资格走进这片荒野之地的历史。

《南雄市志》“人物”一栏里，李耿果然赫然在目，位列第二，在他前面只有秦代的梅鋗一人。

李耿字介卿，秣陵后街人。公元315年是西晋建兴三年，李耿官至太常卿，正三品官员。“因见朝政危乱，国事日非，乃叩陛出血，极言直谏。愍帝弗纳，而耿仍廷争不已，帝遂怒，左迁李耿为始兴郡曲江令。”直言上谏把头都叩破了，惹得皇帝不高兴，他耿直忠纯的秉性由此可见一斑。

建兴三年（公元315年）的秋天，李耿携家眷赴任，由虔入粤，经南雄新溪，“环睹川原幽异，宜卜筑安居”，于是萌生弃官隐居之念，想过肆志图书、寄情诗酒的生活。他叹息：“晋室之乱始于朝士大夫崇尚虚浮，废弛职业，继由宗室弄权，自相鱼肉，以致渊、聪乘隙，毒流中土。吾既屏居远方，官居末职，何复能戮力王室耶！”不知这话出自何处，是否来自李氏族谱？他身居荒野心还在挂念朝廷。

隐居之事竟然也载入了市志“大事记”。翻读厚厚的方志，我想起了另一位隐居者——程旼。李耿虽方志有载，但他的影响只在南雄，甚至只在乌迳。他隐居岭南的时间比程旼早。程旼作为迁徙的客家人最早被记载，一千五百多年前，他带领族人到达了现今的平远县坝头镇官窝里。李耿的隐居距今整整一千七百年。他是我知道的最早隐居岭南的人。与官窝里“群莽密箐，轮蹄罕涉”相比，这里算得上平原。但都是荒僻的“寻得桃源好避秦”的地方。

李耿隐居的缘由与程旼大体相似。在他隐居后的第二年，匈奴就攻下长安，西晋灭亡。他们都是具有先见之明的人。

程旼渐渐作为岭南卓越的客家先祖被后人敬仰。李耿虽官至三品，留名于世，但与程旼相比，却是寂寥得多了，犹如长河中的一朵浪花，他只在自己血脉的河床上波翻浪涌。

南迁者的路线是我一直迷恋的，我曾经走过程旼迁徙的路。入粤之前他与李耿走同样的水路，由鄱阳湖入赣江，程旼向东逆贡水至于都、会昌，过筠门岭，走现今的澄江、吉潭，或走水路石窟河、普滩，抵达平远。那年夏天，在筠门岭的江边，我眺望大山深处的古道，程旼远去的背影仿佛还在山坡下晃动。李耿从赣江、贡水、桃江到信丰九渡圩码头，上岸后，翻南岭山脉进入岭南，他走的是乌迳古道。

乌迳古道是一条隐秘的不为人知的路，比梅关古道还要古老，它水陆联运，贯通了南北。翻南岭山脉，古道走焦坑俚、梨水坵、老背塘、石迳圩、鸭子口、鹤子坑、松木塘到田心，从新田村下浈水再走水路。民国时期，乌迳古道还在发挥着作用，“日屯万担米，夜行百只船”，这样的历史离我们并不遥远。

在地图上寻觅乌迳古道的路线，眼里却跳出了西京古道的地名。我脑子里又有一个人影在晃动着，他从西京古道走来，也许正是他让我想起了那条古道。他是一位隐士。

于是，在西京古道的地理位置寻找自己熟悉的地名，不用闭眼它们独特的景色立马就浮现出来了。西京古道与乌迳古道大体平行，它在后者的西面，同样翻越了南岭山脉。古道修筑于东汉建武二年（公元26年），北接湘粤古道，是骡马行走的陆路。秋冬交替之际，我专程寻觅它，石角、大桥、红云，这些人烟稀疏的石灰岩村落，周边山川地理怪异，常常孤峰耸立，难见树木，山间偶尔可见一段石铺的路，石板呈铁黑色。它由上腊岭过风门关，进入浮源，走龙溪、大桥、均丰、白牛坪，由乐昌出水岩、梅花、老坪石等地。

两千年的岁月眼看要将它湮没，那曾被脚印踏平的石板深陷枯槁的荒草，浸淫了遥远的信息。我的目光沿着它的方向往南北眺望，空茫一片的时光里，曾经的中原与南粤都在这同样的虚空里，闪着神秘的光芒。边地，隐藏于南方重重山脉间的边地，再不是现代的都市，而是湿溽瘴疠之地。一条道路曲折着，起伏着，慢悠悠延伸而来，什么人踏响了一块块石板？行路者又是怎样荒凉的心情？

我想起了韩愈。我能想起的也只有他。当年被贬潮州，他走的就是这条古道。现在，我想的却是另一个人，一位青莲山上的隐士，他悲壮的人生留在了这条古道上。

那是一个风雨交加之夜，不知是秋雨还是冬雨。早晨醒来仍是风雨不止，天气格外的寒冷。向北驱车，我进入乳源大桥镇，从京广高速高架桥下穿过，一条新修的水泥路通向青莲山。窗外，山峰如笋如乳，不见树木，虽然连绵不绝，却全是孤峰耸立。青莲山是浮源与乐昌交界处的最高峰。上山的路窄得只容一车通行。

山上出现了一座荒寺，门边白墙黑字写着“野寺断人行，明月过来嘉客至；山僧无俗伴，白云飞去法堂空”，横批“李秉中隐居”。隐者就是这位李秉中了，这是他三百多年前写的楹联。与程旼、李耿一样，他曾经在朝为官，官至明朝兵部左侍郎、南赣副都御史。不同的是，他没有家眷，更没有族人，这里找不到他的后人。他只身一人在此隐居。他没有像他们一样看到王朝将覆，匿迹荒野，他选择做了自己朝代的陪葬人，一个与王朝一同走到尽头的人。

穿过寺庙后的矮树林，我上山去墓地拜祭，一阵风把伞吹得反转，冷雨砸在脸上。青莲山顶一座孤零的坟茔，圆拱形的墓门被人嵌上了橙色、褐色的瓷砖，坟前竟然插了好几面红旗，还有一面党旗，风雨里哗啦啦翻响。

满人入关，李家兄弟带着一队人马沿西京古道来这里屯兵储粮，对抗清兵。在宜章与清军决战，因寡不敌众，全军覆没。李秉中只身脱险，隐于帽峰岭石室。他白天出山，了解当地民情，顺便找点吃食，晚上燃竹苦读。他的诗表露了他那时的心迹：“龙鳞参参虎斑斑，龙困深潭虎困山；有日龙虎睁开眼，惊破五湖奔破山。”

时局稍有变化，他就隐姓埋名，来到大岭脚李家排村打工。据说，他的胃口奇大，一顿能吃三斤米，吃一顿山芋，光剥下来的山芋皮就有三斤重。主人眼看粮食不够吃了，不得不把他解雇。尽管他力气大，一人能干几个人的活儿，但这么大的食量，谁家也不敢雇他了。他沿着京西古道走到了天门峰，寄身一间又破又小的荒庙，决意削发为僧。现在的寺庙便是他带头鸠工扩建的。他仰慕李白，就以诗人的号改天门峰为青莲山，取山寺名为青莲山寺。

孤灯苦捱，一守便是二十余年，复国已经无望，他想着把自己的满腹诗文传于世人，于是下山还俗，帮村人代写对联和书信。村人见他为人厚道，又能吃苦耐劳，文武双全，聘请他为私塾先生。数年后，经他教育的门生，科场应试，大都取得了进士、贡士、举人、秀才等不同的荣衔。

李秉中还懂得医术，梅辽四地的人都来找他看病。有一天，走在帽峰岭上，看到一位妇女抱尸痛哭，一打听，原来她无钱葬夫。李秉中当即脱下棉衣披到女人身上，又掏出了身上所有的钱。他做善事从不留名。人们只尊称他为“李大人”。

晚年，李秉中再次返回青莲山，他就死在这座野寺。人们把他葬于峰顶，至死也无人知道他的身世。

三百多年来，这个荒僻之地，前来烧香叩拜的人络绎不绝，人们来此求升学、排忧难、除病痛，青莲山公路就是信众集资刚刚修筑的。山上寺庙还雇有专人管理。有人为他写下：“斯人何人？商之孤竹君，明之都御史；此地谁地？昔有首阳下，今有青莲山。”

我在李秉中的墓地远眺，石灰岩的山如列如阵，远处的山脉横亘天际，不见一处村落。突然想到自己每到一地，拜访的全是故人，几乎没有拜访过活着的人。每乡每地，人们说得最多的往往也是故人，行走山川，沉湎的是古村、山寺、古道、古木，它们唤起我时空的联想——虚空中布下的那张网。

由黛而蓝的群山，奔涌如涛，势若呐喊，天地却是喑哑一片，静默一片，大荒之野藏匿的秘密从无声息，隐蔽的、独自生存的人，乱世里的流民、难民，蛰伏的志士与枭雄，这片土地里的生与死，洪荒岁月，白云苍狗，都归于脚下蓬勃的野草，枯荣与共。

第二天走梅关古道，大雨如注。群山涌动如雾，两侧山崖树木老绿如翠似染。梅花一株株遍布山坡。十七年前我曾翻越大庾岭，记得宋代黑卵石铺的路面。现下寻找记忆中的路，路面却是不规整的块石，偶有大的卵石，与我记忆中黑色的小卵石完全不符。记忆如此之深，却与梅关古道全然不符，这种错位令人真假莫辨，恍惚迷离，我竟然不肯认同。

梅关古道由唐代张九龄修通，“坦坦而方五轨，阗阗而走四通”。苏东坡两过此岭，写下“问翁大庾岭头住，曾见南迁几个回？”文天祥也写诗，同样是风雨天，他的心境最为凄凉。当年他带着八千客家子弟抗击蒙古兵，从梅关翻过南岭，回来时他已是元朝的囚徒，一路由南往北被押解去大都。他也是为自己的朝代而生、为自己的朝代而死的人，从被俘之日开始，内心早已允诺了舍生取义——“烈士死如归”，任何劝降的许诺他都不为所动，其决绝常令后人浩叹。从《过零丁洋》开始，他一路写诗，五月到了南雄，他写“风雨羊肠道，飘零万死身”；梅岭南麓，“倦来聊歇马，随分此青山”；梅关，“梅花南北路，风雨湿征衣。出岭谁同出？归乡如不归”——他的归乡便是前面路途上的赣州，那里是他的故乡；到了章江，“闭篷绝粒始南州”“江水为笼海做樊”；赣江，“惶恐滩头说惶恐”“故园水月应无恙”，赣江水路上的黄金市、赣州、泰和都成了他的诗名。一条南北交通大动脉竟然写到了他的诗中。诗中的古道如此凄寂，古道上的诗却千古流传，一颗丹心照亮了生命与岁月的通途。

站在大庾岭关楼下，雨仍下个不停，听雨声四面哗啦啦彻响，我全无出关之心，就只是朝关外的山水凝望，恍然里，那个元代的囚徒独自走远了。雨中的山岭纷纷遁入时间深处，时空的界线倏然模糊，犹如山下赣南大余的连绵丘陵，全是雨水的迷离、湿漉、空蒙……

张谷英的村庄

一

谁也不知道他是怎样找到这片山谷的。从密密的森林翻上一个山坳，群山环绕的一块低地突然展现在眼前：山风吹来，树叶簌簌，鸟鸣声里，远山幽蓝，阳光下，两条清澈的溪流绕过谷地，闪烁耀眼的斑斑银光。真是一块神仙福地！张谷英被这个优美的地方迷住了。他盯着这片无人的谷地，一生的命运似乎呈现出了它全部的底蕴：他需要一个最后的归宿，过上一种自己的理想生活。

混迹官场多年，张谷英已经厌倦宦海生涯，早有归隐田园的想法，这片土地强烈地牵动着他的心。从江西进入湘北，一路上，极少人烟，他一路走着，许多耕种过的土地也都荒芜了。那时，天高地阔，大地还是原初的苍苍之野，土地上道路隐没、人烟匿迹，荒山野岭没有称谓，要开垦一块山地，尤其是深山密林中偏僻的土地，本是一件天遂人意的事情。然而，便是如此，一个景色如此秀丽的地方——群山围绕、溪水横贯、田畴平展，却也还是极难得的一处世外桃源。

于是，第一缕炊烟在这个寂静的谷地升了起来，一栋青砖灰瓦的大屋在萋萋芳草中耸立，一个人的村庄与一个愿望都在这片陌生的土地上扎下根来。张谷英环视群山，他感受到的不只是寂寞，还有一种平静，一种绚丽归于平凡的宁静，世间万事都在一缕炊烟里升入一片虚空。

不知多少代后，这个地方被人称作张谷英村。

六百年后，我站在山坳，远眺早已阡陌纵横的田畴。炊烟袅袅中，自明代一直到今，一坡连着一坡如浪的青瓦屋顶，我感受到了那束六百年前从这里望出去的目光，他思虑着子子孙孙与他一样的避世居住。他把身后的子孙像种子一样带到这片土地撒播，做出了传世百代的规划，并拟定可传三十四代子孙的派谱："文单志有仲，功伏宗兴，其承继祖，世绪昌同，书声永振，福泽敦崇，名芳百代，禄位光隆。"儒家的理想、自己的期望，都渗透到派谱中了。他把自己的一句句警言如"永不做官""不求金玉富，但愿子孙贤""遗子黄金满瀛，不如一经""忠孝吾家之宝，经史吾家之田"，也在时空里撒播，后代像庄稼一样一茬茬生长、繁衍，警句像一叶扁舟，在他自己血脉的河流里与时间竞渡，在岁月里悬浮成祖训，让后代避过世道险恶的暗礁。于是，世世代代，渔樵之乐，耕读之乐，随着每个早晨升起的袅袅炊烟在村庄氤氲开来。

只要时间延续，设想中的一切必然在今天出现：一个蔚然壮观的村庄在大地上呈现出来，他们都是张谷英的后代，从古到今，是张谷英一个人的村庄。一个留山羊胡、着白色对襟布衣的老人，永远在村庄中心最宽敞明亮的大堂上端坐着，笑对知书识礼的孝子贤孙和每一位走进张谷英村的人。他的智慧告诉他，凭借血缘，还有理想和文化，他将在这块土地上永生。一个并不显赫于世的人，靠智慧进入了世人的眼，并在21世纪开始声名远播。

二

张谷英生命的神秘传递不只是子孙的血脉，还有一起穿越时空的张家大屋。这是一个文化的场馆，给人行为带来至深的影响，同样附丽着先祖的灵魂。让建筑来表达个人的意志，并在时间的沼泽上永不陷落，张谷英的图谋同样取得了极大成功。

大屋在空间上呈现了中国文化的人伦、礼仪、宗法的尊卑秩序观。外人第一眼看到的是长长一条青砖墙；灰瓦平伏于墙、出檐很浅，屋瓦只有窄窄一线；窗却极大，它们全是泥土的杰作，极显简陋、质朴。进大门，第一个天井仍然是收敛的，至第二个天井，空间高大起来，房屋两层，高大木柱撑起有两层楼高的大屋檐，上挂楹联，每一进由天井和半开敞的堂屋和两侧封闭的厢房组成，四面屋顶围出一个方形空洞，天空随同阳光透进堂屋中。每进之间隔着一扇活动的屏门、檐廊、巷道，上雕八仙过海、四郎探母等民间传说。始祖大堂五井五进（有的已贯通），最后一进厅堂，张谷英塑像立于屏前，香火缭绕。

堂屋左右两边窄小的正房与厢房是长辈起居室。紧贴墙身外侧暗巷包绕，从这条通道（也是防火道）可进入附属横向轴线上的房屋。这些房屋与主纵轴房屋组成“丰”字形平面。横轴线上仍然是几进的天井及两侧的正房与厢房，归晚一辈的人起居用。它的堂屋正面全朝向纵轴线上的房屋，向“中”呼应，但规格小了。房屋空间充分体现了“左为上，南为阳”的儒家思想，平面布局则表现了“恭谨顺合”的精神。聚族而居的空间组合强烈凸显了宋明理学的伦理意识，大家族巨大的凝聚力在空间里表现得淋漓尽致，它规范、制约着族人的生活。

迷宫一样连通一体的庞大而封闭的建筑空间，却不给人压抑感，除了大堂高大的空间与接通天地的天井，起作用的还有建筑中匠心独运、充满诗意遐想的木石构件，它们让人感受到家园的温馨。只有进入房内才见得到这些既粗犷又优美的木石材料。打磨过的清水墙，下面垫条石，转角嵌角柱石，条石门框，大门左右置抱鼓石或门枕石，铺满青砖的地面，天井下是长的麻石条围砌的坑，雨水、井水都从石缝渗入地下；木材的加入，门窗、梁柱、栅栏，几乎不加修饰，为原色和栗色，梁柱不是常用的抬梁式、穿透式，而是硬山搁檩，直接搭接在砖墙上，断面为菱形或圆形，与砖石交融于一体，是一种直截了当、不事铺垫的融合，有乡土的质朴和经济；搭在墙上的搁楼板出挑搁栅，栅栏是简简单单的直木条，窗却极富匠心，每个窗用工一月有余，精雕细刻，窗花图案直棂为主，以很有节制的圆形、半圆形破解，延续了明代家具的简明、纤巧与优美的风格。木石构件上刻着松、竹、梅图案，或是麒麟游宫、鲤鱼跳龙门，或是太极图、民间传说。

在一个并不富裕的村庄，农民们对自己的家园投入了如此精细的心情，在他们的内心多少也渗入了历史的眼光——既然明朝的建筑都保存至今，谁也不敢把今后的祖屋修建得马虎。他们把一种率真的、热爱生活的人生态度带到了起居空间，一种返璞归真、朴素宁静的生活气息在乡土建筑之上洋溢。

田园生活的诗意栖居体现在那些无时不与天地相融的天井中。大屋有天井二百零六个。太阳、星星和山的蓝色剪影在屋中出现。冬天，纷纷扬扬的雪花飘进来；夜里，月辉清洒；漫长的雨季，雨滴落在青石条上，落在泥瓦上，滴滴答答，有如天籁，既可卧听，也可见银丝万缕穿窗而过，让空气弥漫潮湿与清新的大自然气味。

聚居于张谷英大屋的张姓子孙达到两千六百多人，已传至“崇”字辈，进入了张氏第二十六代。他们把自己的生活印迹都打磨在这座庞大建筑之上，即便房中泥土也被踩踏得油黑发亮，有一种永恒的东西在这个极乡土又极富个性的空间里延续着。它无法言说，却约定俗成，似乎是习惯、观念、方式、人情……似乎只是空气，是你一进大门就能呼吸到的一种气息，无论你带着什么眼光与心情，你在呼吸到它时，就变得心绪宁静、悠远，连阳光也清香澄明起来了。

三

从桃花山进张谷英村，东、南、北三面的旭峰山、笔架山和大峰山，如花瓣一样开向天空。从东方逶逦而来的幕阜山脉到这里已是余脉。花蕊里渭溪河、玉带河金带环抱，张谷英屋脊相连如同蜂窝一样的坡屋顶是另一种田地在土地上展开。晴空里的谷地仍然寂静无声。

大屋东侧，土堪冲的牛形山上，张谷英为自己选好了一块墓地。在林立的墓碑下，他长眠已经六个世纪了。站在墓前，想象这个名字已做地名的人，并没有留下太多个人的信息，后代只是说他选择了风水上的“人丁兴旺”，还有就是毅然解甲归田。

从出生年代推测，张谷英出生于1335年，已是元朝末年，等到明朝建立，他已经三十三岁。归隐山林前，他在明朝做官，已官至都指挥使（省级最高军队指挥官）。如果不是反元有功，要在军队升至如此高位，是难以想象的。他出生那一年，农民起义就已开始，十六岁那年，爆发了红巾军起义，也许他就是当年一个头系红巾的起义者。十余年的厮杀，眼里都是飞闪的长矛大刀，血染的山河。到明朝建立，已是田地荒芜，人烟渺渺，大批移徙流民被组织去垦荒，垦者“听为己业”。

久经战乱的人最渴望过上平静安定的生活。在寻找自己的归隐之地时，他首先考虑的就是避世的山谷。正是他的这个选择，这个僻静的地方庇护着子子孙孙躲过无数灾难，甚至是上个世纪的日本兵也没有侵扰到村子。

张谷英解甲归田是不是真实的呢？官场的倾轧，其得失与沉浮已不可考，但对于官场险恶他一定有很深的体会，不许后代为官就透露出他心中的隐伤与对官僚的透彻认识。明太祖朱元璋进入晚年，分封到各地为王的儿子们对皇位觊觎已久，特别是分封为燕王的四子朱棣势力已经坐大，眼看又一场战祸已经临近。作为都指挥使的张谷英，何去何从是要做出选择的。另一方面，朱元璋对权力的绝对控制，都指挥使成了一个专门管理军队的差事，早没有了指挥打仗和调动军队的权力。皇帝设立锦衣卫，又设东厂，耳目爪牙遍及天下，对百官进行监视和残酷镇压，做官者个个如履薄冰。他甚至诏示天下“寰中士夫不为君用”者，抄家诛灭。士大夫连避祸归隐的自由也没有了。张谷英解甲归田又怎敢轻易上奏朝廷？他的归隐，要么在朱元璋去世的1398年，那时他已是六十三岁的老人，要么以告老还乡，或其他不可知的却能骗过皇帝的名义进行，那时的年龄也不会太小。正是一个老人的心态，才把子孙后代的事想了个遍。

在这样一个只闻蛙鸣鸟叽的地方，对一位年事已高的人，人生就成了无尽的追忆。

于是，他把自己的理想投向了后世。一个普普通通的人，在浩如烟海的历史长河里，因为生命与理想的延续，在大地上树起了一座文化的纪念碑。明清两代的乡土建筑被保持到了今天，一个像族谱一样保存完整的家族就生活在自己的祖屋里，向历史向现实打开的一部传奇，无数生命的秘密就像瓦间暗影，让人窥见一个古老悠远世界的景象时，看到了自己的面容。因为张谷英村，每一个翻过山坳的人，都在进入自己源头的神秘时空。

隐蔽的峡谷

一棵巨树，或者说两棵巨树的出现，算不得一件什么事情。但它有一种奇怪的力量，这一棵树或者两棵树，它让我们忘记了远方的目标。我们不假思索就停下车来。

车一停，像水被划开一条波纹，旋即又合拢，山谷立刻被宁静重新覆盖。远方的想象像一件沉重的行李卸了下来。眼里不再只见森林不见树木。

我看到两棵树奇迹般变作一棵树：一棵树把枝丫横了过来，于是两棵树长在了一起。一种隐秘的欲念朦胧可窥，改变面貌的力量来自于它的内部。一种彼此靠拢的欲求变得越来越清晰。心里起了欲念——叫它们爱情树、夫妻树吧。

雨正好落下云层，先落在高高的树叶上，再落到草丛中，静静地起了一片轻音。远处的吊脚楼却是从一片比雾还要轻的声音里出现的。那片木脊檩上盖着的青瓦是一个音箱，雨在那里呢喃在那里响成天籁。那是仡佬人的木楼。

这个最早出现在贵州土地上的民族，喜爱石头，把寨子建在石旮旯里，若非轻烟般上升的炊烟，他们掩蔽在山谷里的泥瓦木壁的吊脚楼很难被人发现。这一发现就像发现了自己的另一种心情。她也许早就存在，只是蛰伏着，任一种浮躁的心情上升，像正午里升向天空的地气。远方就在这一刻重又恢复了她既有的诱惑——新奇世界不断呈现的诱惑。这样的诱惑最初引诱我上路，现在依然引诱我上路。

山，又到了瞳孔上，浪一样的汹涌、呼啸。公路在一个山峰又一个山峰间蛇行。

一只高飞的鹰，看到人蝼蚁一般的小。上好的柏油公路，在山间线条一样绕着团。一只鹰的视角，忽略了路边的蒿草，忽略着山腰上的行走，像山忽略一辆来自遥远城市的车。世界变得少有的葱茏一色，刀剐斧削坚硬挺括的石灰岩峭壁是一座山吹向另一座山的白色气泡。峡谷的转接也如枝丫一样交融一体：一座山岭横插过来，封锁了去路，河水吼一声就凿穿了山体，从山内奔涌而出。车从山上开过去，又是另一条峡谷……

仡佬学生背着书包在路上走，孩子气十足的脸颊抑制不住兴奋，笑容浮出如葵花开放。看见我们高高举起右手，认真地行着少先队礼。去田头劳作的仡佬长者，远远地靠到路边，给车让出宽松的路面，善良亲切的笑脸一闪而过。与外面世界人与人的冷漠一比，石阡这个地方显得不但隐世而且隔世。

石阡，古夜郎国都城之地。《史记·西南夷列传》中的牂牁江就是脚下流过的乌江吗？夜郎国在秦代消亡，这里变成了夜郎县。土地上的主人却不曾改变，仡佬人古时是夜郎国的子民，先民们称作濮人，魏晋时称为僚人，唐代叫作仡僚。而石阡另外两个民族苗人、土家人，是在部落的战争中，从洞庭湖平原沿着水路，一路西迁而来的。他们像树叶一样飘落到起伏不宁的山谷，面对着一片人烟渺渺的荒山野岭，憋着嗓子歌唱，希望别的山头有人能够听到；他们住到高山之巅，希望看到遥远的山外之山。但是关山阻隔，他们渐渐与山外的世界失去了联系，没有了山外的音讯，整日面对的只是无言的山谷，耳边只有林喧溪唱，如同一条帆船沉到了深深海底。所谓夜郎自大，实在是时间久远了，忘记了群山之外还有一个比自己更广大的世界。

一只白色的鸟飞过了峡谷，它张开的双翅像一张纸片，在气流里飘浮。我想看到它怎样从空气里消失，但它消失在一棵巨大的古柏上，就像一个故事消失到了时间里面。古柏下是一个五百年的古寨。这个汉人迁徙的落脚点是我的目的地。但我不太相信自己已经到达了那个远方。从巨大古柏之上看过去，远方在一片苍茫的钢蓝色中静默着。似乎还有一只鸟在我的想象里扇动着双翅。

我看到被一只鸟遗弃的大峡谷，我俯瞰它，感觉到它不只是作为一个现实的峡谷而存在，它还是一个时间中的峡谷。峡谷里有一种巨大却虚幻的存在，它的在场让一切变得神秘。

我想起那两棵树，那其实是一棵树，而一个峡谷也可以是两个峡谷，从前延伸到了现在。那个迁徙中的汉人与一个热爱满世界跑的人视线在某个时刻重叠。这个时刻，日影西斜，我看到了一幅凝固的或者重叠的景象——这个名叫廖贤河的峡谷也许一直就不曾改变——山下的廖贤河，有过大的山洪暴发，在那些惊雷夺魂的高原雨季，水像瀑布一般从天倾泻，但两岸陡峭的石灰岩壁坚硬如铁，它们不会随水而变化，至多河床上的一些大石头被水搬动，一些小的石头被冲到了下游，还有上游的冲到了这里，在水把石头揉成沙这样的改造中，五百年时间的成绩显然有限。石头的山上，树木仍然是郁郁葱葱，峭壁上的树高度营养不良，五百年它们的成绩也不大，只有山顶山坳一些有泥土的地方，即便是当年的一棵小树，现在也是苍苍古木了。我看到了这些树木，但在巨大的山体面前，它们显示不了自己伟岸的身躯，它们仍然与五百年前一样，只是一片绿色覆盖于山上。鸟，在峡谷中翱翔，这也像五百年前的翱翔。巨大的宁静正在漫过幽蓝的山谷，漫过更幽深的岁月，只呈现天地间永恒的空灵。

我现在就把自己当成五百年前走进峡谷的那个人。眼前的草木立刻显出了凄惶。我正沿着一条河流上到一座山腰，五百年前的这一天，没有人烟，山下清澈的河水只浮着腐败的落叶，浮着四处行走的云朵，触响峡谷间的岩石。落叶在半途上就腐烂一空。白云如我，只在看到后便转身离去，它的世界更加广大。我看中了一座龟形山，我踩出一条路，也许有不少的鸟和兽被我惊吓，纷纷逃往密林深处。

正是这一天，一个叫周伯泉的人，走到了石阡，走到了廖贤河峡谷。龟形山的突然出现，让他向它踩出一条路。

抬头，峡谷对面一堵刀削般的岩壁，裸露着，不挂一枝一木。一幅让人惊叹又绝望的风景，但这个汉人却喜欢了。他长时间暴走的双脚停了下来。

他停下来的地方奇迹般向峡谷伸展开来，像一个巨型舞台，一块坪地出现了。这坪地，在森林之下、河流之上，隐没于峡谷之中。这就是他的村庄，也是他人生寻觅的最后栖息地。

这是1493年，明朝弘治六年。这一年没有什么特别值得一提的大事。但对于个体，譬如这个迁徙的汉人，这一年却是石破天惊的一年，仅仅这一年在他一个人脚下所进行的艰苦卓绝的长途跋涉，就是我这样坐着小车长途奔波的人所不能想象的。但这只是他自己的历史，他走到了任谁怎样呼喊也不会喊醒的历史的黑暗地带。深深的遗忘就像误入了另一个星球。这一年周伯泉为发生在自己身上的事件给了一个很抽象的命名——“避难图存”。至于“难”是什么，他深埋在自己的心里。这只是一个人的灾难，这灾难让他从南昌丰城出发，穿过三湘四水的湖南，其中崇山峻岭的湘西也没有让他停下脚步，他像劲风吹起的一片树叶，一路飘摇，人世间的烟火几近绝灭。

他悄悄停伏下来，在言语不通的仡佬人的土地上收起了那双走得肿痛甚至血肉模糊的脚板。在那些孤独的夜晚，一个人抚摸着脚背，看着自己熟悉的生活变作了遥远的往事。于是那巨大的灾难在群山外匿去了它深重的背影。他像一个原始人一样，带着自己的家人，在这个无人峡谷里开荒拓地，伐木筑屋。廖贤河峡谷第一次有了人发出的响声。

我沿着周伯泉当年走进峡谷的方向走到了廖贤河，山腰上已经有了一条路，汽车在泥土路上向山坡下开，大峡谷就在一块玉米地下送来河流的声音。拐过一道道弯，古寨突然出现在眼前。地坪上一座残破的戏楼，戏楼下却站满了人，衣服也大都是破烂的。一张张被阳光曝晒的脸，黧黑、开朗，绽开了阳光一样的笑。他们是周伯泉的后人，已传到了十九代。正是他们，让他的生命有了传承，也使历史某一刻一个微不足道的小事件被留存了下来。

村口栽满了古柏，参天的树，蓊郁苍翠。树冠上栖满了白鹭。白鹭在树的绿色与天的蓝色之间起起落落，并不聒噪。坐落在山坡上的寨子，触目的石头铺满了曲折的街巷与欹斜的阶梯，黄褐一片，参差一片。木条、木板穿织交错，竖立起粗犷的木屋。

通向寨内的鹅卵石铺砌的小径，太极、八卦和白鹤图案用白色石子拼出，极其醒目。它是中原汉人的世界观与吉祥观念的刻意铺陈。而村口树木搭建的宫殿、观音阁、戏楼、寺庙、宗祠、龙门，保存的罗汉、飞檐翘角、古匾、楹联，则是周伯泉教育后代传承文化的结果。儒家文化于荒岭僻地的张扬，在仡佬人的世界里显得特别的孤独。它们自顾自地展现、延伸、生长，文化之孤立，更放任了它释放的能量。村庄的面貌就是周伯泉脑海里意志、记忆、想象的客观对应物，一代又一代人沿着同一个梦想持续努力，逼近梦想。

一股孤独的力量，一种梦境般的世外桃源景象。周伯泉远离了故土，却决不离弃自己的文化，像呼吸，他吐纳的气息就是儒家文化的顽强生殖力。汉人漂洋过海了，也要在异邦造出一条中国式的唐人街，这是文化的生殖力量！

周伯泉不会是一介布衣，他饱读诗书，那些“四书五经”在他的童年就熟读了。古寨造型精致的雕花木门窗，图案为花鸟、走兽、鱼虫，雕刻刀法娴熟，线条流畅，富含寓意，它表达了主人求福安居的心态，尽管这是他后人雕的，但思想的源头在他那里。

古寨遵从着勤、俭、忍、让、孝、礼、义、耕、读的家训，家家善书写，民风古朴，礼仪可嘉。而家门口粗犷狰狞的傩面具，是对荒旷峡谷神鬼世界的恐惧联想，是苗族、仡佬族对他们启示的结果。

只有一户人家改变了寨子木楼建筑的格局，他们用砖和石头砌了楼房。楼下窗口挂着几串红艳艳的辣椒，两位老人在门口打量着来人。他们坐的矮凳用稻草绳编织。水泥地坪上，两只鸡正在追逐，疯跑。老人站起来招呼人进去坐。一位中年妇女闻声从猪栏里出来，朝人笑了笑，她正在喂一头野猪。一个多月前，她的男人从山上捉了它，不忍心杀掉就圈养了起来。野猪哼哼的声音比家猪凶狠得多。

山坡下一眼山泉，泉边建有一个凉亭，这是山寨人接水喝的地方。当年周伯泉也许是在捧喝了这眼山泉时收住了心，要把自己的生命之根扎于此地。在炎热的夏天，捧一捧山泉水，一股凉意沁入肺腑，甘洌、清香。

离泉边不远是一座连体坟墓，葬着一对夫妻，他们有一个凄美的爱情故事在山寨流传。而在离这不远的一处峭壁上，周伯泉镇日面对着空荡荡的大峡谷，听风吹松叶声、流水声，虚无的空想早如这空气一样散去，只有坚硬的墓碑从那个远逝的时空站到了今天。

吃午饭的时候，来了寨子里的几个姑娘，她们来敬酒，围着桌子对着客人唱歌，双手举杯，直视着来客，眼里柔情隐隐闪烁。她们的敬酒歌不同于仡佬人的，是改造后的古典诗歌。古代诗歌由口头传诵的模样让人唏嘘，那意境、情思比泉水还纯，令人回味。歌声在古柏间缭绕时，竟涌起了一阵阵薄雾。

喝过周伯泉当年喝过的水，听过了他后人的歌唱，再在他的墓地前良久驻足，眼前的大峡谷，就像他当年的灾难被岁月隔断了，让我向前一步也决无可能，他的后人没有一个知道那“难”是什么“难”，我也只能对着一座空荡荡的峡谷凝思潜想……

雨滴从青瓦上响起，像天地间敲响的暮鼓。天色已暗，黄褐一片的古老村庄里，色彩晦重，炊烟正在向着天空爬升，被雨打得散成一片，像云一样低低笼在青瓦和树林上。鸟敛翅于村口古柏之中，不再作飞翔之想。我的行程到了该折返的时候了。五百年的村庄还会一年一年往时间的深处走。我的行程仍然会继续着一个又一个的远方，正如时间没有边际，远方也无法穷尽。我们都在往自己生命的深处走去。

仙居

五百年前的一天，三透九门堂的祖宗迁徙到这里，他在枫树桥这片土地上凝神，开始构思一片庄屋。他的眼里满是时间的段落，是一代一代人在岁月中延续下去的景象。他看到了未来——也就是今天——站在三透九门堂前，面对一片黑压压的青瓦木屋，仍能感受到周姓祖先的那份思考：村子里的人仍旧按着数百年前的一次构想在规范着自己的生存方式，这是祖先们的预谋——他从此成为一支血脉的开端，就像一粒种子，寻觅到一块自己的土地，开始生根发芽，向着时间的纵深伸展，直到庞大的根系像今天的三透九门堂一样。长方形的院落一座座相连，犹如闽西客家人的土楼，近百间房屋相接成了一个整体，你随便走进哪家的屋檐，都可以以此为起点，转到这片青瓦屋底下的任何一户人家；只要你上了楼，在哪一间房子都可以下楼。枫树桥人说，转遍三透九门堂，只有两步半不在檐下走。它就像一座迷宫。

一个家族在大地上种下了一种叫作“家园”的植物，它不但在地面上繁衍，还在心灵上生长出感情的藤蔓，它就像时间序列中的族谱一样，在空间里，它也写下了一个庞大家族的秘密。

一爿南方的院落，一爿不同于许许多多江南民居的房屋，以最温情的院落培育了对于土地的眷恋，除了那些青灯苦读的莘莘学子，金榜题名，从此可以出外成就一番功名外（三透九门堂确曾有不少学子高中金榜），世世代代，周姓子孙就在这片土地上繁衍、生息。

在阡陌间穿行，远处是神仙居景区如屏的青山。“洞天名山，屏蔽周围，而多神仙之宅”，这是北宋皇帝宋真宗赵恒对这里的描述。由于这道圣旨，这个叫永安的地方从此改称仙居。一个偶然的机会，我走进了这个至今还鲜为人知的古村落。

6月，是杨梅成熟的季节。隐隐的雷声在天边作响，空气里被不知是来自云中还是大地树木中的水所充盈，即便有薄薄的阳光照射，仍是水气弥溢，潮得仿佛一拧就能出水。在我的眼前，从法、意、德西欧诸国那些乡村古老的石头房屋，到港澳的高楼大厦，再到仙居高迁古民居，这一切的变化只在几天间发生，不由得让人恍惚。车在括苍山脉的高速公路上跑，我竟会把那些被树木葱茏着的山当作意大利亚平宁山脉。巨大钢铁的机器裹挟着我进行着时空的转换。在这种情况下，只有当一堵高大而宽阔的马头墙撞痛我的瞳仁时，我才确切地认可自己是真正到了树木葱郁的浙南山地。就像湿热的空气让我如坠汪洋，古老的砖石墙体让我进入一种延绵数百年的宁静。

一位中年妇女在马头墙下的溪流里洗衣，马头墙高高地封住了院内的房屋。她蹲在三块巨大的青石板上，青石板跨过溪水，对着的是一扇大门，门里的长廊串起一户户人家。暗处的廊内却空无一人，只有她的捣衣声。青青的泥瓦，饱吸夏天的雨水，色重如墨；青石的墙剥落了粉白，也在雨水的浸淫中斑驳着青与黑的色块；时间就在这里老旧、呈现——石条的门框、墙角、墙基，石头雕刻的漏窗、门楣，凝固着时间的永恒；鹅卵石镶嵌的坪地，映出的是时间如同无物般的透明；只有木质的墙板、梁柱门窗、廊庑斗拱，主人最费心机建造的精华所在，却在时间中朽去，如同岁月中不断流逝着的喜怒哀乐、生离死别。

我一直在琢磨，为什么我们的祖先选择了木材来构筑房屋，而西方则无一例外找了石头来砌筑自己的美庐。走遍欧陆大地，并非那里的石头多，恰恰相反，我们遍生佳木的南方，石头的山更是层峦叠嶂。看多了西方那些石头的城堡，我更加怀了十分珍惜的心情来体悟我们已剩不多的、早已被时间剥蚀得斑斑驳驳的却是精雕细刻的木质楼阁，它们是岁月馈赠给我们的艺术精品。三透九门堂也是这样的杰作，它是来自民间的散发着传统文化气息与田园趣味的建筑。在二透厅堂花窗中，有一扇以太极图为中心的阴阳八卦与蟹、虫等动物饰角的窗牖，窗条全由“真交条”构成。1553年倭寇入侵时，村民逃出村子后，又连夜冒着杀头的危险潜回来，偷偷把这两扇窗拆下，绑上石块，沉入塘底。近年有文物贩子愿以数万元来收买，都被村民拒绝。但在漫漫岁月的侵蚀下，她却难以抵御时间的摧残。

我从一个院落穿插到另一个院落，一进或二进的三合院组合着系列神秘而古老的空间。正屋大都五间，左右为厢房，组成“冂”形。主厅多数由八面有精致木雕的门扇与方形院落分隔；有的则无隔断，与院落空间融为一体；回廊台阶上立有等距的圆木柱；台阶下，卵石的图案铺满了回廊罩不住的四方坪地，一条石板路从中穿过，简陋却充满乡野之趣。二进则多为后院，是花木森然之处。通道有的在厢房前，有的在庭院的中轴线上。院落如此井然有序，纷繁杂乱的世俗生活被有形的建筑组织起来了，家族的观念被建筑的空间所强化。

与枯坐在廊下的老人搭上几句闲腔，或者与捣糍粑的拉拉家常，我在忽明忽暗的光线里细细察看那些雕成凤、狮和麒麟的斗拱，还有塑成玉兔、仙鹤和文臣武将的雀替，刻着浮雕的云纹花卉图案的照壁，廊下横梁上镂空成半圆的忍冬花造型的垫木，门腰的浅雕渔樵耕读、八仙过海图……它们大都蒙上了厚厚的尘土，有的蛛网密布，但它们的玲珑剔透，逼真细腻，历经如烟岁月，仍传递着强烈的艺术感染力，就像建筑中的华彩乐章，震撼人心。

从乌云似的屋檐下出来，一阵突然而至的锣鼓唢呐声传来，一群穿着橘红和杏黄对襟衫的农民在地坪里舞狮耍龙。那些周姓的子嗣，从稻田、果园、花灯竹木的作坊和纺纱结带的房里出来，都到这儿围观来了。恰逢端午，寂寞的生活突然有了这喜气的声音，令他们兴奋不已。而宁静的村庄好像在突然间远去。现实生活的气息与古老村屋之间既显得难以协调，却又因这生活之流的清新灌注，相生相克中，变化出一代代完全不同的新气象。那些呈齿状的马头墙，一排排静默着，高高耸入天空，构成乡民腾跃的背景，火焰似的色彩与它陈旧而阴暗的墙体恰成对比，淡淡的夕阳下，它谦恭地退于一隅，聆听着这血液一般沸腾的声音，就像祖先们以洞明世事的目光穿越了时间的迷雾，以一种千古默契，共有了同一个时空。

我远远地注视着这一幕，心里充满了莫名的感动。

图书在版编目 (CIP) 数据

一寄河山：大地上的迁徙 / 熊育群著. — 北京：北京十月文艺出版社，2019.11
ISBN 978-7-5302-1972-0

Ⅰ. ①一… Ⅱ. ①熊… Ⅲ. ①散文集—中国—当代 Ⅳ. ① I267

中国版本图书馆 CIP 数据核字 (2019) 第 129574 号

一寄河山——大地上的迁徙
YI JI HESHAN——DADI SHANG DE QIANXI
熊育群　著

出　　版　北京出版集团公司
　　　　　北京十月文艺出版社
地　　址　北京北三环中路 6 号
邮　　编　100120
网　　址　www.bph.com.cn
发　　行　新经典发行有限公司
　　　　　电话（010）68423599
经　　销　新华书店
印　　刷　北京盛通印刷股份有限公司
版　　次　2019 年 11 月第 1 版
　　　　　2019 年 11 月第 1 次印刷
开　　本　880 毫米 ×1230 毫米 1/32
印　　张　9.5
字　　数　228 千字
书　　号　ISBN 978-7-5302-1972-0
定　　价　49.00 元
质量监督电话　010-58572393
如有印装质量问题，由本社负责调换。

版权所有，未经书面许可，不得转载、复制、翻印，违者必究。